Le Héros Des Héros

Jacques Prince

Commandez ce livre en ligne à www.trafford.com
Ou par courriel à orders@trafford.com

La plupart de nos titres sont aussi disponibles dans les librairies en ligne majeures.

Cette information est également imprimée à la dernière page.

ISBN: 978-1-4907-7361-2 (sc)
ISBN: 978-1-4907-7362-9 (e)

Trafford rev. 06/03/2016

www.trafford.com

North America & international
toll-free : 1 888 232 4444 (USA & Canada)
fax : 812 355 4082

Dédicace

Je dédie ce livre, cet ouvrage à tous les enfants du monde, spécialement à tous ceux qui n'ont pas la chance d'entendre la parole de Dieu, le pain de vie qui nous vient du ciel.

Jacques Prince

Le Héros Des Héros

Par Jacques Prince

Le héros des héros ne peut pas être vaincu par aucun autre héros ni par aucun autre individu, même avec des pouvoirs extraordinaires, car ses pouvoirs dépassent et de loin tous les autres pouvoirs réunis. Cependant les bons se joindront à lui, mais certains des méchants qui sont en très grands nombres le combattront jusqu'à leur perte. Il faut cependant savoir que plusieurs font le mal et mentent sans même le réaliser, pensant connaître la vérité.

Né d'un père âgé aimant Dieu de tout son cœur et d'une jeune fille très sage tout aussi fervente, mon héros grandit en sagesse, en force, en foi en son Dieu et en intelligence plus que quiconque ne l'a jamais fait, mais sa force, ce n'est pas dans ses muscles qu'elle est le plus prononcée, mais plutôt dans son mental, car il a entre autres le pouvoir de changer le cœur, l'idée et les pensées de tous ses ennemis, qui se retrouvent complètement désarmés.

Il est plutôt désarmant de combattre quelqu'un qu'on se met à aimer tout d'un coup de tout son cœur et qui nous enlève toute haine. Un seul au monde détient ce pouvoir et celui-là est justement le héros des héros, le héros de mon récit dont j'ai l'immense plaisir de vous le faire connaître aujourd'hui.

Ce sont des histoires fictives pour la plupart et réelles à la fois et il ne tiendra qu'à vous d'en déterminer le vrai sens. Pour moi elles sont toutes réelles et pleines de bon sens, car je le connais bien mon héros. Il vaincra le mal surtout en se sacrifiant pour faire connaître la vérité, que tant de démons se sont efforcés de nous cacher.

Moi je ne les comprends pas, car quel plaisir y a-t-il à faire le mal et à combattre la vérité et pourtant des milliers, sinon des millions l'ont fait et le font toujours. Ma seule déduction soit qu'ils sont possédés par des démons et j'espère de tout cœur que certaines histoires de mes récits les aideront à les délivrer du mal comme je l'ai été et leur permettront de bénéficier du don très généreux du Père Éternel.

Les dirigeants d'une certaine religion très connue ont réuni et ils ont engagé trois des plus puissants héros de ce monde pour combattre mon héros qui se nomme Juste et ces mêmes héros pensant que cette religion est pure et sincère et la seule qui est la vraie, la bonne et ils ont accepté sans hésiter de la défendre.

L'un d'eux dont j'ai nommé Surhumain est entré en contact avec Juste pour discuter de la chose, car il a une réputation internationale qu'il ne voudrait pas détruire à aucun prix ni pour aucune raison. Ce dernier a la réputation de défendre les plus démunis et de faire régner la justice ; alors il ne peut tout simplement pas se permettre un faut pas, peu importe la cause, la récompense et la reconnaissance.

Surhumain, qui est un vrai gentleman et qui n'a peur de rien a donc demandé pour un entretien en privé avec Juste et ça à l'écart des deux autres ; afin de se faire une idée précise sur la vraie nature de ce dernier.

"On m'a dit que tu veux détruire l'une des plus grandes religions au monde et c'est pour cette raison que l'on m'a demandé de t'éliminer ; ce que je m'apprête à faire, mais étant ce que je suis, j'ai voulu d'abord connaître ton côté de l'histoire." "Si la religion dont tu parles est le mal et qu'elle ment, alors c'est vrai qu'elle sera détruite, mais elle sera détruite par la vérité, par la parole de l'Éternel." "Alors il faudra que tu t'expliques plus clairement, car elle aussi t'accuse de mentir." "Ne ment que celui qui dit le contraire de la vérité et il n'y a pas de mensonge en moi." "Alors il nous faudra déterminer où se situe cette vérité." "Moi je suis tout disposé à te l'apprendre si tu es prêt à m'en donner le temps." "J'ai tout mon temps et je peux t'assurer aussi que j'apprends très vite ; tout comme je peux faire le tour de la terre en quelques secondes." "Moi je peux t'arrêter encore plus rapidement." "Personne ne peut m'arrêter." "Ne m'y force pas, car tu y perdrais au change. Moi je t'ai connu avant que tu sois." "Qui donc prétends-tu être ?" "Je ne prétends rien du tout ; je suis celui qui devait venir et si mon Père céleste ne te l'accordait pas, tu ne pourrais même pas respirer, tu ne pourrais pas vivre." "Alors tu prétends donc être le Fils de Dieu toi aussi." "Tous ceux et celles qui font la volonté de mon Père qui est dans les cieux sont mes frères, sœurs et mères, donc fils et filles de Dieu aussi." "Quelqu'un a dit que Dieu n'avait qu'un seul Fils et qu'il était unique." "Celui-là donc qui a dit une telle chose a menti." "Peux-tu me le prouver ?" "Certainement que je le peux. Où crois-tu pouvoir trouver la vérité ?" "La majorité des religions chrétiennes ainsi que celle des Témoins de… ….J sont d'accord pour dire que le livre de vérité est la Sainte Bible." "Toi qui peux faire le tour de la terre en moins de cinq secondes, va donc demander à celui qui prétends être un saint père à Rome, le chef de la religion qui t'emploie pour me faire mourir pour voir ce qu'il en dit de cette Bible ; afin que nous soyons bien d'accord au moins sur ce sujet." "Je ne t'ai pas dit quelle religion m'employait." "Non, mais je le sais quand même. Vas-y, je vais t'attendre quelques secondes."

Huit secondes plus tard Surhumain était de nouveau en conversation avec Juste, mon héros.

"Le saint père est d'accord pour dire que la Bible est le livre de vérité." "Dis-moi, comment t'es-tu adressé à lui ?" "Je l'ai appelé, 'St-père.'" "Alors, ou bien tu ne connais pas la parole de Dieu ou bien tu n'es pas un disciple de Jésus. Connais-tu les Saintes Écritures ?" "Non mais je peux les connaître en quelques secondes." "Va, je te les accorde." "Celui, le Christ, le Messie qu'on dit être le Fils unique de Dieu et que même certains, surtout Chrétiens disent qu'il est Dieu a dit de ne pas appeler personne sur la terre, 'Père.' Tu m'as donc pris à défaut." "Il faut savoir de quel côté nous sommes, car comme tu le sais maintenant, nous sommes ou bien avec lui ou contre lui." "Oui, j'ai aussi vu ça, il a dit ; 'Celui qui n'est pas avec moi est contre moi et celui qui n'assemble pas avec moi disperse.'

J'y ai aussi vu des centaines de messages qui contredisent les messages de ce Messie, surtout à propos de la loi." "Cela serait merveilleux si tous pouvaient lire et comprendre aussi vite que toi." "Je croyais sincèrement qu'il me suffisait de travailler pour la justice pour être en paix avec le Créateur, mais je comprends maintenant qu'il me faut être avec lui pour rassembler les brebis perdues et pour qu'elles ne soient pas dispersées. Je comprends aussi maintenant que je ne peux pas être du côté de cet employeur et de ton côté en même temps et il me faudra donc faire un choix et comme moi aussi j'aime la vérité et que j'aime faire ce qui est bien ; je vais de ce pas m'associer avec toi. J'aurai quand même aimé voir comment tu pouvais m'arrêter." "C'est très simple, essaye seulement de te séparer de moi." "C'est très vrai, j'en suis incapable." "Essaie plus fort, de toutes tes forces." "J'en suis incapable. Tu avais donc raison, tu as le pouvoir de m'arrêter, moi qui me croyais invincible." "Je suis quand même très content que tu sois sur mon côté.

Tu as bien lu que le Messie est le Fils unique de Dieu, donc le premier ?" "C'est ce qui est écrit dans Jean 3, 16." "As-tu vu des messages qui contredisent ce passage ?" "Bien sûr que j'en ai vu, pourquoi penses-tu que je me suis rangé de ton côté ?" "Alors parle-moi-s'en si tu veux bien." "Et bien, il est écrit dans Genèse 6, 2. 'Les fils de Dieu virent que les filles des hommes étaient belles.'

Il est écrit dans Exode 4, 22-23. 'Ainsi parle l'Éternel : Israël est mon fils, mon premier-né. Je te dis : Laisse aller mon fils pour qu'il me serve.'

J'ai aussi vu dans Deutéronome 32, 19. L'Éternel l'a vu et Il a été irrité, indigné contre ses fils et ses filles.'

Il est aussi écrit dans Luc 3, 38. 'Adam, fils de Dieu.'

Cela signifie donc que celui qui a écrit que le Messie est le Fils unique de Dieu a menti. J'ai aussi vu que tous ceux qui font la volonté du Père qui est dans les cieux sont les frères, les sœurs et les mères du Messie, donc ils sont tous les fils et toutes les filles de Dieu aussi. C'est écrit dans Matthieu 12, 50.

Puis j'ai lu rapidement que Dieu est le Dieu des vivants, donc Il est le Père de tous les vivants comme Abraham, Isaac et Jacob. Ce qui veut bien dire qu'Il est le Père de tous ceux qui vivent ou qui sont sans péché. Cependant je me pose de sérieuses questions sur les personnes responsables des écrits de la Bible ; ceux-là mêmes qui ont permis un tel mensonge dans Jean 3, 16, en ce qui concerne le Fils de Dieu." "Il y a plus qu'un seul mensonge dans ce même verset." "Voyons donc, est-il possible ?" "Tous les mensonges sont possibles venant d'un menteur." "Si tu le dis. Quels sont donc les autres mensonges dans ce verset ?" "Il est dit que Dieu a tant aimé le monde. Et bien Dieu a tant aimé le monde qu'Il a voulu le détruire à cause de la méchanceté des hommes ; comme on peut le lire dans l'histoire de Noé et du déluge et tout comme Il l'a fait pour Sodome et Gomorrhe. Dieu a tant aimé le monde qu'Il a demandé à son Messie de nous retirer de ce monde. Moi je peux t'assurer que sa colère n'est plus très loin. Aussitôt que la force du bien sera renversée, ce qui est 50 % + 1, la fin viendra." "D'où tiens-tu cette information ?" "Dans Daniel 11, 7. 'Quand la force du peuple saint sera brisée.'

Il y a une autre preuve, celle-là venant du Messie lui-même dans Matthieu 24, 41. 'Alors, de deux hommes qui seront dans un champ, l'un sera pris et l'autre laissé ; de deux femmes qui moudront à la meule, l'une sera prise et l'autre laissée.'

C'est donc dire que Dieu tranchera entre le bien et le mal. Ça sera un sur deux. Ça sera quand Dieu n'aura plus de raison d'attendre un jour de plus. C'est alors que les justes resplendiront comme le soleil dans le royaume de leur Père et que les autres auront des pleures et des grincements de dent comme le Messie l'a dit dans Matthieu 13, 42-43 et Matthieu 13, 49-50." "C'est fort ça. Quel est l'autre mensonge dont tu parles dans Jean 3, 16 ?" "Il est écrit là que Dieu le Père a donné son Fils unique, donc son premier-né pour sauver le monde. Maintenant sachant que Dieu dans sa colère a chassé des nations complètes devant les enfants d'Israël à cause de cette même abomination, c'est-à-dire de sacrifier son premier-né. Voir et lire attentivement 2 Rois 16, 3, chiffres inversés de Jean 3, 16. 2 Rois 16, 3. 'Il marcha dans la voie des rois d'Israël ; et même il fit passer par le feu, (<u>sacrifice</u>) suivant les <u>abominations</u> des nations que l'Éternel avait chassées devant les enfants d'Israël.'

Dieu aurait chassé des nations de devant les Israéliens parce qu'ils sacrifiaient leurs premiers-nés. Dieu a dit que c'est là une abomination et Il aurait fait la même chose avec son Fils ?" "Tu as raison. Il faut être vraiment aveugle comme je l'ai déjà été moi-même pour croire une telle chose." "C'est ce qu'ont fait les religions et un certain supposé apôtre dans la Sainte Bible, aveugler le monde et c'est pour cette raison que je m'efforce aujourd'hui de leur ouvrir les yeux.

L'ennemi de Jésus, celui qui a dit pratiquement tout le contraire du Messie est spécialisé dans le mensonge, la tromperie. Il est ce qu'il a décrit lui-même, c'est-à-dire, Satan déguisé en ange de lumière et c'est pour cette raison que tant de personnes s'y sont fait prendre malgré tous les avertissements du Messie dont je parlerai plus tard."

"J'espère que c'est tout ce qu'il y a de faux, de mensonger en ce qui concerne Jean 3,16." "Malheureusement il y en a encore un et c'en est un autre très grave qui a trompé des millions et probablement des milliards de personnes." "C'est incroyable et même inconcevable qu'un individu puisse faire autant de tord à l'humanité." "Si seulement tu réalisais jusqu'à quel point il l'a fait." "Je suis déjà dépassé et tu ne fais que commencer." "C'est encore heureux que tu y croies en la vérité, car tu verras dans un future rapproché combien de personnes voudront me lapider, me lyncher pour cette même vérité. Tous ceux qui croient dur comme fer aux mensonges dont je te parle et à ceux qui les ont dits auront de très grandes difficultés à accepter la vérité. Mais heureux tous ceux qui l'accepteront, car le salut est pour eux et j'espère de tout cœur que mes explications seront suffisantes." "Encore là, d'où tiens-tu cette information ?" "Elle me vient de 2 Thessaloniciens 2, 10 entre autres. 'Ils périssent parce qu'ils n'ont pas reçu l'amour de la vérité pour être sauvés.'"

"Cela nous vient de l'apôtre Paul ?" "C'est ce que plusieurs croient, mais moi je ne le crois pas et je vais te l'expliquer un peu plus tard.

Il est aussi écrit dans Jean 3, 16. 'Afin que quiconque croit en lui (le Messie) ne périsse point, mais qu'il ait la vie éternelle.'

Il n'y a rien de plus faux que cette parole-là." "Wao ! Il va te falloir une bonne explication pour celle-là." "Pas tant que ça, tu verras." "Je t'avoue que moi, j'ai un petit problème." "Prends ton mal en patience, ça ne sera pas long. Crois-tu vraiment que Satan, également nommé Lucifer aura la vie éternelle ?" "Non, pas du tout. Il est le mal, le mensonge et la tromperie incarnée." "Et pourtant il croit au Messie et en Dieu peut-être même plus que quiconque ait passé sur cette terre. Prends aussi le temps de lire Jacques 2, 19." "'Tu crois qu'il y a un seul Dieu, tu fais bien ; les démons le croient aussi et ils tremblent.'"

"Crois-tu qu'ils auront la vie éternelle ? Pas moi. Je pense qu'ils auront la honte éternelle. C'est ce qui est écrit. Va lire maintenant Marc 1, 24." "'Qu'y a-t-il entre nous et toi, Jésus de Nazareth ? Tu es venu pour nous perdre. Je sais qui tu es : Le Saint de Dieu.'

Ce démon le savait, mais plusieurs l'ignorent. En tous les cas, ce démon semblait croire en Jésus et en Dieu. Attends-moi quelques secondes, veux-tu ? J'entends un cri de détresse." "Vas'y vite, je serai ici à ton retour." "Je suis arrivé trop tard, cette jeune fille avait déjà été secourue par je ne sais qui." "Et elle s'appelle Simone, elle est âgée de quatorze ans et elle vie à Honolulu. Elle était sur l'océan et elle est tombée de son voilier." "Et toi tu sais tout ça sans avoir bougé d'ici." "J'avais juste quelques secondes d'avance sur toi et je l'ai aidé à remonter sur son bateau." "J'ai cru pour un instant que c'était une supercherie ou encore un piège." "J'ai agi parce qu'elle était à une demi-seconde de la mort et que tu serais arrivé deux secondes trop tard pour la sauver. Moi je voyage plus vite que la vitesse de la lumière." "Elle semblait un peu désorientée, mais bien autrement. Je me suis assuré qu'elle avait tous ses sens et elle m'a dit que ça ira et puis me voilà." "Celle-là valait la peine d'être sauvée, parce qu'un jour elle acceptera la vérité et elle la répandra à la grandeur de son pays et même au-delà, parce qu'un jour dans sa jeunesse son héros préféré l'a sauvé d'une mort certaine." "Que lui as-tu dit pour qu'elle soit touchée à ce point-là et qu'elle devienne ce que tu dis ?" "Je lui ai simplement dit de remercier Dieu lorsqu'elle m'a remercié." "Et toi, tu peux voir aussi loin dans le futur ?" "Je t'ai vu avant que tu sois ; cependant il faudra que nous nous séparions sous peu afin d'être plus efficace dans la plupart des cas. Nous pourrons toujours nous réunir lorsque nous aurons besoin l'un de l'autre. Ce n'est pas la peine d'être deux pour sauver la même personne ou pour l'instruire." "J'ai lu toutes les Écritures, mais je ne les comprends pas toutes. Que peux-tu me dire d'important pour m'aider à être plus efficace à l'avenir ?" "Souviens-toi seulement que tout et tous ceux qui contredisent la parole de Dieu et celle de son Messie sont des ennemis de Dieu, ennemis du bien et ennemis de la vérité. Tu comprends vite et tu comprendras." "Je sais que ton temps est très précieux, mais donne-moi un seul autre exemple, veux-tu ?" "Bien sûr ! Le malin qui depuis le commencement contredit le Créateur, comme il l'a fait avec Adam et Ève, (Voir Genèse 3, 1-5) a continué son même stratagème et il s'est infiltré là où il pouvait faire les plus grands dommages, c'est-à-dire parmi les apôtres et à l'intérieur même des Saintes Écritures. Il contredit Dieu et Jésus à propos de la loi et des commandements. Il contredit Dieu et il se bat contre les apôtres à propos de la circoncision et de la loi. Il contredit Jésus sur des centaines de sujets, entre autres sur la foi et les œuvres. Voilà, tu es maintenant non seulement un homme averti, mais aussi un héros averti. Pour combattre à mes côtés il te faut combattre le mal, combattre le malin, combattre le mensonge ; ce qui veut dire faire connaître la vérité et ce n'est pas toujours facile et tu rencontreras sans contredit des milliers d'ennemis. Ceci dit, il me faut te laisser aller pour le moment, parce que j'ai un ennemi mortel qui cherche à me piéger depuis quelques heures et sa toile est toute bien tendue. Son fil est cent fois plus résistant que les câbles d'acier et son venin est aussi mortel pour le corps que celui de Satan l'est pour l'âme." "Tu ne veux pas que je reste pour t'appuyer dans cette bataille ?" "À l'instant où j'aurai besoin de toi je te ferai signe, mais pour le moment tu as beaucoup mieux à faire. N'oublie surtout pas qu'il est beaucoup plus important de sauver des âmes que de sauver des corps et tant mieux si tu peux faire les deux."

Puis mon nouvel ami, Surhumain quitta l'immeuble dans lequel nous étions comme une fusée qui fend l'air et il passa au travers de la toile que notre ennemi commun, la Veuve Noire géante avait tissé à toutes les extrémités, c'est-à-dire à toutes les entrées du centre d'achat.

Ni une auto ni un camion de dix roues n'aurait pu la franchir, mais mon ami avec la vitesse de l'éclair n'en a fait qu'une brèche à l'étendu de sa corpulence dont le fil de cette toile a tout simplement fondu sur son passage.

Tout comme les météorites s'enflamment avant d'atteindre la terre, Surhumain ne laisse qu'une traînée blanche derrière lui et seule la lumière est plus rapide que lui. Il a pu quand même voir que cette ennemie, la Veuve Noire, qui est mortelle pour la plupart des gens attendait Juste à sa sortie.

"Je vois que tu m'attendais avec impatience." "Moi je vois que tu ne sembles pas avoir peur de moi et pourtant je sème la mort partout sur mon passage." "J'ai vaincu la mort un jour et je te vaincrai aussi et ça malgré ta répugnance et ta réputation mortelle." "J'ai des associées par milliers tout aussi mortelles que moi et qui peuvent se joindre à moi en peu de temps ; dont la Banane qui est encore plus puissante que moi et qui est plus rapide que le vent." "Moi je peux tourner le vent contre vous toutes, qui vous balaierait d'un seul souffle et vous déposerait dans le feu de l'enfer, là où est votre lieu de destination de toute façon." "Tout ça reste à voir, je pense." "Essaye seulement et tu verras. Il est écrit : 'Tu ne tueras pas.' Mais toi et tes semblables vous vous êtes amusées à la tuerie. Ce qui vous a été donné était pour votre défense et non pas pour l'attaque meurtrière dont tu me menaces présentement. Tu me cherchais et tu m'as trouvé, mais cela n'était pas pour ta défense et pour cette raison tu as rencontré ton dernier jour." "N'est-il pas écrit : 'Tu ne tueras pas ?' " "Ce n'est pas moi qui te tuera, mais ton orgueil, ta vantardise et ton esprit malfaisant de bête malsaine que tu es et qui te permettra de te prendre dans ton propre piège, dans la toile même que tu as tissée. Tu l'as fait tellement solide, pensant me prendre à ton piège que même toi tu ne pourras pas t'en sortir. Tu es pris à ton propre jeu et nul ne pourra te regretter ni te pleurer, car tu ne seras qu'une menace de moins dans ce monde corrompu." "Même si moi je meurs aujourd'hui des milliers d'autres viendront et finiront le travail." "Et toutes ces milliers comme tu dis iront te rejoindre dans le feu qui ne s'éteint pas et le feu est votre pire ennemi, surtout pour votre toile si puissante soit-elle. Vos toiles continueront constamment d'alimenter cette flamme qui existera éternellement pour votre malheur très mérité et que vous avez sans cesse cherché.

Comme vous êtes des trompeuses avec vos belles toiles si bien tissées ; je dirais même avec la perfection et la précision d'une minuterie pour mieux piéger vos victimes et que cela n'a pas affecté votre conscience le moins du monde ; vous méritez donc votre sort infernal. Votre toile mondiale communément appelée ; le Web est le plus grand des pièges qui ait jamais existé. C'est aussi le plus grand des pièges jamais créé par la bête et qui n'a pas seulement pris des coupables, mais aussi malheureusement des millions d'innocents, qui s'y sont plongés tête première et aveuglement sans se soucier des conséquences souvent fatales. La presque totalité du monde des affaires ainsi que des affaires gouvernementales, presque toutes les sociétés, qu'elles soient commerciales, sportives ou autres sont d'une façon ou d'une autre prises au piège. Elles ne semblent pas être trop inquiétées de nos jours, mais attention, la bête n'a pas encore dit son dernier mot. Il est presque impossible déjà de s'en sortir sans faillir. Si vous ne pouvez pas suivre les autres, vous êtes hors de la course, donc en perte de vitesse et vos chances de survie sont pratiquement nulles. Nous en sommes venus tout près à un point tel que seul le Créateur pourra rétablir un semblant de paix sur la terre et ramener ses enfants en un lieu où coulent le lait et le miel ; là où ni rien ni personne ne pourra pratiquer le mal.

On ne peut même plus acheter une livre de beurre dans un magasin s'il est en manque d'électricité. Quelle ère dans laquelle nous vivons, si c'est ça vivre !

De nos jours dire que l'homosexualité est de l'abomination, on appelle ça de l'homophobie. Quelle farce ! Ceci revient donc à dire que tous les prophètes de Dieu, incluant Jésus étaient homophobes. Les parades de la fierté gaie ne sont absolument rien de nouveau, car il y en avait aussi du temps de Sodome et Gomorrhe et la plupart des gens savent comment cela s'est terminé pour ces gens et ces orgies.

C'était passablement semblable du temps de Noé. J'ai comme l'impression que Dieu est encore en train de tous les réunir et leur réserve encore un sort semblable. Puisse-t-Il se débarrasser du mal une fois pour toutes et appelez ça de l'homophobie si vous le voulez, je m'en fous totalement, car moi aussi j'ai droit à mon opinion.

Tu connais ta force et ta puissance de destruction et c'est ce qui te rend aussi arrogante, mais sache bien une chose ; c'est que le Père Céleste contrôle tout dans la voie lactée, donc tous les éléments et avec ces derniers, Il peut en un clin d'œil vous faire toutes disparaître. Il peut en quelques secondes avec le vent déposer des milliers de vos petites carcasses au milieu de la mer où vous ne seriez que de la nourriture pour la faune marine. Vous n'auriez jamais la force ni l'endurance ni le temps de remettre pattes sur terre. Sache bien que si la terre est son marchepied, Il peut se servir de tous ses éléments à son gré. Le vent, le froid, la neige, la grêle, la foudre, tout Lui appartient. En moins de temps qu'il Lui en faille pour faire un clin d'œil, Il peut allumer et réduire en cendre des millions de vos petites cachettes avec la foudre. Sodome et Gomorrhe en sont des exemples inoubliables. Et que dire du froid, d'un gel extrême avant que vous n'atteindriez vos petits refuges ? Tu trouves ça un peu moins drôle." "Tout ça reste à voir." "Continue ton arrogance, c'est ce qui a causé votre perte du temps de Noé et de Lot." "Oui, mais ceci s'est passé il y a bien longtemps." "Vous êtes trop orgueilleuses pour vous repentir et c'est ce qui cause votre fin. Le Père a une patience presque infinie, mais Il garde compte des actions de tous et chacun. Il oublie les fautes repenties, mais Il n'oublie pas celles qui ne le sont pas. Tu peux être certaine aussi que s'Il peut compter tous les cheveux de tous ses disciples, Il peut aussi tenir compte des péchés de tous.

Dieu dans son infinie bonté nous a donné ses lois et ses commandements afin que nous sachions quoi faire et ne pas faire pour Lui être agréables. Seuls les ennemis de Dieu n'en veulent pas ; tout comme ils ne veulent pas de la circoncision, une alliance perpétuelle entre Lui et ses enfants.

Abraham, Isaac et Jacob n'ont pas eu de problème avec la volonté du Père et moi non plus ; de ce fait je serai heureux d'être assis avec eux à la grande assemblée pour célébrer la grande victoire sur le mal." "Je crois plutôt qu'il est écrit que la force du bien sera renversée. N'est-ce pas ce qui est écrit dans Daniel 12, 7 ?" "Tu devrais peut-être le relire, car il est aussi écrit dans ce même verset que toute votre arrogance finira aussi ce jour-là. À l'instant même où la force du bien sera brisée, toutes choses finiront, c'est-à-dire que cela marquera la fin de ton monde pervers. Mais je vois bien que je pers mon temps avec toi ; tu es tout simplement trop arrogante et orgueilleuse pour recevoir et accepter quelques conseils que ce soient. Je vais donc te laisser à ton piège que tu as si bien fabriqué. Il est tel que même toi, tu ne pourras pas t'en libérer. Aussi, parce que je n'aime pas voir souffrir, même les méchants de ton espèce, je vais demander au Père de t'envoyer un grand gel pour abréger tes souffrances et alors tes comparses pourront venir te retirer de cette très mauvaise situation. Mais tu en n'auras pas connaissance et tout comme une très grande quantité des gens de la fin de ce monde dévergondé, ils seront trop gelés pour comprendre ce qui leur arrive. Voir Matthieu 24, 38. 'Ils ne se doutèrent de rien, jusqu'à ce que le déluge vint et les emportât tous : Il en sera de même à l'avènement du Fils de l'homme.'

C'est très triste, mais il en sera ainsi, puisque le Maître de la vérité l'a dit. Ce Maître a aussi dit que toutes les nations de la terre auront eu la chance de connaître cette vérité. Je vous demande donc de bien saisir cette chance, puisque c'est cette vérité qui vous affranchira et rien d'autre. Voir Jean 8, 32. 'Vous connaîtrez la vérité et la vérité vous affranchira.'

Ça, c'est si vous recevez et acceptez les messages du Messie. Voir aussi 2 Thessaloniciens 2, 10. 'Ceux qui périssent parce qu'ils n'ont pas reçu l'amour de la vérité pour être sauvés.'"

Alors oui, la vérité est très importante, elle est la vie. Donc, si vous tenez à la vie ; recevez la vérité et acceptez-là et même si cela paraît faire mal, c'est pour votre bien."

Puis mon héros a continué son périple autour de la terre, essuyant des affronts des uns, les insultes des autres, lorsqu'une autre confrontation importante survint. Tout ça est fait en ralentissant les uns, en accélérant les autres et souvent en arrêtant d'autres pour leur permettre de continuer à vivre et plus souvent qu'autrement, les personnes impliquées ne s'en rendent même pas compte. Le guidage par la pensée est très puissant, invisible et indétectable.

Toujours est-il que trois autres prétendus héros sont venus menacer Juste et ça juste au moment où il allait sauver un haut placé du gouvernement, pour ne pas le nommer, d'une attaque de voyous contre ce dernier. Le ministre n'y comprenait absolument rien, quoiqu'il s'est bien rendu compte que quelque chose d'étrange se déroulait sous ses yeux.

Il va sans dire que les quatre voyous ont vite pris leur trou en apercevant devant eux ces quatre héros, dont trois d'entre eux étaient des géants et cela juste au moment où ils allaient commettre leur méfait.

Saisi par la stupéfaction, ce ministre est demeuré sans mot devant ces quatre êtres impressionnants qui s'affairaient à s'affronter, ce qui lui a semblé être une bataille à finir. Cela lui a aussi semblé très inégal de voir trois géants de la sorte devant un seul homme de taille moyenne. Quoiqu'il est lui-même de bonne corpulence, mais soit par crainte, soit par sagesse, il demeura silencieux devant ce qui lui sembla un vrai cauchemar. Puis les discussions, les accusations et les insultes ont commencé à pleuvoir de toutes parts.

"On dit de toi que tu es le plus grand des héros, pourtant tu me sembles n'être qu'un petit avorto...." "Pourquoi ne termines-tu pas ta pensée ?" "Tu n'es qu'un petit avort...." "Tu bégayes maintenant ? Allez, dis-moi le fond de ta pensée." "Tu n'es qu'un petit avort...." "Qu'est-ce qui t'arrive ? N'es-tu pas assez grand pour terminer une seule petite phrase devant un homme aussi simple que moi ? Ne faudra pas me dire que tu es intimidé ; vous qui intimidez tous et chacun dans vos rencontres."

"Qu'est-ce qui t'arrive, toi qui a normalement la parole la plus facile de nous trois ?" "Je n'en sais rien, j'ai la langue qui fourche et je n'y peux rien. Je n'ai certainement pas peur de lui, ce n'est qu'un petit avort...." "Essaie un autre mot pour voir."

"Tu n'es qu'une petite crot..."

"Je n'y arrive pas. J'ai presque honte de l'avouer, il y a une force étrange qui m'empêche de lui dire le fond de ma pensée." "Dis-le-moi à l'oreille, je vais essayer de le lui dire à ta place." "Ok, c'est : 'Tu n'es qu'un petit avorton.' " "Ok, je vais lui dire."

"Tu n'es qu'un petit avort...." "Ha, tu ne peux pas faire mieux que ça ? Trois fanfarons qui ne peuvent pas s'exprimer comme ils le veulent bien. Bravo, vous êtes très impressionnants. Décidez-vous bientôt, parce que moi j'ai des choses beaucoup plus importantes à faire." "Parlons-en de ce que tu fais. Tu annonces des choses qui sont contraires à ce que les religions chrétiennes enseignent depuis deux milliers d'années." "Dites-moi donc qui vous envoie contre moi." "Ils ont demandé l'anonymat." "Ça ne fait rien ; je le sais quand même. Je voulais juste savoir si vous êtes francs. Est-ce que vous êtes venus pour m'interroger ou pour m'éliminer ?" "Cela dépend de ta collaboration." "Bon, aussi bien vous dire immédiatement que je ne peux pas collaborer avec vous ni avec qui que ce soit qui contribuerait au mal ni à rien qui contredirait la parole de Dieu." "Alors il nous faut te détruire ; nous n'avons pas le choix." "Comment ferez-vous ça ? Vous ne pouvez même pas me dire clairement ce que vous pensez de moi." "Cela ne veut pas dire que nous ne pouvons pas mettre la main sur toi." "C'est vrai, mais moi je pense qu'il est plus facile de toucher quelqu'un avec la voix qu'avec la main et vous en avez été incapable." "Nous pouvons t'écraser comme une petite puce." "Une puce n'est pas tellement facile à attraper ; surtout par des géants comme vous. Elle pourrait très facilement vous glisser entre les doigts et se loger là où cela vous serait très désagréable. Vos mains pleines de pouces vous seraient alors passablement embarrassantes. On ne frappe pas une balle de golf avec une masse et même si vous le faites ; elle n'irait pas très loin."

Puis ces trois géants se sont mis à danser dans cette ruelle comme si il y avait une belle musique de Rock'n Roll qui jouait dans un concert d'Elvis Presley et la terre en tremblait. Non seulement ils se sont mis à danser sans musique, mais ils se grattaient à d'étranges endroits, comme s'ils étaient d'énormes gorilles.

Le ministre s'est alors mis à taper des mains et des pieds et ça jusqu'à ce que l'un d'eux le regarde dans le blanc des yeux. J'ai trouvé cela assez étrange, puisque la plupart des gens regardent les autres directement dans la pupille des yeux. Quoi qu'il en soit, ces trois géants en sont presque arrivés à oublier Juste complètement, étant trop concernés avec leur malaise.

Tout ce temps les quatre truands tremblaient et se mourraient de peur. Je pense même qu'ils ne sont pas prêts d'oublier leur mésaventure.

Tout ça me rappelle un message du Messie qui est écrit dans Matthieu 10, 18. 'Pour servir de témoignage à eux et aux païens.'

Je ne sais pas trop s'ils auront envie ou pas de raconter leur histoire, mais une chose est certaine ; ils se rappelleront sûrement de cette soirée-là.

Puis Juste qui est ce qu'il est n'a quand même pas pu s'empêcher de prendre en pitié ces trois ennemis géants.

"Vous devriez aller vous laver à la mer, car vous n'êtes pas très propres et les puces n'aiment pas l'eau et encore moins l'eau salée." "Là je comprends, ta force est dans le mental." "Comment as-tu fait pour trouver ça ?" "Je te répondrez une autre fois ; là je m'en vais et ça presse."

Une fois les trois géants partis, le ministre a voulu connaître l'identité de Juste qui n'a pas eu à se servir d'aucune force physique pour vaincre trois des plus grands géants de la terre. Il a donc insisté pour le remercié.

Les quatre truands sont aussi sortis de leur trou en tremblant et ils sont venus se joindre à cette conversation tout en demandant pardon au ministre. Tout ce que le ministre avait à leur dire est : "Ne recommencez plus jamais." "Il n'y a pas de saint danger." Ont-ils ajouté.

Je ne suis qu'un messager du Messie et je m'efforce de répandre ses messages à la grandeur du monde, comme il nous l'a demandé." "Mais cela n'est-il pas ce que font les églises ?" "Je le voudrais bien, mais ce n'est pas le cas. Je dirais même que les officiers de toutes ces églises n'aiment pas ma présence du tout et c'est même pour cette raison qu'ils ont envoyé ces géants pour m'éliminer." "J'ai quand même appris d'eux à connaître Dieu." "Le connaissez-vous vraiment ?" "Je le crois, oui." "Quel âge avez-vous, monsieur le ministre ?" "Moi, mais j'ai cinquante-quatre ans." "Vous êtes allé dans ces églises pendant combien d'années ?" "Depuis toujours, je crois et j'y vais encore." "Vous avez également un bon degré d'instruction, n'est-ce pas ?" "J'ai même fait quatre ans d'université." "Voici maintenant ma question la plus importante de toutes. Aimez-vous Dieu et son Messie ?" "Bien sûr que je l'aime, il est le Sauveur et je t'aime aussi ; toi qui est mon sauveteur." "Alors permettez-moi une autre question, s.v.p. ? Pourquoi ne l'écoutez-vous pas ?" "Moi, mais je l'écoute autant que je le puisse." "Non, je regrette, mais ça c'est faux." "Dites-moi seulement où et quand j'ai manqué et je vais tout faire pour réparer." "En êtes-vous sûr ?" "Je le jure." "Et voilà, la voix de l'antéchrist vient tout juste de parler en vous." "Je ne comprends pas." "Ou bien vous ne connaissez pas la volonté de Dieu, les messages du Messie ou bien vous n'en faites pas de cas. De toute façon vous ne l'écoutez pas." "Je ne comprends toujours pas." "Jésus, le Christ, le Messie a dit très clairement de ne pas jurer. Alors pourquoi le faites-vous ? Vous ne pouvez pas faire votre métier sans être antéchrist, sans jurer." "C'est vrai qu'il nous faut jurer sur la Bible pour être nommé à mon poste et cela ne devrait pas être le cas, mais moi je n'y peux rien, du moins je ne le crois pas." "Il y a un début à tout ; voyez donc ce que vous pouvez faire et Dieu vous en sera reconnaissant. Sinon, vous pouvez toujours démissionner. Bien sûr si vous voulez être du bon côté."

Pendant tout le temps de cette conversation, les quatre truands écoutaient et observaient religieusement ce qui se passait entre les deux hommes. Ils n'ont pas pu faire autrement que de réaliser que toute cette affaire n'était qu'une bataille entre le bien et le mal, entre le mensonge et la vérité. Ils ont aussi réalisé que la force du mental est encore plus puissante que la force physique. C'est alors qu'ils ont entrepris une discussion enflammée entre eux et ça aussitôt qu'ils se sont sentis libérés par les deux autres.

Le ministre a continué son chemin en réfléchissant sur son avenir et sur ce qui c'était déroulé. Il s'était bien rendu compte qu'il avait été délivré d'une très mauvaise situation, mais encore là ; c'était sans trop comprendre le comment ni le pourquoi. Il savait bien qu'il s'était retrouvé à cet endroit dans le but précis de faire de la collusion et de la corruption, pour ramasser une de ces enveloppes brunes, mais alors pourquoi un bienfaiteur serait-il venu à sa rescousse ? Sa situation explique aussi le pourquoi cet homme était sans l'escorte de son garde du corps. Il va sans dire que les voies du Seigneur sont impénétrables et que nous ne savons jamais à quelle heure Il frappera à notre porte.

Ce ministre a soudain conclut en lui-même qu'il l'avait échappé belle et plus d'une façon. Ce qu'il ne sait toujours pas est que l'un des quatre truands est un policier infiltré dans ce gang, justement pour piéger ce ministre. Il a failli en sorte que le graisseur de pattes ne s'est pas présenté à l'endroit et au temps prévu ; ce qui a sauvé ce ministre d'un scandale et d'un grand embarras très gênant pour lui et pour son gouvernement.

Puis les quatre autres se sont mis à s'obstiner pour essayer de voir ce qui n'a pas marché dans leur plan. Une chose est certaine, ils se sont présentés trop tôt pour prendre le cash et le ministre en défaut.

Ils étaient tous sensés être plus riche de quelques douze mille cinq cent dollars, mail ils se retrouvent tous le bec à l'eau et ils ne sont pas contents du tout. Ils ont cependant eu la peur de leur vie.

Puis Juste qui se trouvait comme par hasard encore dans les environs est venu leur rendre une petite visite.

"Tiens, tiens, tiens, voilà donc celui qui nous a fait perdre notre soirée." "N'oubliez pas que je vous ai fait perdre également de cinq à dix ans de prison. Vous devriez plutôt me remercier au lieu de vous plaindre. Qui sont donc vos héros pour que vous agissiez comme des bandits de basse classe en attaquant à quatre contre un cet homme en pleine nuit ? N'avez-vous jamais vu ni connu Zorro et les Mousquetaires qui contrairement à vous tous se dépensaient pour protéger les plus démunis ? N'avez-vous jamais entendu parler de Robin des Bois qui risquait sa vie en combattant des cinq, six et sept malotrus à la fois, juste pour permettre à un vieil homme de continuer son chemin ou à un jeune enfant de traverser la rue, parce qu'il avait cinq sous à dépenser ?" "Nous les cinq sous on s'en fout ; ce sont les cinquante mille qui nous intéressaient et grâce à toi nous les avons perdus. Ce qui fait que cela serait bien si tu nous remboursais." "Moi....vous rembourser ? Ha, ha, ha, mais j'ai toujours été sans le sou. Il n'y a pas que l'argent dans la vie." "Nous, on a besoin d'argent justement pour nos besoins." "Vous n'avez jamais pensé à en gagner honnêtement ?" "On y a pensé, mais c'est trop long. Il nous semble que l'argent est beaucoup plus agréable lorsqu'il est gagné rapidement. Regarde seulement le visage de celui qui vient de gagné quelques millions à la lotto ou encore le visage d'un champion de golf, qui a remporté un million et demi en quatre jours dans un tournois." "Ils ont quand même la satisfaction de l'avoir gagné honnêtement et ne pense surtout pas que l'on devient champion sans travail et sans effort.

Mais pour revenir à vos méfaits ; je peux vous prédire et vous assurer que la prochaine fois vous serez pris et que je viendrai vous rendre visite à votre prison ; ce qui sera beaucoup moins drôle et vous aurez tout votre précieux temps pour écouter ce que j'ai à vous dire. Vous verrez aussi combien c'est payant les quelques huit dollars par mois et cela si vous faites bien votre travail." "Toi, tu peux nous prédire une telle chose." "Marquez-le dans votre mémoire, si vous ne pouvez pas l'écrire ailleurs." "Peux-tu nous prédire ce que nous allons te faire dans quelques minutes ?" "Dans quelques minutes ?" "Oui, dans quelques minutes ! " "Rien, car je ne serai plus là pour voir ça. Désolé pour vous."

Avant même que ces derniers ne puissent ajouter une autre parole, Juste, mon héros était à des milliers de kilomètres d'eux. Ils le cherchèrent mais en vain, se demandant si cela n'avait pas été seulement qu'un mirage. Ils se frappèrent la tête dans l'espoir de comprendre ce qui s'est passé et en se questionnant les uns les autres. Ils en conclurent que ce n'était pas là qu'une vision, puisque tous les quatre ont vu et entendu la même chose, mais que la réelle réalité avait disparue. Et pour la deuxième fois de cette soirée, ils se sont retrouvés le bec à l'eau. Ils ont quand même été plus chanceux que les trois géants, qui eux ont dû se mouiller un peu plus pour se débarrasser de leurs parasites.

"Qui est donc cet être si étrange qui peut apparaître et disparaître comme ça en un clin d'œil ? Un homme qui peut sans effort apparent pratiquement paralyser trois géants, comme nous l'avons vu de nos propres yeux ?" "Êtes-vous seulement certains que nous n'avons pas été drogués ?" "On n'en a plus de drogue, tu le sais. On n'avait besoin de cet argent justement pour nous renouveler en stock. Nous sommes clean depuis au moins une semaine." "C'est certainement un être mystérieux celui-là. Il nous a questionnés beaucoup, mais il ne nous a pas jugés. C'est un drôle de phénomène."

"Je pense quand même que nous sommes chanceux s'il ne nous donne pas à la police, car qu'on le veuille ou pas, il a quand même été témoin de nos activités."

"Selon ce qu'il nous a dit, c'est la prochaine fois que nous seront pris." "C'est là que nous saurons s'il est un vrai ou un faux prophète. Ha, ha, ha, hi, hi, hi. Allons nous coucher et demain nous préparerons notre prochain coup, qui espérons-le aura un plus grand succès que ce soir. Un bon train de vie ça se gagne et ça se paye."

Le policier qui a quand même réussi son camouflage et ça malgré toutes les activités de la soirée est allé rendre tout ému son rapport à ses supérieurs. Il n'a pas pu tout leur expliquer, mais il s'est senti perplexe, intrigué par tout ce qu'il a vu et entendu. 'On ne peut pas vivre de tels événements et demeurés insensibles,' leur a-t-il dit.

"J'ai eu la peur de ma vie, j'ai rencontré l'homme le plus étrange de ma vie et j'ai entendu la meilleure leçon de vie de toute ma vie. Tout ça s'est passé en quelques heures. Je vous remets donc ma démission et je me mets immédiatement à la recherche de cet homme, puisque je n'aurai pas de paix en mon cœur tant et aussi longtemps que je ne l'aurai pas trouvé. Comme il l'a dit lui-même, 'L'argent n'est pas tout dans la vie.'"

On ne sait jamais quand, le comment et l'on sait à peine le pourquoi, mais lorsque le Seigneur lance un appel à quelqu'un, alors là, on sait qu'il nous faut répondre, peu importe le travail et peu importe les conséquences. Plus rien n'importe autant que de suivre le chemin qu'Il nous trace.

CHAPITRE 2

Moi j'ai reçu son appel alors que je ne m'y attendais pas, mais pas du tout. C'est dans un rêve que j'ai reçu cet appel.

C'était dans un très bel été de l'année 1992 alors que tout me souriait d'une façon paradisiaque et où l'argent semblait me tomber du ciel comme par magie sans que j'aie à travailler fort pour faire changement dans ma vie.

Je possède l'une des plus grandes collections de caps de roue au pays et les gens venaient me donner des $50.00, $60.00 et $70.00, pour souvent un cap de roue que j'ai ramassé dans un faussé la veille ou quelques jours plus tôt. Je me souviens, en autres, avoir trouvé pour $14,000.00 de ces derniers en quarante-cinq minutes aux pieds des montagnes rocheuses. Les bénédictions nous viennent de toutes sortes de façons. Très souvent également les objets perdus sont ceux qui sont le plus en demandes.

Un jour alors que je me rendais au marché aux puces où je vendais ces derniers, c'était dans la grande et belle ville de Calgary ; un monsieur m'attendait là pour acheter un cap de roue en broche qu'il avait perdu en route sur le Boulevard Deerfoot. Moi je m'étais déjà arrêté en chemin pour le ramasser. C'était un enjoliveur de roue qui se vendait pour plus de $400.00 chez le concessionnaire. Il était tout heureux de m'en donner $100.00 pour rhabiller son auto. Il m'a aussi dit que lui, il n'aurait jamais osé aller le chercher là où il était tombé et il m'a même dit où il était. C'était une journée qui a plutôt bien commencée pour moi.

Il y a bien un autre cas qui était plutôt drôle celui-là. Non pas que je sois raciste, car je ne le suis pas du tout, mais j'ai quand même constaté que les Italiens et les Chinois sont un peu, pas mal près de leurs sous ; ce qui n'est pas nécessairement un défaut en soi, mais qui peut être très agaçant pour un vendeur.

Toujours est-il que ce jeune Italien, je dirais dans la jeune trentaine, est venu marchander un cap de roue pour sa Chrysler Cordoba. C'était un cap de roue qui se vendait trente dollars en bonne condition. Bien sûr il y en avait de moins bonnes conditions dont j'aurais pu lui vendre pour $15.00 ou $20.00, mais lui, il en voulait un en très bonne condition et il ne voulait payer que $10.00. Je lui ai laissé l'avoir à ce prix, mais il a dû l'installer lui-même et comme 99 % des gens ne savent pas les installer comme il le faut ; alors il était de retour le lendemain pour un autre cap de roue. Dix dollars pour quelque chose qui n'a coûté que l'effort de le ramasser, c'est quand même bien payé.

Ce n'est pas quelque que je suggérerais à quelqu'un de faire, mais je garde toujours un œil sur la route et un autre sur le côté quand je conduis. Quelques minutes après mon départ du marché aux puces ce jour-là, mes yeux se posèrent sur ce cap de roue, ce qui a vite mis un sourire à mes lèvres. Non pas que je souhaitais que cela lui arrive, mais vous avouerez quand même que la situation était un peu cocasse.

Le lendemain, c'était le dimanche et voilà qu'un jeune Italien se présente de nouveau devant moi et il a encore besoin d'un cap de roue pour enjoliver son auto. Je lui donne donc son cap de roue et je reprends un autre dix dollars de sa main. Comme de raison, je lui laisse encore une fois la charmante tâche de l'installer lui-même. Il faut dire ici que je ne suis pas du tout obligé d'installer ce que je vends.

Le samedi suivant le voilà qu'il revient une troisième fois pour acheter un autre cap de roue pour sa voiture. Le pauvre gars n'avait fait que quelques centaines de pieds plus loin que la première fois avant de perdre de nouveau son cap de roue. Je lui ai revendu son cap de roue, le même pour la troisième fois, mais je lui ai fait une faveur cette dernière fois. Non pas qu'il la méritait vraiment, mais moi j'avais finalement le montant dont je demandais pour cet article. Je pense lui avoir donné une bonne leçon de vie en lui montrant comment ajuster son cap de roue et en l'installant de la bonne manière sur son auto. Je ne l'ai plus jamais revu.

Une de mes sœurs qui était dans le marché de fruits et légumes un jour me conseillait de vendre autres choses en disant que les gens mangeront toujours. Je lui ai dit d'essayer de vendre la même tomate trois fois à la même personne.

Pour revenir à l'appel du Seigneur dont j'ai parlé un peu plus tôt et qui m'est venue dans un rêve, je vais commencer par vous le raconter.

C'était en février de l'année 1992. J'ai eu ce rêve que je peux classifier d'assez étrange. Je conduisais ma voiture sur la route 97 entre Kelowna et Westbank en Colombie-Britannique à 118.6 km/h de nuit quand un policier m'a intercepté. Il se tenait au milieu de la route et il m'a fait signe de me ranger sur l'accotement ; ce que je fis sans perdre de temps. J'ai baissé ma vitre et je lui ai demandé ce qui n'allait pas.

"Ce qui ne va pas Jacques, c'est qu'il fallait que je t'arrête avant que tu te tues." "Comment sais-tu mon nom ?" "Je le sais. Est-ce que tu sais à quelle vitesse tu roulais ?" "Je peux admettre que j'allais un peu vite, mais quand même pas assez pour me tuer." "Je ne veux pas de ton argent Jacques, mais si je ne t'avais pas arrêté, tu serais physiquement mort, il y a exactement une minute et sept secondes."

Je l'ai regardé intensément avec étonnement et en même temps il s'est étiré le bras et j'ai pu voir à l'intérieur de sa main aussi clair que si c'était sur un écran de télévision, l'accident que j'aurais eu un mille et quelques centaines de pieds plus loin.

"Tu roulais à 73.69 m/h." "Ton radar doit être dérangé."

J'ai argumenté, comme je le fais assez souvent quand on m'arrête pour excès de vitesse.

"Mon radar est en parfait état, mais j'ai besoin de toi Jacques et j'ai besoin de toi vivant. J'ai besoin que tu écrives pour moi."

Je me suis éclaté de rire en lui disant que je ne savais même pas épeler proprement.

"Il y a une masse de gens qui peuvent le faire, tu n'as pas à t'inquiéter de ça du tout." "J'ai écrit un paquet de chansons, mais c'est tout. Qu'est-ce que tu veux que j'écrive de toute façon ?" "Ce que tu dois écrire te sera révélé en temps et lieu. Quand le temps sera venu, tu le sauras."

Finalement à bout de désespoir et d'impatience, je lui ai demandé :

"Pourquoi moi ?" "Parce que toi, tu le feras."

Sur ces mots je me suis réveillé. Fin du rêve.

Pendant plus de cinq longues années à la suite de ce rêve ; je me suis demandé et j'ai cherché ce que je pourrais bien écrire. Je suis même allé à l'église où j'allais en ces jours-là, pour en parler à un pasteur. 'Attends d'en savoir plus sur le sujet ; si Dieu veut t'en reparler, c'est son affaire.' Qu'il m'a dit.

J'ai pensé à bien des choses, entre autres à des bandes dessinées, comme Superman ou l'homme-araignée, le Punisher où jeunes et moins jeunes pourraient ramasser sur une tablette de magasin pour une somme peu élevée et obtenir des messages de paix et d'amour. Quelque chose qui pourrait s'appeler par exemple ; le Roi Des Rois, Le Seigneurs Des Seigneurs ou encore, Le Héros Des Héros. Qui sait ? Peut-être plus tard.

Moi qui n'avais pas lu trois livres en plus de vingt ans ; je me posais de sérieuses questions. Non pas que cela ne m'intéressait pas, mais de 26 à 46 ans, j'ai connu plus de journées de seize heures que de journées de huit heures et plus de semaines de soixante heures que de semaines de quarante heures. Toutes les semaines dont j'ai passé à la Baie James ont été de quatre-vingt-quatre heures. Alors il n'y avait pas de temps pour la lecture ou pour l'écriture, ça c'est sûr.

Soudainement, un jour j'ai eu une soif de lire comme je n'en avais jamais eu auparavant. Mais à cette époque c'était devenu presque une obsession. J'ai donc lu près de cent livres en six mois. Ils étaient des livres demeurés dans des boites qu'une amie avait essayé de ventre sur le bord de la route sans réussir et qu'elle avait laissé chez moi. Elle et mon ex ont vendu pour une totalité de dix sous dans toute leur journée, mais elles ont eu un fun fou à parler de tout et de rien à la fois. Mais tous ces livres, exception faite de quelques-uns auraient pu être écrits en moins de dix pages ; tellement ils ne vous apprenaient rien ou ne voulaient rien dire. Il n'y avait qu'un seul dans toute cette pile qui était intéressant du début jusqu'à la fin.

C'est ce qui a créé en moi une foi extraordinaire. Je me suis dit alors que si tant de gens pouvaient écrire tant de choses insignifiantes et vendre leurs livres, moi aussi je pouvais écrire. Puis, je me suis rappelé mon rêve.

J'ai écrit depuis quelques dix-huit livres, c'est-à-dire neuf dans les deux langues officielles de mon pays. Celui que vous lisez est mon dix-neuvième et pourtant il est le premier auquel j'ai pensé. Dieu m'a demandé d'écrire et J'écris. Pour tout dire et dire la vérité ; je suis maintenant rendu à la page trente-six de ce livre et je n'avais aucune idée de ce que j'allais écrire au début. L'écriture vient en écrivant tout comme l'appétit vient en mangeant. Cette dernière phrase en est un exemple frappant de ce que je dis, car je n'y avais jamais pensé et je ne l'ai jamais entendu non plus. C'est bien pour dire. La foi est un peu comme le doute. Lorsque nous prenons la route et que nous nous mettons soudainement à penser que nous avons oublié quelque chose à la maison ; que ce soit un robinet qui coule ou encore un feu allumé sur le poêle, nous retournons sans hésiter. C'est plus fort que nous, car c'est une force qui nous domine.

Plusieurs idées pour mes livres et aussi pour mes chansons me sont venues dans des rêves.

Il y a un message très important de Dieu et qui est écrit dans la Bible, dans le livre des Nombres 12, 6. 'Écoutez bien mes paroles !' Dit L'Éternel. Lorsqu'il y aura parmi vous un prophète, c'est dans une vision que Moi, l'Éternel, Je me révélerai à lui, c'est dans un songe que Je lui parlerai.'

Dieu me parle, je le sais, je L'écoute et je suis très heureux de le faire. Ce n'était cependant pas le cas de tous les prophètes de l'ancien temps. Plusieurs d'entre eux croyaient que c'était une punition, une malédiction. C'est tout simplement qu'ils n'avaient pas tout à fait bien compris ce que Dieu voulait d'eux.

Sincèrement, moi je ne sais pas du tout où ni comment cela finira pour moi, mais je ne m'en inquiète pas. Je me contente plutôt de faire ce qu'Il me demande et cela me suffit pour être heureux.

Par contre les prophètes d'avant avaient des raisons suffisantes de s'inquiéter et d'avoir peur, puisque leur vie ne valait pas cher pour leur assureur. Voir le Messie dans Matthieu 23, 37. 'Jérusalem, Jérusalem qui tues les prophètes et lapides ceux qui te sont envoyés, combien de fois ai-je voulu rassembler tes enfants, comme une poule rassemble ses poussins sous ses ailes, mais vous ne l'avez pas voulu ?'

Chaque prophète savait sûrement ce qui était advenu du prophète précédant. Il y avait aussi un avertissement très sévère contre les faux prophètes et plusieurs d'entre eux devaient se demander s'ils étaient des prophètes de

Dieu ou des prophètes de malheur ou encore de faux prophètes, puisque les vrais comme les faux se faisaient tuer.

Regardez avec moi pour mieux comprendre ce qui est écrit dans Ézéchiel 13, 2-9. 'Fils de l'homme, (ce qui veut dire prophète de Dieu, tout comme Jésus et c'est aussi le titre qu'il se donnait lui-même) prophétise contre les prophètes d'Israël qui prophétisent, et dis à ceux qui prophétisent selon leur propre cœur : Écoutez la parole de l'Éternel ! Ainsi parle le Seigneur, l'Éternel : Malheur aux prophètes insensés, qui suivent leur propre esprit et qui ne voient rien ! Tels des renards au milieu des ruines, tels sont tes prophètes, ô Israël ! Vous n'êtes pas montés devant les brèches, vous n'avez pas entouré d'un mur la maison d'Israël, pour demeurer fermes dans le combat au jour de l'Éternel. Leurs visions sont vaines et leurs oracles menteurs ; Ils disent : L'Éternel a dit ! Et l'Éternel ne les a point envoyés ; et ils font espérer que leur parole s'accomplira. Les visions que vous avez ne sont-elles pas vaines, et les oracles que vous prononcez ne sont-ils pas menteurs ? Vous dites : L'Éternel a dit ! Et Je n'ai point parlé. C'est pourquoi ainsi parle le Seigneur, l'Éternel : Parce que vous dites des choses vaines et que vos visions sont des mensonges, voici, j'en veux à vous, dit le Seigneur, l'Éternel. Ma main sera contre les prophètes dont les visions sont vaines et les oracles menteurs ; ils ne feront point partie de l'assemblée de mon peuple, ils ne seront pas inscrits dans le livre de la maison d'Israël, et ils n'entreront pas dans le pays d'Israël. Et vous saurez que je suis le Seigneur, l'Éternel.'

Alors moi je ne voudrais pas être dans les souliers d'un faux prophète ni d'un menteur ; surtout pas dans les souliers de celui qui ment volontairement à propos de la parole de Dieu.

À remarquer que moi je ne prophétise rien du tout, mais je fais plutôt connaître au monde les messages de Jésus et je dénonce ceux qui disent le contraire ou l'inverse ; ce qui est en fait le tout dernier message de Jésus, sa dernière volonté. Ceci est écrit dans Matthieu 28, 20.

Les trois géants sur le bord de la mer se posaient de sérieuses questions après s'être débarrassé de ces centaines de puces.

"Comment se fait-il que trois gros gaillards comme nous n'avons pas pu nous débarrasser de ce minus ?" "Tu n'as même pas pu lui dire ce que tu penses de lui." "C'est à croire qu'il ne voulait rien savoir de moi." "Il ne voulait rien savoir de nous et il ne semblait même pas avoir peur de nous non plus. Qui l'aurait cru ?" "Certainement pas moi. Mais pour qui se prend-il pour se croire aussi invulnérable, aussi invincible ?" "D'après ce que j'ai vu et constaté ; il ne croit pas l'être, il l'est et il le sait."

"C'est la première fois de toute mon existence que je vois quelqu'un ne pas avoir peur de moi depuis que mon père n'est plus. Je me demande bien qui il est " "Moi je me demande encore comment il a pu mettre ces maudites puces dans nos culottes. C'est la pire chose qui ne m'est jamais arrivée. Je pense même que c'est pire que la fois où j'ai reçu du plomb dans les fesses." "T'aurais peut-être pas dû lui dire qu'il était comme une puce pour toi." "Je ne pouvais quand même pas prévoir une telle chose. Des puces plein le cul, ça s'peux-tu ?" "C'est peut-être même toi qui lui en a donné l'idée." "Ça serait bien le restant des écus si c'était le cas. En tous les cas, si jamais je le revois, je ne perdrai plus de temps à discuter, je vais lui mettre un pilon sur la tête et l'enfoncer six pieds sous terre." "Moi je ne veux plus jamais avoir de ces puces dans mes culottes et je ne l'oublierai pas de sitôt. Je pense même que c'est là la leçon qu'il a voulu nous enseigner ; qu'il vaut mieux toujours respecter les plus petits que soi. Et puis moi j'en ai assez pour aujourd'hui ; je vais me coucher de ce pas." "Moi aussi, c'est une très bonne idée, allons-y."

Le lendemain matin, le ministre qui était toujours en réflexion profonde a choisi de révéler à sa femme plusieurs des événements dont il avait été témoin.

"Quelle idée qui t'a pris d'aller marcher dans un endroit pareil et aussi tard dans la nuit ?" "Je n'arrivais pas à dormir et j'ai pensé qu'une pareille marche m'aiderait." "Oui, mais à cet endroit malfamée ; là où il est même dangereux de marcher le jour ?" "Tu sais, quand on est ministre, on est ministre pour tous et de partout." "Ton métier ne t'oblige quand même pas à risquer ta vie à toute heure du jour et de la nuit." "Il semblait ne même pas y avoir un chat qui rôdait." "J'espère du moins que tu en as eu ta leçon. Je sais que je ferais une belle veuve, mais je ne suis pas pressée du tout. On a une belle vie et on ne manque de rien."

Ces dernières paroles ont fait sourciller les yeux de ce cher ministre qui a mis quelques secondes avant de riposter à ce dernier commentaire.

"Toi tu ne manques de rien, mais je dois t'avouer que ce n'est pas complètement mon cas." "Qu'est-ce qui t'arrive mon mari ; je croyais que tout allait bien pour nous ?" "C'était le cas jusqu'à il y a quelques semaines." "Que s'est-il passé pour que tu sois aussi concerné ?" "J'ai été entraîné dans une partie de poker et j'ai perdu gros. Non seulement j'ai tous perdu nos économies, mais j'ai aussi une dette de jeu de cinquante-et-un mille dollars qu'il me faut rembourser dans quatre jours, sinon je ne suis pas mieux que mort." "Ne peux-tu pas emprunter pour rembourser ta dette ?" "Nous sommes déjà saturer avec ce condo que nous avons en Floride et même si je le vendais ; je ne pourrais quand même pas obtenir l'argent assez tôt pour éviter le pire." "Wain, on dirait que tu es bien poigné cette fois-ci, mon vieux." "Tu l'as dit. Je ne sais plus vers qui me tourner pour régler cette affaire. Tout serait encore pire si je perdais mon emploi et à la moindre erreur, c'est ce qui m'arriverait. Il me faut donc faire attention à qui j'en parle, car plusieurs aimeraient me voir sauter les pieds. Des amis très sûrs, il n'y en a pas des tas, spécialement quand on a besoin d'argent. J'en ai rencontré un la nuit dernière, mais où est-il, que fait-il ? Seul Dieu et lui-même le savent." "Tu ne connais donc personne de qui tu pourrais emprunter ?" "Il y en a quelques-uns qui ont fait ça au parlement dernièrement et cela a très mal tourné pour eux. Cela a aussi embarrassé le gouvernement et le PM n'a pas apprécié ça du tout. Que faire mon Dieu, que faire ?" "Disons que tout n'est pas encore perdu ; tu as quatre jours pour y remédier. Ne va plus risquer ta vie inutilement la nuit dans des endroits malsains." "Si j'étais là dans cet endroit malsain la nuit dernière ; c'était justement pour pouvoir résoudre mon problème, mais je crois présentement que je n'aurais fait que d'empirer ma situation. Il me faudra trouver autre chose." "Va travailler, c'est un jour à la fois que le monde s'est construit, mais il ne faut surtout pas lâcher." "Bonne journée chérie ! " "Toi aussi !"

C'est la tête basse que ce ministre s'en est allé travailler cette journée-là sans trop savoir ce qui lui pendait au-dessous du nez, mais il s'est quand même rendu courageusement à son bureau. C'est sûr qu'il a eu du mal à se concentrer sur ses dossiers et on ne le paye pas $220.000.00 par année pour se tourner les pouces ni pour avoir la tête ailleurs. Il n'est plus sur les bancs d'école, même si c'est l'école qui lui a permis de se rendre là où il est.

Je me souviens avoir demandé à un jeune étudiant un jour ; lui qui voulait abandonner l'école pour un an ou deux, combien il pensait gagner lorsque ses études seront terminées. Sa réponse fut de me dire que cela sera aux alentours de cent mille dollars par année. Je lui ai dit alors que s'il perdait une année maintenant ; il perdait cent mille dollars. Lui aussi a sourcillé des yeux et il a été réduit à faire un peu de réflexion. Un seul jour peut peut-être se rattraper avec de grands efforts, mais une année complète ne se rattrape jamais, elle est perdue pour toujours, car le temps n'attend pas.

Tout l'avant-midi de cette journée ce ministre a refusé de prendre ses appels sans même demander de qui elles étaient. Il a donné l'ordre à sa secrétaire de répondre qu'il était trop pris pour qui que ce soit ; ce qui dans le fin fond était bien vrai. Cependant l'appel d'un même individu est entrée à plusieurs reprises sans pour autant que ce dernier ne se nomme. Il a quelque peu exaspéré cette secrétaire qui pourtant a la plus grande patience du monde selon son patron. Il n'avait qu'un seul message pour le ministre et cela était de lui dire qu'il avait une solution pour ses problèmes et pour les siens.

"Bonjour encore une fois madame, mais il faut absolument que je puisse parler avec le ministre avant qu'il ne soit trop tard et cela est pour son propre bénéfice." "Quel est votre nom monsieur ?" "Je m'excuse madame, mais cela est quelque chose qu'il me vaille mieux ne pas vous dire pour le moment." "Alors moi je ne peux pas vous aider cher monsieur. Au revoir !"

C'était juste la sixième fois qu'elle devait lui accrocher la ligne au nez. Cependant cette dernière fois elle s'est sentie plus concernée et elle a décidé de déranger son patron pour l'en informer.

"M. le Ministre, excusez-moi de vous déranger, mais il y a un individu qui ne cesse de téléphoner en disant qu'il faut absolument qu'il vous parle avant qu'il ne soit trop tard et que cela était pour votre bien autant que pour le sien. Dites-moi ce que je dois faire, s.v.p. ?" "Est-ce qu'il vous a dit son nom ?" "Il n'a pas voulu le faire ; même si j'ai insisté pour l'obtenir." "Passez-le-moi la prochaine fois s'il rappel de nouveau ; je vais m'en occuper moi-même.

Quelque dix minutes plus tard ; ce même individu a téléphoné de nouveau pour demander un entretien avec ce ministre, mais cette fois-ci la secrétaire était un peu plus cordiale.

"Puis-je parler avec le ministre, s.v.p. ?" "Attendez quelques secondes monsieur, je vous le passe."

"Bonjour monsieur le ministre. Je m'excuse pour le dérangement, mais il est nécessaire pour votre bien et le mien que je vous parle en privé dans les plus brefs délais." "Dites-moi de quoi il s'agit ; voulez-vous et quel est votre nom ?" "Vous-même m'avez surnommé, 'sauveteur' et je ne peux pas vous en dire plus pour le moment, car je sais très bien que nous sommes sous écoute électronique. Cependant je sais que vous connaissez une solution à mon problème, mais ce n'est pas quelque chose que nous puissions discuter au téléphone." "Je comprends très bien votre situation monsieur." "Est-ce que vous pouvez venir chez moi pour souper ? Nous pourrions en discuter autour d'un bon repas et votre femme pourrait peut-être l'apprécier. C'est bon M. le Ministre, nous ne sommes plus sous écoute. Je me rends chez vous à six heures tapant. Soyez-y et je vous expliquerai tout à ce moment-là, bonjour."

Et voilà que la table était mise pour ce monsieur qui était toujours angoissé, mais quand même avec une petite lueur d'espoir ; quoiqu'il ne savait toujours pas à quoi s'attendre. Cependant le seul mot, 'sauveteur' était pour lui quelque peu réconfortant.

"Je ne prendrai plus d'appel aujourd'hui madame la secrétaire et vous pourrez terminer à trois heures cet après-midi et reprendre votre heure, si cela vous convient." "Merci M. le Ministre, cela m'enchante effectivement. Bonne journée ! " "De rien, il en va de soi."

"Bonsoir ma chérie, comment vas-tu ?" "Je vais très bien et toi ?" "Moi j'ai un peu mal à la tête à force de me creuser les manèges. Voudrais-tu mettre un couvercle de plus ce soir ; nous devons recevoir quelqu'un pour souper, si cela ne t'ennuie pas ?" "Pourquoi cela m'ennuierait, si c'est quelqu'un qui est là pour t'aider ?" "Ce n'est pas ce que j'ai dit." "Non, mais moi je le sais."

“Et comment t’as fait ça ? Dis-le-moi je te prie.” “Ce monsieur est déjà entré et il t’attend dans la salle de conférence. Un très gentil monsieur que celui-là.” “Est-il là depuis longtemps ?” “Depuis qu’il t’a parlé plus tôt aujourd’hui. Tu as de la chance, car c’est un monsieur qui est encore plus occupé que toi.” “À quelle heure mange-t-on ?” “À six heures pile, je serai prête. Vas-y, il t’attend.”

“Salut Sauveteur. Es-tu venu pour collecter ton dû ?” “Mon dû ? Mais vous ne me devez rien d’autre qu’un peu de reconnaissance. Du moins, il n’y a rien d’autre dont je m’attends de vous et je n’accepterai rien d’autre non plus.” “Alors merci beaucoup pour tout.” “Je vous en prie, ce n’est rien.” “En quoi puis-je vous être utile ?” “Vous n’avez rien compris ; c’est encore vous qui avez besoin d’aide et c’est pourquoi je suis ici.” “Vous ne pensez pas en avoir assez fait pour moi ?” “J’en aurai fait assez lorsque vous pourrez courir facilement sur vos deux pattes.” “Alors ce n’est pas près d’arriver.” “Ce n’est plus qu’une question de deux autres jours ; c’est tout et vous connaîtrez la paix à nouveau. Votre épouse est déjà en paix, elle a compris.” “Elle est bien chanceuse.” “Vous aussi, de l’avoir. C’est une bonne épouse ; je peux vous l’affirmer et elle n’a pas eu à me laver les pieds pour être considérée comme telle non plus.” “Je ne comprends pas très bien ce que tout ça veut dire, mais enfin, puisque vous le dites, je veux bien le croire.” “Pour comprendre ceci, allez lire 1 Timothée 5, 9-10 quand vous en aurez la chance.

Mais passons aux choses un peu plus sérieuses, si vous le voulez bien. Vous avez perdu aux cartes, si je ne me trompe pas ?" "Comment le savez-vous ?" "Je le sais. On veut vous forcer à faire de la collusion et de la corruption, si j'ai bien compris ?" "Cou dont, est-ce que vous savez tout ?" "Je sais pas mal de choses, comme vous pouvez voir." "Travaillez-vous pour la police ?" "Ceux qui travaillent pour la police sont dehors devant et ils surveillent votre maison afin de savoir qui vient souper avec vous ce soir. Il y a aussi deux des membres du gang qui étaient à votre soirée de poker également en train de surveiller ce qui se passe ici. En entrant un peu plus tôt j'ai neutralisé un receveur émetteur camouflé sous votre tapis d'entrée. J'ai juste prétendu avoir besoin de rattacher le lacet de mon soulier et je l'ai neutralisé. Il vaudrait mieux que nous soyons servis ici au lieu de la salle à manger ; cela serait un peu plus discret, donc moins dangereux. Ils ne bougeront pas tant qu'ils ne me verront pas entrer ; ce qui n'est pas sur le point d'arriver." "Mais qui êtes-vous et que faites-vous, si ce n'est pas trop indiscret ni trop demandé ?" "Moi, mais je suis Jésus de Nazareth, je suis le Dieu d'Israël." "C'est bien ce que vous êtes ?" "Non, c'est ce que je suis." "Je suis plus confus que jamais. Quel est votre nom ?" "Moi, je suis Juste Juste." "Ben là, faudra se faire une idée. Où bien vous êtes Jésus ou Dieu ou Juste." "Je n'ai pas dit que j'étais Jésus ni que j'étais Dieu, j'ai dit que je suis les deux." "Écoutez bien là, je veux bien accepter votre aide, mais je n'aime pas la confusion du tout." "Soyez patient. Moi je suis Jésus et je suis Dieu, mais vous, vous suivez parfois Jésus et parfois vous suivez le diable. Il est vrai que vous êtes confus, mais il vous faudra un jour ou l'autre vous brancher. On ne peut pas servir deux maîtres, alors il vous faudra choisir. Moi je suis venu dans votre vie pour vous aider à faire la lumière ; donc à faire le bon choix. Mon nom est Juste et je fais juste ce qui est juste et j'ai juste envie de vous libérer une autre fois. La partie de carte dans laquelle vous avez été impliquée a été truquée pour vous forcer à faire de la collusion. L'opposition a encore besoin d'un autre gros scandale dans l'espoir de défaire le gouvernement. N'abstenant mon intervention, ils auraient réussi et cela avec toutes les preuves nécessaires en main et sur vidéo. Alors voici ce que nous allons faire. Vous allez entrer en contact avec celui à qui vous devez cet argent et lui dire que vous avez l'argent pour le rembourser ; ce qui ne lui plaira pas du tout, puisqu'il pense vous tenir en laisse avec ce dernier. Vous lui direz aussi que vous voudriez remettre cet argent en jeu ; ce qu'il s'empressera d'accepter, puisque son but premier n'est pas de vous faire payer, mais bien de vous forcer à vous impliquer dans un scandale qui lui serait plus profitable que l'argent. Mais son piège se retournera contre lui, puisque c'est lui qui sera pris en flagrant délit de tricherie. Il sera de ce fait banni de tous les casinos du monde et il aura tous les joueurs à dos, car nul ne veut d'un tricheur à sa table. Si tout va bien, c'est demain soir que nous aurons cette preuve. Je voudrais que vous lui fassiez une suggestion ; cela intrigue tous les joueurs et fait paraître professionnel. Plus les mises seront élevées, plus il pensera avoir la chance de vous avoir encore mieux que la dernière fois. Vous lui dirai que vous amenez votre garde du corps avec vous cette fois-ci et s'il refuse, alors dites-lui que c'est à prendre ou à laisser, mais que vous n'y allez pas sans lui. Il acceptera, car leur besoin de ce scandale est primordial pour eux." "C'est bien beau tout ça, mais ça prend quand même pas mal d'argent juste pour participer à une telle partie de poker." "'Demandez et vous recevrez.'

Votre femme a déjà l'argent, demandez-lui. Je serai votre garde du corps demain soir." "Je vais commencer par lui demander de nous amener le souper ici. Mais dites-moi, pourquoi faites-vous tout ça pour moi ?" "Juste pour l'amour de Dieu. Je l'aime et Il m'aime et Il vous aime aussi, voilà."

"Le souper est servi et c'est sans trop de cérémonies." "Pour moi c'est quelque chose que j'apprécierais tous les jours de ma vie." "Pourtant, avec toutes vos connaissances et votre agilité ; vous devriez pourvoir vous payer un festin tous les jours." "Si seulement vous saviez à quel point je suis occupé pour les affaires de mon Père ; vous verriez que je n'ai pas toujours le temps de bien manger. En fait, je suis sorti d'ici et revenu quatre fois et cela seulement pendant ma conversation avec votre mari."

"Comment ce fait-il que je ne me suis pas rendu compte de rien ?" "Je peux aller à Paris et revenir avant que vous n'ayez le temps d'ouvrir votre porte d'entrée. J'ai sauvé deux vies pendant que vous demandiez à votre femme de nous servir dans cette pièce." "Vous êtes donc divin ?" "Non, je ne le suis pas, mais le Divin m'a suscité de façon à ce que je puisse sauver autant d'âmes que possible. C'est le cas de le dire, je ne lésine pas lorsqu'il s'agit de sauver une âme et souvent pour sauver l'âme d'une personne ; je dois d'abord sauver son corps, parce qu'elle n'est pas prête à affronter le jugement. C'est le cas de le dire aussi ; je ne trouve pas toujours le temps ni l'endroit où me reposer la tête." "Vous êtes donc une puissance extraordinaire et peu connue de ce monde ?" "On peut dire ça, mais je ne fais que le travail qui m'est assigné et j'en suis gré de pouvoir l'accomplir." "Qu'est-ce que je pourrais bien faire pour vous en reconnaissance de tout ce que vous faites pour nous ?" "Vous pourriez parler à votre PM de la loi ou du règlement qui vous force tous à jurer sur la Bible pour votre assermentation. Ce livre, cette Bible dans laquelle il est écrit justement de ne pas jurer. Il n'y a pas de raison autre que diabolique ou qu'antichrist, pour que vous ne puissiez pas faire une promesse solennelle au lieu de jurer. Dieu nous a dit par la bouche du Messie que votre oui soit oui et que votre non soit non et que tout ce qui y est ajouté vient du diable. Cela devrait suffire en soi pour que vous ne juriez pas. Tenez-vous tant, tous autant que vous êtes à prouver que vous venez du malin ?

Il y a quelques années, aux élections présidentielles des États Unies, alors qu'Obama s'est avéré victorieux ; le monde entier avait les yeux tournés sur son assermentation afin de voir s'il allait jurer ou pas. Il l'a fait et le monde a lâché un soupire de soulagement. Quelle honte, mais cela était une preuve de plus que le monde est le royaume du diable et c'est pour cette raison que je dois me battre continuellement pour en sauver quelques-uns."

"Merci madame pour ce merveilleux repas." "Nous vous devons bien ça, pour tout ce que vous faites pour nous." "Sachez que je ne l'aurais pas fait si vous n'étiez pas inscrits dans le livre de vie. Je ne perds pas mon temps pour des âmes perdues et qui sont irrécupérables. C'est pour cette même raison que le Messie a dit à ses disciples de secouer la poussière de leurs pieds contre tous ceux qui n'écoutent pas leurs paroles. C'est clair qu'il n'y a pas de temps à perdre pour ceux qui ne veulent rien savoir de la parole de Dieu ni pour les morts. Quand le Messie a dit à l'un de ses disciples, 'Laisse les morts enterrer les morts et suis-moi,' c'est qu'il ne perdait pas son temps inutilement. Moi j'ai tout appris de lui ; il est la lumière et je le suis. Ça va vite et plusieurs ne la voient pas passer. Je vous laisse sur ces mots et je vous retrouve demain soir à la même heure."

"Crois-tu vraiment qu'il sera là encore demain." "Je n'ai aucune raison d'en douter." "As-tu vraiment la somme qu'il me faut pour rembourser ma dette ?" "J'ai le double qu'il te faut." "Comment as-tu fait pour l'obtenir ?" "Il m'a présenté au gérant de sa banque et il a cosigné pour moi. L'important soit que nous ayons l'argent qu'il nous faut." "Il semble vouloir que je remettre cet argent en jeu et je me demande si c'est là une sage et très bonne décision." "Il est responsable de cet argent ; crois-tu vraiment qu'il le risquerait inutilement ? Moi je crois qu'il sait exactement ce qu'il fait et que tu devrais lui faire confiance entièrement. Ne t'inquiètes plus, notre sort est entre ses mains et je crois aussi que c'est une bonne chose. Écoute ce qu'il t'a dit et nous serons bien." "Tu sembles avoir développé une nouvelle foi." "Je sais reconnaître quelqu'un de bien, qui fait le bien, pour notre bien." "Te voilà rendue poète maintenant. Bonne nuit." "Toi aussi !"

Le lendemain matin à son réveil, le ministre se demandait s'il n'avait pas rêvé tout ça. Tout lui semblait tellement invraisemblable.

"As-tu vraiment l'argent qu'il me faut pour ma dette ?" "Me prendrais-tu pour une menteuse maintenant ?" "Non, mais je me demandais si je n'avais pas rêvé toute cette affaire. C'est comme si j'avais passé du cauchemar au rêve, de l'enfer au paradis et tout ça dans l'espace d'une pensée. Alors comprends-moi, je te prie." "Ne te faut-il pas prendre rendez-vous pour ce soir ?" "Tu as bien raison ; vaut mieux mettre ce plan à exécution ; sinon notre ami serait très déçu et ma vie toujours à risque, quoique je ne me sens toujours pas sorti du bois."

"Allô, je voudrais parler à Jack, s.v.p. ?" "Une minute !"

"Allô, à qui ai-je l'honneur ?" "C'est moi." "M. le ministre. Vous savez, n'est-ce pas, qu'il vous reste encore vingt-quatre heures ?" "Je le sais, mais j'ai une proposition pour vous." "Dites-la-moi, je vous prie." "J'ai l'argent qu'il me faut pour vous rembourser, mais je voudrais la remettre en jeu." "Mais c'est absolument merveilleux. J'adore l'audace et le courage. Quand serait-il un temps convenable pour vous ?" "Il serait préférable que ce soit avant l'échéance de ma dette, si possible. J'ai quand même besoin de mes deux jambes pour bien accomplir mon travail." "Je vois que vous avez bien compris mon message." "À ce soir alors ; à la même heure et au même endroit." "Ho, il y a quand bien même une petite condition." "Vous n'êtes pas vraiment en mesure d'imposer des conditions ; vous le savez, n'est-ce pas ?" "C'est comme vous le voulez, mais c'est à prendre ou à laisser. Je n'y vais pas sans cette condition." "Et quelle est cette condition ?" "Mon garde du corps vient avec moi." "Il faudra que j'en parle aux trois autres. Je vous rappelle dans cinq minutes."

Dans les quelques minutes qui suivirent, ce malotru a organisé une conférence téléphonique entre lui-même, le chef de l'opposition et deux membres influents du crime organisé. Ce qu'il ne savait pas ; c'est qu'ils étaient tous sous écoute policière et qu'ils exposèrent leur plan diabolique à cette force qui n'en demandait pas tant.

“S'il a trouvé l'argent aussi rapidement ; c'est que notre plan a échoué. Il faudra nous reprendre et l'enliser encore plus profondément cette fois-ci.” “C'est drôle qu'il nous en offre lui-même l'opportunité. Si nous pouvions le caler de quelques cent mille ; il serait bien obligé d'exécuter ce que nous lui demandons, en nous offrant le scandale que nous avons besoin pour gagner les prochaines élections.”

“C'est bien notre chance qu'il soit un joueur compulsif. C'est peut-être même son seul défaut.”

“Il exige pouvoir emmener son garde du corps avec lui, qu'est-ce que vous en dites ?” “Je ne vois pas ce qu'un garde du corps pourrait bien faire contre les quatre que nous sommes. Dis-lui seulement qu'il ne peut pas venir en étant armé. C'est bon, on se voit tous à sept heures ce soir au même endroit. Soyez tous discrets.”

“Allô ! M. le ministre ; c'est bon, il peut venir, mais nous aussi nous avons une petite restriction.” “Et quelle est-elle ?” “Ni vous ni lui ne pouvez venir à cette partie en étant armé et vous serez fouillés à votre arrivée.” “Il n'y a pas de problème, cela me satisfait également. À ce soir alors. Ho, à quelle heure commence-t-on ?” “Les cartes seront distribuées à sept heures pile." "À ce soir alors."

"Et voilà, tout est organisé pour sept heures ce soir. Il faut que j'aille travailler maintenant. J'ai une journée très chargée qui m'attend et je ne peux pas me permettre un PM en colère ; surtout pas en colère contre moi et j'ai plusieurs dossiers qui le concernent directement."

En plein milieu de l'après-midi, mon héros est venu rendre une petite visite de courtoisie au ministre, juste pour le rassurer et l'inviter à se détendre et lui dire que tout ira bien et pour lui et pour son gouvernement. Il a aussi, d'une façon inhabituelle, demandé à Dieu de lui donner pour le temps de cette partie de poker une force exceptionnelle, afin d'intimider et de ce fait refroidir les ardeurs diaboliques des ennemis de son ami le ministre.

"Tout est fin prêt et vous n'aurez qu'à bien jouer vos cartes et de laisser le reste entre mes mains. Ne vous inquiétez pas de rien quoi qu'il arrive, je m'en occupe." "Vous êtes bien sûr que tout ira bien ?" "Puisque je vous l'dis ; faites-moi confiance." "Il me faudra vous présenter à eux ; sous quel nom dois-je le faire ?" "Dites-leur seulement que je suis Juste et ils n'attendront pas tellement longtemps avant de s'apercevoir que c'est la vérité." "C'est bon, rejoignez-moi ici à 18 heures 45 et nous irons ensemble dans la limousine ; cela fait plus professionnel et aussi plus intimidant." "Je serai ici à cette heure précise." "Non à six heures quarante-cinq." "C'est ce que j'ai dit. À tantôt."

Trois heures plus tard les présentations d'usages étaient faites et les poignées de main écrasantes s'étaient produites d'une façon qu'aucun des ennemis du ministre n'avait envie de jouer au fanfaron, du moins physiquement. Ils venaient tous de se rendre compte qu'ils ne pourraient pas gagner en jouant au plus fort.

"Les règlements sont les mêmes qu'à l'accoutumée. Chaque joueur prend son tour de brasse et la triche n'est absolument pas de mise à cette table." "Permettez-moi de vous interrompe pour un instant. Il me semble qu'il serait plus juste si une personne indépendante du jeu mêlait les cartes pour tous. Il serait évidemment plus sûr de cette façon que personne ne triche." "Une personne indépendante à cette partie devrait en aucun cas se mêler des affaires de cette partie. Elle devrait aussi ne pas se permettre d'interrompre qui que ce soit, à moins qu'on lui demande son avis."

Cette dernière remarque d'un adversaire arrogant venait confirmer pour Juste qu'au moins l'un d'entre eux était armé ; sinon il ne se serait pas permis de lui parler sur ce ton, puisqu'il avait encore une très grande douleur à la main, pour lui rappeler qu'il y avait devant lui un homme d'une force herculéenne.

"Si vous refusez qu'une personne indépendante à cette partie brasse les cartes pour tous ; c'est donc que vous avez la triche en tête et je ne voudrais pas que mon patron risque ses cent mille dollars sans aucune chance de gagner quoi que ce soit. Il vous a dit un peu plus tôt que je suis Juste et je veux juste que cette partie soit juste ; contrairement à la dernière où il s'est fait plumer injustement et par la triche."

"John, sors-le d'ici."

En l'espace d'un instant, l'un d'eux a sorti son arme pour le pointer vers Juste, mais Juste n'était plus devant lui. Il était derrière ce dernier avec son index qui lui poussait tellement fort dans le dos que ses genoux se sont mis à trembler comme des feuilles au vent.

"Décharge ton arme et mets-la sur la table immédiatement, sinon je te perce les reins."

"Comment a-t-il fait ça ? Ce n'est pas normal."
"Ce qui n'est pas normal, ce sont vos combinaisons malsaines et c'est ici que ça s'arrête. Avant que cette partie ne continue ; vous allez rendre à cet homme, à ce ministre les cent huit mille dollars que vous lui avez escroqués, il y a deux semaines, plus les cinquante-et-un mille qu'il vous a remis ce soir. Quand cela sera fait, nous pourrons procéder. Je veux que vous enleviez vos vestons et que vous rouliez vos manches de chemise en haut du coude, tous."

C'est ainsi que le ministre a compris la façon dont il s'était fait rouler à la dernière partie. L'un d'eux avait les manches remplies aux as, un autre aux rois, un autre aux dames et l'autre aux valets. Ce ministre n'avait aucune chance de gagner quoi que ce soit, à moins qu'on le laisse gagner volontairement, afin de lui donner un peu d'espoir ; assez pour lui permettre de continuer jusqu'à ce qu'il soit lavé complètement. Et c'est ainsi qu'il a perdu en une seule soirée plus de la moitié de son salaire annuel.

"Va t'asseoir maintenant et écoutez bien les nouveaux règlements. Ceci sera une partie de poker régulière où la main la plus forte des cinq l'emporte. Je donnerai les cartes de façon à ce que tous puissent voir aisément que c'est fait d'une façon juste et équitable. Je brasserai ces cartes devant vos yeux et je déposerai ce paquet sur la table, puis, je donnerai les cartes à chacun de façon à ce que tous puissent voir que cela est fait d'une manière qu'il n'y a aucune triche. Les signes et les mots de passe sont absolument interdits et si l'un de vous est pris en défaut, il lui faudra payer $100.00 au distributeur. Les irrégularités seront coûteuses. C'est parti mes kikis.

M. le ministre, vous avez droit à un choix de mise pour débuter, puisque cela ne vous a pas été offert à votre dernière partie." "Qu'en dites-vous et que désirez-vous ?" "Je veux que nous commencions par une simple mise de dix dollars, pour nous permettre de nous mettre dans l'ambiance en doublant la mise à chaque main par la suite. Celui qui manquera d'argent devra se retirer en silence et la partie continuera jusqu'à ce qu'il en demeure qu'un seul à la fin, qui pourra entrer chez lui sans problème avec le magot."

"Cela me semble assez juste pour tous, qu'est-ce que vous en dites ?" "Je dis que c'est son choix et que la chance du meilleur gagne."

"C'est bon, la première mise est de $10.00 pour chacun et la relance est permise pour le double de la mise. Le pot est de $50.00. Ho j'oubliais, vous avez tous au moins un montant équivalant au ministre, il ne faudrait pas qu'il risque $208,000 pour n'avoir la chance de gagner que le dixième de cette somme. Fair is fair, comme on dit. Moi j'aime la justice.

Les cinq joueurs ont donc commencé leur partie de poker. Le ministre a semblé bien à l'aise malgré tout, mais les quatre autres étaient sur le qui-vive. Je ne donnerai pas leurs vrais noms, mais pour le besoin de la cause, je vais leur donner un nom fictif. Jack est le chef de la mafia et son assistant est John. Paul est le chef de l'opposition et Timothée est son bras droit.

Juste a déposé le paquet de cartes sur la table devant lui de façon à ce que tous puissent bien voir qu'il n'y a pas de magouille et il a distribué les cinq cartes à chacun, mais il l'a fait d'une telle vitesse que chacun avait à peine le temps de les voir passer.

"Pourrais-tu ralentir un p'tit brin ?" "Je m'excuse, mais je croyais que vous aviez tous très hâte de voir vos cartes et moi j'ai quand même mieux à faire " "Nous, on ne te retient pas." "Bien au contraire, c'est à cause de vos magouilles malsaines que je suis retenu ici. À toi de parler Jack." "Je mise $20.00 et je demande une carte." "La voilà."

"À toi de parler John." "J'accote et je veux deux cartes." "Les voilà."

"Est-ce que tu suis Paul ?" "Non seulement je suis, mais je relance à $40.00 et je veux trois cartes." "Les voilà."

"Et vous M. le ministre, quel est votre verdict." "Moi je couche ma main, elle n'est pas très attrayante."

Le ministre a confié à Juste plus tard qu'il avait quatre dix ; ce qui s'est avéré être la meilleure main des cinq, mais il a préféré perdre cette main au profit de la connaissance des signes, des réactions et surtout des regards des quatre autres joueurs.

"Saviez-vous que la petite maison de l'autre côté de la rue en face de chez moi était à vendre ?" "Voyons donc Jack, tu sais bien que je viens tout juste de m'acheter une grosse voiture neuve, il faut donc que je me restreigne avec les achats et je ne veux pas non plus manquer de cash pour jouer."

"Moi je peux juste me permettre une petite voiture et j'ai bien envie de coucher cette main moi aussi."

"Voyons donc Timothée, tu sais très bien qu'on puisse aller aussi loin avec une p'tite voiture qu'avec une grosse et même plus loin, elle coûte moins cher à rouler."

"Est-ce qu'on pourrait juste se concentrer sur cette partie au lieu de vous amuser à cette conversation des plus banales ?" "Oui M. le ministre, excusez-nous. Nous aimons jouer aux cartes, mais nous aimons aussi parler de voitures et de maisons, puisque c'est ce que nous faisons le reste du temps, c'est-à-dire, de la spéculation." "Gardez donc vos spéculations pour demain et terminons cette partie, voulez-vous bien ?" "On est pressé M. le ministre ? Nous, nous avons toute la nuit." "Le brasseur n'a pas de temps à perdre et moi non plus, alors résumons."

"Les jeux sont faits, à toi de montrer Jack." "J'ai trois 4 et deux six, une petite foule."

"Toi John, as-tu mieux ?" "Non, je n'ai qu'une grosse suite et ce n'est pas assez."

"Timothée ?" "Pour moi c'est encore pire. Je n'avais qu'une petite suite."

Et finalement à toi Paul, que peux-tu nous montrer ?" "Moi j'ai mieux que tous, j'ai quatre 9." "Le pot va donc à Paul. C'est un début.

La deuxième mise est de $20.00 et la relance est de $40.00."

Quelques heures plus tard ils en étaient à la quatorzième main ; la mise était de $163,840.00, la relance était de $327,680.00 et deux joueurs avaient été éliminés. John et Timothée n'étaient plus de la partie et ils avaient été ordonnés hors de l'enceinte. Comme de raison ils n'allaient pas obéir sans une petite discussion, mais lorsque Juste s'est levé pour leur indiquer la porte, ils ont tout de suite cessé d'insister. Ils venaient de goûter à leur propre médecine. 'Ne faites pas aux autres ce que vous ne voulez pas que les autres vous fassent.'

Cependant Juste n'a pas eu à tricher pour que justice soit faite ; quoique le ministre et les autres avaient quelques doutes et ça à cause des résultats et de la rapidité de Juste. À ce point-là le ministre avait empoché la majorité des mains.

"Cette mise est de $163,840.00 et la relance sera de $327,680.00. Avez-vous tous assez de fonds pour y participer ? Ça va tous ? Vous y êtes ?

Pour cette dernière je vais brasser et mélanger de différentes façons et je demanderai à chacun de vous de couper à tour de rôle et puis, je distribuerai ces cartes équitablement. Il n'y aura donc qu'un seul gagnant à cette table et les autres devront accepter le résultat. C'est un jeu de hasard lorsqu'il n'y a pas de triche et c'est le hasard qui décidera du vainqueur."

Juste et le ministre ont bien vu des couleurs monter aux visages des deux autres, mais ils méritaient pleinement ce petit commentaire.

"C'est un pot de $491,520.00 avant les relances. Bonne chance à tous."

Voilà que les deux adversaires du ministre souriaient pour la toute première fois de la soirée et que le ministre avait plutôt l'air inquiet. Jack avait trois as une dame et un deux. Le ministre avait trois rois, un as et un quatre. Paul avait un jeu plein avec quatre valets et un quatre.

“À toi de parler Jack.” “Je mise $100,000.00 et je demande une seule carte. J’ai besoin d’argent pour payer ma grosse maison de deux millions.”

Le gros sourire sur le visage de Paul venait d’éteindre celui de Jack, comme s’il venait d’apprendre la mort de quelqu’un de proche.

“À votre tour de parler M. le ministre.” “Moi je double la mise de Jack à $200,000.00 et je demande également qu’une seule carte.” “Voilà votre carte M. le ministre.”

“À toi de miser Paul.” “Je double la mise du ministre à $400,000.00 et je suis complet. Ce n’est pas la peine de parler de maison quand on vise un château.”

“Qu’avez-vous à dire Jack ?” “Je suis plus que sûr d’être battu, mais je me dois quand même de défier ce qui peut n’être qu’un bluff. Voilà les $400,000.00.” “Han, han. Il te manque $100,000.00.” “Comment ça, qu’il me manque $100,000.00 ?” “Il y a les $200.000.00 du ministre et les $400,000.00 de Paul. Ça fait $600,000.00 et vous n’avez mis que $100,000.00 jusqu’à présent, plus ces derniers $400,000.00. Il vous manque donc $100,000.00. Un plus quatre égale cinq. Six moins cinq égale un. C’est un simple petit problème, même si c’est un gros problème pour vous.” “Il me manque $10,000.00.” “Alors vous êtes hors de la course, ce sont les règles.”

“Je peux lui donner ces dix mille.” “Les règles les interdisent.” “Au diable les règles à ce point-ci de cette partie.”

"Qu'en dites-vous M. le ministre ?" "Moi je suis d'accord pour retirer $10,000.00 de ma mise pour lui permettre de terminer cette main." "Vous savez que vous n'y êtes pas obligé, n'est-ce pas ?" "Ça va aller." "Moi je vais le permettre si Paul veut retirer dix mille lui aussi."

"Il n'y a pas de problème. Dix mille ne sont plus que des miettes à ce point-ci." "Voilà les jeux sont faits." "Non, je m'excuse, mais il manque les $200,000.00 du ministre pour être complet. S'il veut voir mes cartes, il devra payer." "C'est bien trop vrai. Ça paraît que je ne joue pas souvent."

"Vous les avez M. le ministre ?" "Oui, les voilà."

Les trois joueurs finissants se sont mis à réfléchir sur leur main individuelle. Jack avec ses trois as et ses deux dames se savait fort, mais le code qu'ils avaient entre eux lui disait que son complice avait quatre grosses cartes. Il était cependant dans une bonne position pour bluffer, étant donné que s'il abandonnait, l'autre n'était pas obligé de montrer ses cartes.

Le ministre, quoiqu'il paraisse être celui le moins confiant était absolument sûr de l'emporter, puisque nul ne pouvait avoir quatre as, car l'une d'elles était dans ses mains. Nul non plus ne pouvait avoir une suite royale, puisqu'il avait également les quatre rois. Il avait donc la main la plus forte possible et il pouvait le voir à partir de ses mains et sans voir ni savoir exactement ce que les autres possédaient.

Paul savait déjà avoir une main plus forte que son complice et il savait aussi que les deux autres avaient de grosses cartes, puisqu'ils avaient parié de fortes sommes. Cela l'avait donc mis en confiance. Il y avait devant eux un pot de $2,261,520.00. C'était presque assez pour rendre un peu fou n'importe qui. Le ministre a quand même semblé en paix en voyant l'assurance dans les yeux de Juste. Comment les deux autres allaient-ils réagir en réalisant tout l'argent qu'ils avaient perdu ? Plusieurs se sont suicidés pour beaucoup moins. Il pouvait donc s'attendre à une sorte de crise de leur part. Mais il avait fait confiance à Juste jusqu'à ce point-là ; il valait donc mieux continuer jusqu'à la fin.

"À vous de montrer vos cartes Jack. Nous savons déjà et cela à force de vous entendre parler de votre grosse maison que vous avez une grosse foule, mais cela n'a pas empêché les deux autres de parier contre vous." "J'ai en effet trois as et deux dames. C'est en effet la plus grosse des foules."

"À toi maintenant Paul. Nous savons également que vous avez quatre grosses cartes, comme vous l'avez si bien dit vous-même. Vous avez un château. Montrez-le s.v.p. ?"

Avec un sourire qui montait jusqu'aux oreilles, Paul a étendu sur la table ses quatre valets.

"Jack est donc éliminé."

Ce dernier est devenu d'un pâle inquiétant, pâle comme la mort et sans perdre un instant ; il s'est levé, il est sorti de la pièce et il est allé vomir dehors tout ce que son estomac pouvait contenir.

Comme de raison, personne ne pouvait pour l'instant se préoccuper de lui, étant données les circonstances. Il va sans dire aussi que quelques-uns n'avaient pas pitié de lui du tout.

"Il reste votre main M. le ministre, veillez la mettre sur la table s.v.p. ?" "J'ai quatre rois et un as." "C'est donc à vous tout ce magot. Ramassez-le et qu'on parte d'ici sans perdre un instant." "Nous sommes plus que probable attendus dehors." "Je garderai Paul en otage jusqu'à ce que le chemin soit libre de danger."

"Si vous pensez qu'ils se préoccupent plus de moi que de ces quelques millions ; vous vous mettez les doigts dans les yeux. Ils ont tué pour beaucoup moins." "Alors il est temps qu'ils payent pour leurs crimes et toi aussi. Si j'étais toi, je me repentirais de tous mes péchés, car très longue est l'éternité." "Je te remercie pour ton conseil, mais si je ne me trompe pas, cela est bien de mes affaires." "Ce sont aussi les affaires du Créateur, ne l'oublie pas. Je te trouve bien arrogant pour un homme qui va plus que probable mourir dans l'heure qui vient. Je te l'aurai dit."

CHAPITRE 3

"M. le ministre, je vais d'abord sortir et examiner les lieux et je reviendrai vous chercher lorsque le chemin sera libre de danger. Rechargez cette arme et attendez-moi. Je sors avec Paul devant moi. N'oubliez pas qu'elle est seulement là pour votre défense et rien d'autre." "J'ai compris, allez-y."

Juste est sorti de cet endroit en forçant Paul à marcher devant lui. Paul s'est mis en marche rapide sentant que Juste ne le suivait plus de très près lorsqu'une auto de patrouille s'est approchée de lui.

"Monsieur le chef de l'apposition officielle ; vous semblez inquiet et que faites-vous dans cet endroit si malsain à cette heure de la nuit ?" "J'ai le sentiment d'être suivi ; est-ce que vous pouvez me déposer quelque part près de chez moi." "Nous en avons pas le droit, à moins que vous ayez commis un délit." "J'ai passé la soirée dans une partie de poker illégale, est-ce que cela vous suffit ?" "Nous avons quand même besoin de preuve. Pouvez-vous nous en fournir une ?" "L'homme qui me suit peut vous le confirmer." "Je ne vois personne derrière vous. Êtes-vous sûr d'être bien monsieur ?" "S'il n'y a plus personne qui me suit ; je n'ai donc plus besoin de vous, j'ai mon auto." "Attendez un instant, vous avez quand même admis commettre un crime." "En avez-vous la preuve ?" "Oui, vous étiez sous écoute électronique et nous savions déjà où vous étiez ce soir. Nous savions aussi pourquoi vous y étiez. Il nous manquait seulement cette preuve que vous venez tout juste de nous fournir. Il vous faudra donc aller vous expliquer devant le banc de la reine. Tournez-vous et joignez vos mains dans le dos s.v.p. ?"

Au même instant les trois autres escrocs qui faisaient partie de cette partie de poker se pointèrent avec des mitraillettes aux poings ; tout comme au temps d'Al Capone et des années quarante. Ils ont pris ces policiers par surprise et ils ont délivré Paul d'un seul coup. Ils ont menotté les deux policiers à leur auto, jeté leurs armes loin d'eux et ils ont pris la fuite immédiatement. C'est une chance qu'ils n'aient pas pensé à incendier cette auto ou de la faire sauter, mais ça, je crois que Juste, mon héros y est pour quelque chose.

Cependant, quelques instants plus tard, une autre auto de patrouille était sur les lieux. Un homme en est sorti, il a libéré ces deux agents et ils se sont tous mis à la poursuite de ces malfaiteurs et comme ils savaient déjà où les trouver ; ce n'était plus qu'une question de quelques heures avant que tout ce beau monde ne soit sous les verrous.

Comme de raison, pour la police il y a un double standard. Il y a celui contre la population en général et le crime contre eux. Si tous les crimes étaient résolus de la même façon, il y aurait beaucoup moins de cas qui sont jetés hors cour pour une question de temps, de délai expiré.

Toujours est-il que le lendemain, le chef de l'opposition faisait les manchettes des journaux, de la radio, de la télévision, ainsi que des réseaux sociaux. Le scandale qu'il voulait imputer au ministre et à son gouvernement s'est retourné contre lui. Il a de ce fait annulé toutes ses chances de gagner les prochaines élections ainsi qu'à son parti. Cela me rappelle un court message de l'Apocalypse onze et qui est écrit dans le verset cinq. 'Si quelqu'un veut leur faire du mal, du feu sort de leur bouche et dévore leurs ennemis ; et si quelqu'un veut leur faire du mal, il faut qu'il soit tué de cette manière.'

Autrement dit, si quelqu'un veut me tuer d'une balle, il mourra d'une balle. J'ai eu connaissance de neuf de mes ennemis qui sont déjà tombés. Me souhaitaient-ils du mal ? Je n'en sais trop rien. Serait-ce l'à déjà une prophétie venue à terme ? Je n'en suis pas sûr, mais le fait demeure qu'ils étaient mes ennemis et qu'ils sont tous tombés sans que je ne bouge un petit doigt contre eux ou que je leur souhaite quoi que ce soit.

La vie de Jack ne tient plus qu'à un faible fil, puisque leurs règlements ne leur permettent pas qu'ils se fassent prendre et il y a toujours un bon nombre de leurs membres qui n'attendent que l'occasion se présente pour prendre les commandes et c'est ainsi que la roue tourne. C'est aussi pourquoi la police n'intervient pas toujours ; sachant que ces règlements de comptes sont moins coûteux pour l'état que des procès de longues durées et des emprisonnements qui coûtent de $70,000.00 à $100,000.00 par année et même plus lorsque l'état doit assurer la sécurité de l'un d'eux. Puisent-ils se repentir pour pouvoir sortir de leur marasme. C'est cependant la vie qu'ils ont choisie et ils sont donc responsables de leur sort. Par contre, la prison est souvent et pour plusieurs un endroit qui leur permet un temps de réflexion, un temps de considération pour leur vie. Il est aussi fort possible que cela leur permette une chance de repentance, ce qui leur est bénéfique.

"Est-ce que votre maison est bien assurée M. le ministre ? On ne peut pas contribuer à faire prendre un chef du crime organisé sans risque de représailles. Si j'étais vous, je mettrais en lieu sûr tous mes objets précieux, surtout tous ceux qui sont irremplaçables, comme vos photos par exemple." "Vous pensez donc qu'ils vont s'en prendre à ma propriété ?" "Je pense que vous devriez demander de la protection additionnelle et de toute façon, vous y avez droit. Vous devriez disperser aussi l'argent que vous avez gagné hier soir, pour ne pas être soupçonné d'avoir accepté un gros pot-de-vin. C'est également une chose certaine que les quatre autres témoigneront tout au contraire de la vérité." "Je veux vous donner une partie de cet argent pour votre aide incalculable." "Je ne veux pas d'argent ; je n'en ai pas besoin." "Vous êtes donc riche ?" "Non, je suis plutôt sans le sou, mais je ne manque de rien." "Comment cela peut-il être possible ?" "Je vie d'amour et de l'air du temps et de toutes les paroles qui sortent de la bouche du Créateur. Cela me suffit amplement." "Dites-moi alors, qu'est-ce que je pourrais bien faire pour vous remercier ?" "Il y a bien une chose que j'aimerais que vous fassiez." "Je vous en prie, dites-le-moi." "Je voudrais que vous essayiez de faire passer un projet de loi qui empêcherait tout individu, quel qu'il soit, de piger quoi que ce soit dans les collectes de charité. La plupart des organisateurs de ces dernières se prennent un pourcentage de ces argents ; eux qui demandent aux donateurs de se sacrifier pour les nécessiteux se servent généreusement et souvent sans se sacrifier eux-mêmes. Je ne trouve pas ça juste. Je comprends qu'ils se dépensent largement, mais ils se remboursent aussi largement. Je comprends également que quelqu'un a dit un jour : 'Charité bien ordonnée commence par soi-même.'

Mais moi, je ne trouve pas ça juste." "Vous avez bien raison et je vais faire tout ce qui m'est possible pour faire passer cette loi." "Je vous remercie beaucoup pour tous ceux qui en profiteront ; je veux bien dire tous les nécessiteux. Je dois maintenant vous quitter, j'ai une urgence. Souvenez-vous de tout ce que j'ai dit. À bientôt !"

"Surhumain, j'ai besoin de ton aide immédiate." "Que se passe-t-il ?" "Il y a un bateau plein de passagers clandestins entre les Philippines et Hong Kong en train de couler. J'ai besoin que tu le tiennes à flot le temps que je leur jette à l'eau les gilets de sauvetages et les chaloupes qui sont disponibles avant qu'ils ne périssent tous." "J'ai une mission, mais elle est moins pressante que celle-là. Je m'y rends immédiatement et je te rejoins là-bas." "J'y suis déjà et je t'attends."

Lorsque Surhumain arriva au bateau, Juste avait déjà jeté à l'eau tous les gilets qui se trouvaient sur ce bateau et il en manquait encore soixante-huit pour que chacun puisse en avoir un qui leur sauverait la vie.

"Excuse-moi Juste, mais je pense avoir une meilleure idée." "Fais vite, le temps presse." "Fais embarquer tout le monde et je vais pousser ce bateau jusqu'à sa destination." "Tu es sûr d'en être capable." "Voyons, ce n'est qu'une bagatelle." "Il faudra savoir où accoster pour que ces pauvres gens ne se retrouvent pas tous en prison." "Commençons par arriver et nous verrons bien ce qu'il faut faire rendu là-bas." "Personnellement je pense que c'est là l'un des pires endroits au monde où les amener. C'est une région qui est déjà surpeuplée. Les autorités ne feront que de les retourner d'où ils viennent." "Qu'est-ce que tu suggères alors ?" "Ne connais-tu pas quelqu'un au Canada qui pourrait nous aider ?" "Oui mais, le Canada c'est loin." "Ha, cinq minutes de mon temps." "Attention, la vitesse pourrait bien les tuer tous." "Pas si tu les mets tous à l'abri et que je démarre lentement. Personne ne meurt dans un avion à réacteur ! Du moins, personne ne meurt tué par la vitesse." "Il faut d'abord que je parle au capitaine de ce bateau. Il n'a pas payé pour ce voyage ni pour son équipage."

"Bonjour capitaine. Je dois vous informer que vous devez rembourser ces pauvres gens ; puisque vous ne pouvez pas les rendre à bon port sur votre vieux rafiot illégal. Puis-je voir votre carte de bord, s.v.p. ?" "Je ne suis pas tenu de vous montrer quoi que ce soit, à moins bien sûr que vous soyez inspecteur des eaux internationales " "Moi, je vous affirme que si vous ne collaborez pas avec moi ici et maintenant, je vous laisse couler ; vous et votre rafiot au fond de cette mer. C'est à prendre ou à laisser, mais c'est votre choix." "La voilà cette carte." "Mais vous n'avez droit qu'à soixante passagers, incluant l'équipage. Il y a cent dix-neuf passagers à bord, à part vos hommes." "Il y en a donc deux qui se sont noyés." "Combien leur avez-vous pris pour leur voyage ?" "Ils ont dû payer $5,000.00 chacun, même les enfants." "N'avez-vous donc pas honte ? Vous n'avez aucune conscience ou quoi ?" "Il faut bien gagner sa vie." "La gagner c'est beau, la voler c'est autre chose.

Comme je l'ai déjà dit, vous devez tous les rembourser. Cela fait $605,000.00. Pas mal pour une semaine ou deux de travail. Vous auriez pu vous acheter un meilleur bateau, beaucoup plus sécuritaire que celui-ci. L'argent s.v.p. ? N'y pensez même pas." "De quoi parlez-vous ?" "Vous le savez très bien, de quoi je parle. Donnez-moi ce sac et faites une croix sur ce pistolet, sinon je vous balance par-dessus bord et je doute fort que quelqu'un s'en plaigne. Quel était votre plan pour tous ces gens ?" "Je devais les emmener tout près de Hong Kong et de là ils devaient embarquer sur un bateau de marchandise pour le Mexique et de là entrer aux États Unis." "Et tout ça dans l'illégalité, je présume." "Il est difficile de faire autrement." "Comme de raison, votre méthode est beaucoup plus payante. Quel était votre plan pour votre personne ?" "J'avais planifié acheter un autre bateau pour sortir du Mexique d'autres gens de la même manière, des gens qui souhaitent et espèrent une meilleure vie." "Et c'est ce que vous leur promettez sans pour autant pouvoir leur donner." "Vous avez presque tout compris." "Vous comprendrez que je dois vous menotter et je dois aussi vous livrer aux autorités canadiennes pour votre crime. Eux, ils vous retourneront aux Philippines pour être jugé et je leur dirai que vous avez l'argent pour votre voyage. Quant à votre vieux rafiot, il coulera aussitôt que nous le laisserons tomber." "Qui c'est nous ?" "Je n'ai pas à vous divulguer cette information ? Je peux juste vous dire que nous sommes rapides et puissants. Nous sommes déjà rendus au port de Montréal."

"Ça va Surhumain ? Peux-tu tenir le coup encore quelques minutes ?" "Il n'y a pas de problème Juste ; fais ce que tu as à faire."

"M. le ministre, j'ai besoin de vous et il y a urgence." "Que se passe-t-il monsieur Juste ? Vous m'inquiétez." "J'ai sur les bras 119 réfugiés immigrants sans passeport et quelques prisonniers qui méritent une attention particulière et immédiate, pouvez m'aider ?" "Ont-ils de quoi se nourrir et se loger." "Pour le moment oui, mais cela ne leur durera pas très longtemps." "Où sont-ils présentement ?" "Ils sont tous au port de Montréal pour l'instant." "Je vais faire quelques appels. Rappelez-moi dans cinq minutes et je vous dirai quoi faire." "Bien reçu."

"Capitaine, il y a vingt-sept mille dollars qui vous appartiennent ; voulez-vous les prendre avec vous ou me les confier pour assurer votre défense ? Il faut que je vous dise que vous et vos hommes serez sous arrêts dans quelques minutes. Il vous faut donc penser très vite." "Quelles sont mes chances que cet argent soit encore à moi dans quelques heures si je le prends avec moi ?" "Très mince, j'en ai bien peur." "Quelles sont mes chances de le revoir si je vous le confie ?" "Cent %." "Gardez-le dans ce cas et au revoir et merci." "Je vous verrai donc dans quelques jours à votre entrevue."

"M. le ministre, avez-vous de bonnes nouvelles ?" "Elles ne sont pas trop mal. J'ai dû déposer presque tout ce que j'ai gagné aux cartes en caution pour eux, mais vous connaissant un peu mieux maintenant ; je savais que c'était la seule et meilleure chose à faire. Il y a deux autobus en route pour prendre les naufragés et la police est aussi en route pour arrêter les responsables de ce cafouillage." "Je vous remercie pour eux M. le ministre et soyez certain que Dieu vous le rendra. À Bientôt !"

Quelques cinq minutes plus tard les deux autobus étaient sur les lieux et l'embarquement fut entrepris sans trop d'accrocs. Seul un des hommes du capitaine a essayé de se faire passer pour un passager clandestin, mais il a justement été signalé par un de ces passagers.

Puis trois autos de patrouille sont également arrivées pour cueillir les quatre criminels, qui eux se mourraient de peur. Juste n'a pas pu s'empêcher de leur dire qu'ils auraient plutôt dû avoir peur de s'embarquer dans un tel racket. Ils auraient aussi dû avoir peur de s'embarquer sur un tel rafiot.

C'est avant de commettre ces crimes que la peur leur aurait été bénéfique, utile à quelque chose ; maintenant elle ne servait plus à rien d'autre qu'à montrer leur faiblesse. Il est vrai que l'argent ne sert pas qu'à de bonnes choses ; il sert souvent à corrompre l'être humain.

Puis Juste a insisté pour parler au policier en charge de cette enquête ; surtout pour lui signaler que le rafiot ne tenait à flot que par une sorte de miracle et que la cale était pleine d'eau à ras bord. Il fallait donc être très minutieux pour le hisser hors de l'eau, car il devait sans aucun doute peser des milliers de tonnes.

Les instructions de Juste ont été bien observées, puisque la carcasse a été remontée très lentement pour permettre à l'eau de s'écouler à mesure que le rafiot montait. C'était sans aucun doute l'une des plus importantes pièces à conviction. Ce rafiot fut mis sur un long transporteur pour être emmené à la fourrière de la police pour être examiné de fond en comble.

Juste s'est aussi affairé à trouver un bon avocat des affaires étrangères pour que ces bandits de mer puissent quand même avoir un procès équitable. Il y avait eu mort d'hommes et quoique causée par négligence criminelle ; elle était quand même accidentelle et même s'il y avait eu un crime commis ; il avait été commis hors de la juridiction canadienne.

Les autorités canadiennes se devaient cependant de rassembler toutes les preuves accablantes possibles et de les faire parvenir aux autorités des Philippines.

Après réception de ces preuves, la police fédérale des Philippines a envoyé deux de leurs agents sur les lieux pour ramener les quatre accusés. Pour éviter un incident diplomatique, les autorités canadiennes ont laissé partir ces quatre criminels ; ce qui était plus économique de toute façon, mais elles ont offert asile aux 119 passagers clandestins.

Deux cadavres d'homme furent trouvés au fond de la cale et aussi une autre somme d'argent importante. L'autopsie a révélé que la mort a été causée par noyade, donc accidentelle.

Le ministre s'est arrangé pour que tous les réfugiés puissent trouver du travail. La plupart des hommes sont devenus des jardiniers, des cueilleurs de fruits et légumes et la plupart des femmes des bonnes à tout faire et des gardiennes d'enfants.

Un grand pourcentage des femmes des Philippines sont un peu comme les femmes asiatiques ; elles se servent de leur tête pour exécuter leurs travaux et elles prennent bien soin de leurs hommes.

J'en ai connu une un jour et c'était tout près du jour de son anniversaire. Je suis donc allé chez Dairy Queen et j'ai commandé pour elle un beau gros gâteau à la crème glacée, avec les mots, 'Bonne Fête' et son prénom, puis je l'ai fait délivrer chez elle. À ma prochaine visite chez elle, j'ai appris que le gâteau avait été mis dans l'armoire au lieu du réfrigérateur et j'ai aussi appris qu'elle avait un autre prétendant. Elle était jeune, jolie et charmante, mais je n'étais pas encore assez épris pour me battre pour elle. Il était devenu évident pour moi qu'elle était en quête d'un parti qui lui fournirait une vie facile. Je n'ai jamais vraiment été attiré par les femmes qui pratiquent le plus vieux métier du monde.

Juste a promis au capitaine qu'il viendrait témoigner à son procès si celui-ci lui en faisait la demande. Pour

Juste c'était juste une occasion de plus de témoigner la parole du Messie au sujet de jurer ou de faire serment et s'il pouvait le faire dans tous les pays du monde, il en serait que plus heureux.

"Pensez-vous vraiment que votre témoignage peut m'aider à m'en sortir ?" "Cela dépend en grande partie de votre repentir. Si vous n'êtes pas repentant, ni moi ni le juge qui présidera la cause ne sera compatissant à votre égard. Si vous n'êtes pas repentant, même le Créateur ne peut pas vous pardonner. C'est une chose que vous devriez savoir à votre âge. Il y a quand même un bon point en votre faveur malgré tout." "Quel est ce point, je ne le vois pas ?" "Et bien, vous n'avez pas abandonné votre bateau même s'il était un cas désespéré." "Je n'ai aucun mérite pour ça, il y avait plus de deux millions dans la cale." "Bravo, vous n'étiez pas obligé de me le dire, c'est encore un bon point pour vous. Mais encore là, vos chances de les récupérer étaient presque nulles." "Vous savez ce qu'on dit, 'Tant qu'il y a de la vie, il y a de l'espoir,' et j'avais bien pris soin d'indiquer l'endroit exact du naufrage, afin de pouvoir revenir le récupérer plus tard." "Vous aviez donc une raison de plus pour abandonner le rafiot et tout le monde, mais vous ne l'avez pas fait. C'est un autre bon point en votre faveur." "Arrêter, vous allez me faire pleurer." "Ne vous moquez surtout pas de moi, si vous voulez mon aide, car je ne le prendrai pas." "Je m'excuse, c'était juste un reflex nerveux, je pense.

J'ai comme l'impression que c'est une cause perdue d'avance." "'Tant qu'il y a de la vie, il y a de l'espoir,' et autant que je sache, vous êtes encore vivant." "Vivant oui, mais comment ?" "Au lieu de pleurer sur votre sort, quoique mérité, vous devriez plutôt vous concentrer sur votre défense et penser à ce qui pourrait vous aider à vous en sortir ou du moins à amoindrir votre sentence. Faites-moi signe quand le procès aura lieu et j'essayerai de vous soutenir du mieux que possible." "Mais comment pourrais-je vous contacter ?" "Vous n'aurez qu'à prononcer trois fois consécutives le mot Juste et je répondrai, mais ne vous avisez pas de le faire inutilement, car alors vous perdriez toutes chances d'obtenir mon aide. Alors courage et au revoir. Je dois y aller."

"Surhumain, comment vas-tu ?" "Je vais bien Juste, je reviens à peine du Mexique où il y avait un autre bateau qui s'apprêtait à couler, mais il n'était pas très loin du rivage et j'ai pu l'accoster très rapidement. Par contre, il était rempli de trafiquants de drogue et je l'ai abandonné aux autorités mexicaines, mais ce coin-là est pratiquement sans espoir, puisque la corruption y est à tous les étages de cette société. Je crois même que Dieu seul peut y changer quelque chose. Quand les forces policières sont autant impliquées que le crime organisé, il n'y a plus grand chose que le gouvernement peut y changer." "Tu as bien raison, un jour peut-être la population en aura assez de toute cette merde et donnera à ce gouvernement un aperçu de ce qui s'est passé en Irak et à Saddam Hussein.

Ce qui tourne retourne et il faut que l'apostasie arrive premièrement et alors les yeux de la majorité s'ouvriront, mais il sera déjà trop tard, car la force du bien sera renversée et irréversible. C'est alors que le Créateur tranchera entre le bien et le mal. Les méchants seront mis à part des justes, ce qui leur sera très pénible et les bons seront protégés ; tout comme Lot et sa famille ainsi que Noé et sa famille le furent." "Puisque c'est ainsi, tout ce que nous faisons est possiblement inutile ?" "Pas du tout Surhumain, le Créateur s'est servi de Moïse pour récupérer son peuple, son réel premier-né selon Lui-même. Il s'est aussi servi de tous les rois d'Israël depuis le Roi David jusqu'à Jésus, ce Roi des Juifs pour protéger ce même peuple. Puis Il s'est servi du Messie pour annoncer à tous les peuples de la terre la bonne nouvelle ; qu'il fallait se repentir de tous nos péchés pour être aussi propre qu'un poisson nettoyé de ses entrailles pour voir le royaume des cieux et ainsi être pur et obtenir la vie éternelle. Dieu le Père a dit que ce Messie en sauvera plusieurs par sa connaissance, mais son ennemi a préféré le contrarier, comme toujours, en disant au monde que le Messie sauve le monde avec sa mort sur la croix ; ce qui serait à mon avis une très grande injustice et c'est ce que Dieu ne peut pas faire."

"Et c'est ce que tu n'acceptes pas, l'injustice et tu l'as découvert en faisant très attention à ce que tu lisais et ça selon un très bon conseil de ce même Messie. C'est ce que j'ai vu aussi dans les écritures de Matthieu 24, 15. Quant aux connaissances de ce Messie, je l'ai lu dans Ésaïe 53, 11." "Comme tu peux le voir, le Créateur se sert de nous aussi pour faire connaître la vérité à ce même monde, pour continuer l'œuvre de ce même Messie et c'est ce que ce Messie nous a demandé de faire et tu peux le lire dans Matthieu 28, 20." "J'ai vu qu'il y avait plus qu'un message, plus que la connaissance du serviteur du Créateur, le Messie de Dieu dans Ésaïe 53, 11." "Et qu'est-ce que c'est ?" "Dieu a dit que ce serviteur se livrera lui-même à la mort, alors qu'il est écrit dans Jean 3, 16 que c'est Dieu qui l'a donné, sacrifié pour sauver le monde. C'est donc une contradiction flagrante." "C'est ce que le malin fait depuis le commencement, contrarier le Créateur. Toi et moi nous servons Dieu, mais nous n'y sommes pas obligés. Nous le faisons par amour pour Lui et pour notre prochain ; ce qui est le premier et le plus grand de ses commandements. C'est certain que les plaisirs charnels de ce monde sont plus immédiats, plus concrets, mais ils sont aussi éphémères et moi je préfère et de loin accumuler des trésors au ciel pour avoir une vie éternelle des plus agréables. Non seulement je le pense, mais je le sais et je sais aussi que cela en vaut la peine. Cela ne m'empêche pas d'avoir une femme et des enfants qui sont également beaucoup de bonheur. Toi Surhumain, tu as une femme et un fils je crois." "Mon fils m'a bien fait rire l'autre jour. Il n'a que six ans et sa mère a voulu le prendre dans ses bras pour traverser la rue. C'est alors qu'il a glissé un bras sous son derrière, il l'a soulevé de terre et il a traversé la rue avec elle pour la déposer sur le trottoir de l'autre côté. Il y avait bien au moins une bonne centaine de personnes qui l'ont applaudi à tout rompre pendant une dizaine de minutes. Il va falloir que je commence son éducation pour qu'il mette sa force au service du bien. Le malin sait comment séduire, surtout ceux qui pourraient lui nuire." "Tu as bien raison et nous n'avons pas besoin d'un ennemi qui a une force herculéenne. S'il ne fait pas très attention, il pourrait très bien casser les bras et les jambes des autres élèves dans la cour d'école. C'est sûr aussi que ceux qui briment les autres et les taxeurs voudront l'intimider lui aussi et que cela ne fera pas son affaire. Toi Surhumain, comment t'en es-tu sorti ?" "Je les invitais à tirer du poignet et je leur écrasais un peu la main en même temps. Ils semblaient comprendre très vite qu'il ne fallait pas jouer à ce jeu avec moi. Aucun n'osait en intimider d'autres devant moi. Une bonne dizaine d'eux se sont mis contre moi un jour, mais il n'y a que trois qui pouvaient m'atteindre en même temps et j'ai pu les étendre tous. Après ce jour ils avaient tous compris et si un autre jeune devenait intimidé ; il n'avait qu'à prononcer mon nom pour que l'autre ou les autres s'effacent d'un seul coup. Avant ce jour-là, il y en a un qui m'a attaqué avec un couteau en me disant que je ne pourrai plus jamais vaincre personne d'autre et lorsqu'il a voulu m'enfoncer son arme dans le ventre, j'ai simplement bougé de façon à ce que la lame passe entre le ventre et le bras. J'ai à ce moment-là attrapé son coude et avec ma jambe droite je lui ai fait un mauvais parti. J'étais devenu hors de moi, mais je le regrette aujourd'hui, car je l'ai laissé entre la vie et la mort. J'avais déjà vaincu ses deux frères et il n'était pas content du tout.

Ils sont fanfarons et ils se mettent souvent à plusieurs contre un. Ils se croient forts, mais il faut être lâche pour agir de la sorte. S'ils veulent prouver quelque chose, je leur suggérerais de s'inscrire dans un studio d'arts martiaux quelconques et apprendre à défendre au lieu d'attaquer." "Tu as bien raison, mais je pense qu'il est grand temps pour toi de prendre l'éducation de ton fils au sérieux avant qu'il ne soit trop tard." "Je te crois et je t'écoute, car tu es plein de sagesse." "Ce n'est qu'un don et ce don ne peut venir que d'en haut. Je n'ai donc aucun mérite pour ça. Mon mérite est dans ce que j'en fais.

Continue ton bon travail et je te rappelle si j'ai encore besoin de toi et n'oublie pas que je l'apprécie infiniment." "Tu es bienvenu et moi aussi je t'apprécie."

Les deux sont partis chacun de leur côté, car ils ne manquent jamais de travail ces deux-là. Il y a beaucoup plus de personnes qui meurent chaque jour et même chaque heure de tous les jours par la méchanceté des hommes qu'il y en a qui meurent par accident réel.

C'est quelque chose qui n'arrivera plus dans le royaume de Dieu, car là, la loi de Dieu sera dans tous les cœurs. Ô comme il fera bon vivre en ces jours d'allégresse. Comme il sera bon de ne plus voir le mal et même juste ne plus en entendre parler !

Mais selon le Messie lui-même, c'est lui qui mettra fin au mal du royaume de ce monde à l'heure du jugement dernier. C'est à ce moment-là seulement que le Messie (la parole de Dieu) vaincra sur le mal, contrairement à ce le malin a annoncé. Nul n'a besoin d'être un scientifique pour comprendre que le mal n'a pas encore été vaincu, puisqu'il est partout et même dans le cœur de milliards de personnes.

Mais qui est ce Messie en réalité ? Il est la parole de Dieu. Voir encore Deutéronome 18, 18. 'Je (Dieu) mettrai mes paroles dans sa bouche et il leur dira tout ce que je lui commanderai.'

Mais que nous a dit le menteur ? Voir Éphésiens 2, 15. 'Ayant anéanti par sa chair (mort du Messie) la loi des ordonnances (loi de Dieu) dans ses prescriptions, afin de créer en lui-même avec les deux un homme nouveau, <u>en établissant la paix</u>.'

En anglais cela veut dire, en tout cas il est écrit, que Jésus a détruit le mal, l'hostilité avec sa mort sur la croix.

Et bien l'hostilité, le malin, la méchanceté, ne sont certainement pas morts encore, puisque la méchanceté est plus prononcée que jamais et Jésus n'a pas encore établi la paix non plus, puisqu'il l'a dit lui-même d'ailleurs. Voir Matthieu 10, 34. 'Ne croyez pas que je sois venu apporter la paix sur la terre ; je ne suis pas venu apporter la paix, mais l'épée.'

Et l'épée c'est la vérité, la parole de Dieu et croyez-moi ou croyez Dieu et le Messie, cette épée tranche et cela ne plaît pas à tout le monde.

C'est une chance phénoménale pour nous que le Créateur ait suscité un tel prophète parmi les frères d'Israël, un prophète comme Moïse pour nous transmettre ses connaissances sur la volonté du Père qui est dans les cieux. Si seulement tous ceux qui prétendent Le connaître s'arrêtaient pour voir, lire et comprendre les messages de ce Messie ; au moins tous ceux qui aiment Dieu pourraient faire comme j'ai fait et mettre le malin et son enseignement hors de leur cœur et hors de leur vie.

Le Messie nous a enseigné comment c'était de vivre dans son royaume par la repentance ; ce royaume qui est lui complètement séparé du monde. Le royaume des cieux, c'est le Messie qui en est le roi et il l'a dit lui-même quand il a dit ; 'Mon royaume n'est pas de ce monde.'

C'est un royaume en marge du monde, mais sur terre.

Cela ne voulait pas dire que c'est un royaume extraterrestre, mais que c'est un royaume dans lequel il n'y a pas de place pour le méchant ni pour la méchanceté ni pour le péché. Un royaume qui est sur terre, mais à l'abri du reste du monde.

Voyez ce que Jésus a répondu à Ponce Pilate lorsque celui-ci lui a demandé. Voir Matthieu 27, 11. 'Es-tu le roi des Juifs ? Jésus lui répondit : Tu le dis.'

Ce Jean a encore menti une autre fois dans le même verset ou encore il fait Jésus menteur en disant dans Jean 18, 36. 'Mais maintenant mon royaume n'est pas d'ici-bas.'

Et bien, la seule chose dont je peux ajouter à ceci ; c'est que Jésus est le roi des Juifs, en tant qu'homme et que les Juifs sont de ce monde, d'ici-bas et même qu'une très grande majorité le rejettent ou le renient encore aujourd'hui.

Jésus avait donc raison de dire et voir Matthieu 10, 23. 'Je vous le dis en vérité, vous n'aurez pas achevé de parcourir les villes d'Israël, que le Fils de l'homme sera venu.'

Je suis moi-même entré dans ce royaume des cieux, dans le royaume de Jésus et je vis sur terre, mais je vis en marge du monde. Puis je fais comme Jésus me l'a demandé et comme il a fait lui-même ; j'essaie d'en sauver plusieurs par mes connaissances.

Ce monde est un royaume plein de mal et d'embûches. Un royaume dans lequel Juste, Surhumain et combien d'anges de Dieu doivent constamment combattre le mal malgré tous les messages du Messie.

Je pense que le plus grand mal qui est venu du malin est son enseignement mensonger, qui doit sembler vrai pour plusieurs personnes, car plusieurs personnes le suivent. C'est un lavage de cerveau tel que je n'arrive pas à leur faire voir la vérité, puisque eux pensent la connaître. Ma seule consolation est de savoir et de connaître un peu la puissance de Dieu et que Lui saura quoi faire et comment atteindre ceux qu'Il veut sauver, mais je suis quand même heureux d'être à son service.

Dieu a montré sa puissance en sortant son peuple bien-aimé de l'esclavage de l'Égypte et encore en séparant les eaux de la mer pour lui permettre de la traverser à pieds secs de l'autre côté et ça sous les yeux de son peuple et de ses ennemis.

Mais moi je n'ai pas à regarder dans le passé pour voir sa puissance ; je n'ai qu'à regarder ce qu'Il a fait de moi. Je savais à peine lire convenablement et je ne savais pas épeler proprement, car je faisais quatre fautes dans trois mots et voilà que je suis en train d'écrire mon dix-neuvième bouquin.

Ce n'est pas tout ; Il m'a aussi ouvert les yeux sur des milliers de choses ; surtout bibliques et Il m'a dicté ce de quoi je devais écrire. Je sais sincèrement que c'est pour alerter toutes les nations et les instruire sur les messages du Messie. Je dois aussi leur ouvrir les yeux sur les messages rusés et trompeurs, mais mensongers du malin que Dieu m'a interpellé. J'ai répondu et j'en suis très heureux et je voudrais que tous le soient tout autant que moi. Ça, c'est d'aimer son prochain comme soi-même ; ce qui est le deuxième commandement le plus important et qui est semblable au premier, qui est d'aimer Dieu le Père de tout son cœur, de toute son âme et de toutes ses pensées.

Dieu a bien su me montrer comment avoir la foi en moi-même aussi pour seulement penser que je puisse le faire, je veux dire écrire.

Les gens ont beaucoup plus de foi qu'ils ne le pensent. Par exemple, si une personne pense mourir en traversant la rue ou la route ; il y a de fortes chances qu'elle ne la traverse pas. Si une personne pense mourir en plongeant dans l'eau ; il y a de fortes chances pour qu'elle ne plonge pas, à moins bien sûr qu'elle pense à se suicider ; ce qui serait son ticket pour l'enfer, car son dernier geste serait un crime et un péché très grave.

C'est le Messie qui l'a dit. Voir Jésus dans Matthieu 26, 24. 'Mieux vaudrait pour cet homme qu'il ne fût pas né.'

Je ne pense pas que c'est pour avoir livré le Messie que cet homme, Judas fut reconnu comme une âme perdue, mais parce qu'il allait se suicider, un péché très grave pour une dernière action, car il s'était repenti pour avoir livré Jésus, du moins selon les Écritures.

Cette histoire est un exemple parfait de la manipulation des Saintes Écritures par des mains et le cœur diaboliques et ceci ne fut pas fait ni par Matthieu ni par le Messie. L'histoire est écrite de façon à ce que le lecteur croit que Judas a été condamné pour avoir trahi Jésus ; alors qu'il fut condamné pour s'être suicidé.

Le Messie a demandé à Dieu, au Père du ciel de pardonner aux soldats romains, qui le battaient, l'insultaient, le flagellaient et le crucifiaient et ceci, selon cette histoire n'était pas condamnable, ce n'était pas trop grave. Pourquoi ? Parce que cela était fait par des Romains??? Mon œil ! Quel est le pire, la trahison du Messie par Judas ou le meurtre du Messie par les Romains ?

Puis le Messie qui a dit ; 'Si ton frère a péché contre toi, va et reprends-le entre toi et lui seul.' Aurait aussi dit devant tous ses apôtres qui était le traître ???? Pas dans mon livre !

De croire que le Messie a pu faire une telle chose est de très mal le connaître et c'est à cause de telles déclarations mensongères, qui apparemment viendraient de Jésus que tant de personnes passablement intelligentes se sont détournées de Dieu ; qui Lui n'a absolument rien à voir avec ces mensonges du diable et ces contradictions. Ils se disent athées.

Et c'est malheureusement le but précis de Satan. C'est de tromper, de faire tomber dans le péché et d'éloigner les gens de Dieu ; de la même façon qu'il l'a fait dans le Jardin d'Éden avec Adam et Ève. Tout ça est fait en donnant l'impression que c'est la faute de Dieu ou la faute de Jésus, le Messie.

D'ailleurs Judas fut présenté dans l'évangile de Jean comme étant un démon. Voir Jean 6, 70-71. 'N'est-ce pas moi qui vous ai choisis, vous les douze ? Et l'un de vous est un démon ! Il parlait de Judas Iscariot, fils de Simon ; car c'était lui qui devait le livrer, lui, l'un des douze.'

Je ne pense pas que Jésus, du moins le vrai, aurait volontairement choisi un démon et même s'il l'avait fait ; il ne l'aurait certainement pas dit à ses apôtres ; autrement tous ses derniers auraient passé leurs trois années avec Lui en se demandant qui de l'un ou de l'autre il pouvait bien être. Cela ne ferait aucun sens et Jésus était plein de bon sens. Jésus chassait les démons, Il ne les recueillait pas.

Judas avait un démon qui comme tant d'autres a eu la chance de voir et d'entendre tous les messages du Messie, la vérité et qui malgré tout l'a rejeté du revers de la main pour servir le diable, son maître. C'était malheureux pour Judas et c'est aussi malheureux pour des milliers d'autres qui refusent de voir et d'accepter la vérité et surtout de refuser de vivre par elle.

Tant et tant de milliers de personnes croient que Dieu a sacrifié son enfant pour sauver le monde si méchant. Mais pensez-y pour quelques instants. Lequel de vous serait assez méchant pour faire une telle chose ? Lequel de vous ferait mourir son enfant bien-aimé, il faut le dire, puisque c'est vrai, pour sauver les violeurs, les meurtriers, les voleurs et tous les criminels de la terre ? Que Dieu ait envoyé ou suscité un prophète pour annoncer à ce monde si méchant soit-il, quoi faire et quoi croire pour être sauvé, c'est ce qu'il faut croire, la simple et sainte vérité. C'est pourquoi Dieu m'a choisi pour faire, pour vous dire ce que bien des gens ne veulent pas entendre, la Sainte Vérité.

Le Messie a dit que les gens comme moi, ses disciples seront haïs de tous à cause de son nom, la vérité, à cause de la parole de Dieu et je le crois, mais ce qui m'importe le plus est bien d'être aimé de Dieu. Le Messie a aussi dit ; ce que les disciples comme moi lieront sur la terre sera lié dans les cieux, alors faites attention et pensez-y bien avant de rejeter mes livres. Certains diront que son nom n'est pas la parole de Dieu. Et bien je les reprendrai en leur disant d'aller lire prudemment Apocalypse 19, 13. 'Son nom est la Parole de Dieu.'

Son nom est la parole de Dieu et c'est ce qui est descendu du ciel pour sauver le monde et c'est certain que Dieu ne contribuerait pas à faire mourir sa parole.

Il est très vrai que l'on ne peut pas plaire à tout le monde et même Jésus qui est le Fils de Dieu n'a pas pu le faire, mais si Dieu est content de moi, alors je suis déjà dans le royaume des cieux et je vous invite tous à venir m'y rejoindre.

Allez voir dans l'évangile de Matthieu du Nouveau Testament, car lui seul en parle et si vous ne comprenez pas tout ce que Jésus en a dit ; alors procurez-vous le livre dont j'ai écrit et dans lequel j'ai presque tout expliqué. Ce livre est intitulé : Pourquoi Je Dois Mourir Comme Jésus et Louis Riel, par Jacques Prince.

Puis Juste est de nouveau entré en communication avec son ministre préféré ; lui qui est le ministre des affaires étrangères, mais cette fois-ci, c'était surtout pour que ce dernier le présente au ministre de l'agriculture.

Juste a pensé qu'il serait beaucoup plus profitable et peut-être moins coûteux d'exploiter toutes les terres abandonnées du pays, tout en donnant du travail aux gens du Canada ; au lieu de donner de l'argent par millions et peut-être même par milliards à des êtres corrompus qui se soucient peu ou pas du tout du bien-être de leur concitoyens. Et puis, il est très désolent de voir toutes ces propriétés abandonnées à des repousses après que leurs anciens propriétaires aient donné leur vie pour les développer. C'est un gaspille que ce pays ne devrait pas se permettre, connaissant le manque de nourriture qu'il y a dans le monde.

"Je vais voir ce que je peux faire et je vous promets d'au moins l'en informer ; ce que je pourrai sûrement faire dans les prochaines heures." "Je vous remercie et je sais que vous ferez de votre mieux. Tandis que j'y pense, dites-moi, avez-vous récupéré votre dépôt pour les réfugiés des Philippines ?" "Pas encore, mais on m'a dit que cela devrait être fait sous peu. Mais je ne regrette rien, car c'était pour une bonne cause. Quatre-vingt-deux de ces personnes ont déjà trouvé du travail et obtenu un permis de résidence pour une période de cinq ans et s'ils se comportent bien, ils obtiendront leur citoyenneté par la suite. Il faut que je vous dise aussi qu'on a intercepté à deux reprises des individus qui essayaient de saboter notre maison. J'ai donc très bien fait de vous écouter et d'augmenter la sécurité autour de notre propriété." "La police a peut-être le bras long, mais les gens du crime organisé ont de bonnes mémoires. Si justice est rendue, tout ce qu'ils tenteront se retournera contre eux."

Puis le téléphone sonna sur le bureau du ministre et c'était un appel du ministre de l'agriculture qui demandait un rendez-vous afin de discuter avec Juste de la possibilité de ce projet.

"Mon nom est Juste et je voudrais discuter avec vous des chances de changer la distribution de l'aide contre la pauvreté envers les pays sous-développés et le besoin d'aide aussi pour les nécessiteux de notre pays, comme les assistés sociaux. Pouvez-vous me dire combien le gouvernement du Canada dépense à cet effet ?" "Il me faudra faire quelques recherches, mais je crois que cela se situe dans les quelques milliards." "Que diriez-vous si le gouvernement pouvait nourrir dix fois plus de personnes et ça à la moitié du coût présent ?" "Je dirais que cela en vaudrait la peine de s'y attarder." "Il y a au moins un millier de fermes abandonnées au Canada. Le gouvernement pourrait aisément se les procurer à bon marché ; mettre quelques milliers d'employés au travail et donner la nourriture aux nécessiteux sans passer par les corrupteurs qui laissent les pauvres crever de faim.

Si tous les gouvernements provinciaux du pays donnaient de la nourriture aux gens sur le BS et garderaient un tiers des prestations ; ils économiseraient soixante-six pour cent et ils s'assureraient du même coup que les enfants aient de quoi manger." "Certains pourraient ventre la nourriture pour s'acheter de quoi boire." "On pourrait faire en sorte que cela constitue un crime punissable par la loi. Ce qui est le plus important, à mon avis, c'est que les pauvres aient de quoi manger tous les jours, surtout les enfants." "Comment expliquez-vous que le gouvernement économiserait soixante-six pour cent ?" "Toute la nourriture produite sur leurs fermes coûterait moins que le tiers du coût pour les mêmes produits achetés dans une épicerie, même en comptant le coût de la main d'œuvre et du transport, et cetera." "Je dois admettre que cela vaut la peine d'y jeter un coup d'œil. Je vais donc créer un comité qui s'occupera d'évaluer toutes les possibilités et si vous avez raison ; alors considérez-le comme un fait accompli." "C'est tout ce que j'avais à discuter avec vous et je vous remercie au nom de tous les pauvres du monde qui en profiteront. Ho j'oubliais ; une telle loi vous assura sans aucun doute une victoire aux prochaines élections." "C'est une autre chose à considérer. Puis-je savoir d'où vous êtes ?" "Je suis du néant et je retourne au néant chaque fois que j'en ai l'occasion. C'est le seul endroit où je trouve la paix et la tranquillité, mais j'aime aussi faire régner la justice là où cela m'est possible et c'est pourquoi mon Père m'a donné pour nom, Juste. C'est que j'aime la justice et j'ai reçu cela de Lui. Il n'y a pas de plus juste que Lui et c'est pourquoi tous ceux qui ne veulent pas se repentir ont à craindre le pire, car c'est certain que justice sera faite et que les œuvres de chacun seront tenues pour compte, qu'elles soient bonnes ou mauvaises." "D'où tenez-vous cette information ?" "De celui que le Créateur nous a donné pour nous instruire de ces choses et c'est écrit dans le verset 27 de Matthieu 16 et dans Psaumes 62, 13. 'À Toi aussi Seigneur ! la bonté ; car <u>Tu rends à chacun selon ses œuvres</u>.'"

Il faut faire très attention en lisant dans le livre de vérité, car l'ennemi de la vérité a dit exactement le contraire, c'est-à-dire : 'Que personne ne peut être sauvé par les œuvres de la loi.'

Voir Romains 3, 20. 'Car nul ne sera justifié devant Lui par les œuvres de la loi.'

Quelle abomination que de dire une telle chose ! Ceci est écrit dans une lettre de Paul aux Romains, celui qu'ils ont appelé, 'Saint Paul,' je suppose par les Romains et ceci longtemps après sa supposée conversion à Jésus???? Mais s'ils ont pu appeler le Messie, 'Béelzébul,' pourquoi ne pas appeler le diable un saint ?

L'une des principales œuvres de la loi de Dieu est d'aimer Dieu, le Père de tout notre cœur, mais selon Paul, je ne pourrai pas être justifié pour ça.

Il faut donc qu'il soit le menteur celui qui dit le contraire de ce qu'a dit le Messie, puisque le Messie n'a pas menti.

Le Messie nous a dit de faire attention lorsque nous lisons et il nous a dit aussi de faire attention de ne pas nous laisser séduire par le malin, alors faites attention.

Si nous écoutons et faisons tout ce que nous a dit le Messie, alors nous serons sauvés, car son nom est ; la parole de Dieu et la parole de Dieu ne ment pas et méfiez-vous de celui ou ceux qui disent l'inverse ou le contraire. Buvez et mangez le pain qui est sorti de la bouche de Dieu ; ce qui est descendu du ciel, la parole de Dieu, la vérité, car en elle est la vie et elle est celle que le Père a mis dans la bouche du Messie. Par contre le contraire, le venin du malin, les ruses du diable, le mensonge est la mort de l'âme et la mort dans l'âme. Ce venin est tout ce qui contredit la vérité, tout ce qui contredit les messages de Jésus.

Dans la parabole de l'ivraie, le Messie nous a montré lui aussi qu'il y a bien deux familles. Voir et comprendre Matthieu 13, 37-39. 'La bonne semence, ce sont les fils du royaume ; (des cieux) l'ivraie, ce sont les fils du malin.'

La vérité est semée par le Messie et son ennemi est celui qui a semé le mensonge, (contraire de la vérité) c'est le diable, l'antéchrist.

'Faites ceci en mémoire de moi.' Donc suivez les traces du Messie. Semez la vérité et annoncez-là à toutes les nations ; voilà, ce sont là les toutes dernières volontés du Messie. Après tout ce qu'il a souffert pour nous, la faire connaître cette vérité n'est que justice de lui rendre ce service et de toute façon ; c'est ce qu'il nous faut faire pour être digne de lui, digne de la parole de Dieu. Ça aussi vient du Messie.

En fait, presque tout ce que je dis et fais me vient de Lui là-haut par son intermédiaire, le Messie. Je suis extrêmement heureux et chanceux de l'avoir compris et comme lui j'aime à partager, voilà, vous en avez une partie vous aussi. Je souhaite juste que vous aussi la partagiez avec d'autres et ainsi la volonté du Père qui est dans les cieux sera faite sur la terre comme au ciel.

Nous n'avons qu'à voir et regarder les personnes religieuses de ce monde pour voir et comprendre une autre vérité dont le Messie nous a donné. Elle est écrite dans Matthieu 7, 13-14. 'Entrez par la porte étroite, car large est la porte, spacieux est le chemin qui mènent à la perdition et il y en a beaucoup qui entrent par-là. Mais étroite est la porte, resserré le chemin qui mènent à la vie et il y en a peu qui les trouvent.'

La raison en est très simple ; ils ont été menés par des aveugles ; eux qui étaient aveugles et ils sont tous tombés dans l'abîme, dans le chemin de la perdition et leur mauvais lavage de cerveaux est tel qu'il est presque impossible de leur ouvrir les yeux. Seule la parole de

Dieu peut réussir ce tour de force et c'est pourquoi je me sers d'elle afin d'en éclairer quelques-uns. Verront-ils cette lumière ? Dieu seul en sera témoins, mais j'aurai fait tout ce que j'ai pu pour eux et pour tous ceux qui auront eu la chance de lire ce livre.

Je ferai tout ce qui sera en mon pouvoir avec l'aide de Dieu pour le faire entrer dans les écoles du monde entier, afin que le plus grand nombre possible puisse avoir la chance de s'ouvrir les yeux. Ceci est d'une importance capitale ; car je crois sincèrement que la prochaine génération sera la dernière du monde actuel. Quels sont les signes, me demanderez-vous ? Et bien voilà :

L'amour du plus grand nombre s'est refroidi et c'est très évident. La connaissance s'est accrue d'une façon effarante depuis les derniers cent ans. En fait, la connaissance s'est accrue des centaines de fois plus dans le dernier siècle que dans les cinquante-neuf précédents. Le mariage gai est une abomination semblable à celle qui existait du temps de Noé et de Lot à Sodome et Gomorrhe. Les parents tueront leurs enfants et c'est ce que fait l'avortement. Les enfants tueront leurs parents et c'est ce que l'anesthésie chez l'être humain fera sous peu et c'est déjà commencé dans plusieurs pays. Le divorce est devenu une chose très simple et accepté de presque tous. La fornication règne de plus belle. Le meurtre à grande échelle et au nom de leur dieu est pratiqué quotidiennement dans plusieurs pays au moment où j'écris ces lignes. Il y a plus de quinze millions de personnes qui meurent de faim chaque année dans ce monde de mortels. Il y en a bien d'autres, mais je crois que le plus grand signe, à mon avis, est que toutes les nations de la terre sont sur le point de connaître la vérité envers et contre tous ceux qui ont essayé de la cacher.

Voir ce que j'ai résumé en partie dans Matthieu 24, 10-14. 'Alors aussi plusieurs succomberont, et ils se trahiront, se haïront les uns les autres. Plusieurs faux prophètes s'élèveront et séduiront beaucoup de gens. Et, parce que l'iniquité se sera accrue, la charité du plus grand nombre se refroidira. Mais celui qui persévérera jusqu'à la fin sera sauvé. Cette bonne nouvelle du royaume (des cieux) sera prêchée dans le monde entier, pour servir de témoignage à toutes les nations. Alors viendra la fin.'

Qui sont ces faux prophètes ? Tous ceux de toutes ces religions qui enseignent le mensonge et surtout qui cachent la vérité.

Et c'est ce que la bête, l'ensemble de toutes les religions veulent éviter, la fin et c'est pourquoi ils veulent empêcher à tout prix cette vérité d'être connue de toutes les nations. C'est également pour cette raison qu'ils ont assassiné, éliminé Louis Riel et bien d'autres. Ils avaient reçu l'ordre de leur maître, du diable et ils ont obéi. Voir Tite 1, 10-11. 'Il y a, en effet, surtout parmi les circoncis, (les Juifs) beaucoup de gens rebelles, de vains discoureurs et de séducteurs, auxquels il faut fermer la bouche. (Les éliminer) Ils bouleversent des familles entières, enseignant pour un gain honteux ce qu'on ne doit pas enseigner.'

Ils enseignaient la vérité, mais Paul et les Romains n'aimaient pas ça du tout. Bien sûr, que les jeunes garçons du peuple d'Israël ou tous les autres garçons soient circoncis est la volonté de Dieu, mais comme de raison, le diable ne peut pas être d'accord avec ça. Le gain honteux dont parlait Paul était le prix de la circoncision. Et qui enseigne ce qu'on ne doit pas enseigner aujourd'hui ? À vous de le trouver maintenant.

Ça, c'est la vérité. Maintenant voyez comment l'auteur de cette lettre destinée à Tite fermait la bouche de ceux qui l'embêtaient dans Actes 26, 11. 'Je (Paul) les ai souvent châtiés dans toutes les synagogues (du pouvoir romain) et je les forçais à blasphémer. Dans mes excès de fureur (Hitler) contre eux, je les persécutais même jusque dans les villes étrangères.'

Hitler a fait exactement la même chose, sauf qu'il n'a pas demandé de lettre de recommandation à personne, mais peut-être au pape. Je sais cependant que ce dernier était d'accord pour l'élimination des Juifs. Que veux-tu et à quoi d'autre s'attendre d'eux ? Ils sont infaillibles.

Voir aussi Actes 9, 1-2. 'Cependant Saul (Paul) respirant encore la menace et le meurtre contre les disciples du Messie, se rendit chez le souverain sacrificateur, et lui demanda des lettres pour les synagogues de Damas, afin que, s'il trouvait des partisans de la nouvelle doctrine, (des disciples de la discipline de Jésus) hommes ou femmes, il les amenât liés à Jérusalem.'

Comment le Messie a-t-il décrit le diable dans Jean 8, 44 ? 'Il a été un meurtrier dès le commencement et il ne se tient pas dans la vérité, parce qu'il n'y a pas de vérité en lui. Lorsqu'il profère le mensonge, il parle de son propre fonds ; car il est un menteur et le père du mensonge.'

Peut-on s'attendre à autre chose que du meurtre et du mensonge de la part du diable ? Oui, de l'opposition et des contradictions à tout ce qui vient de Dieu et si vous faites très attention à tout ce qui est écrit dans les écrits de Paul ; depuis le début de ses trois disciples des évangiles de Mark, Luc et Jean, en passant par les Actes des apôtres, écrit par son ami bien-aimé, Luc ; ce qui est de Paul à 99 % jusque dans les sept églises de Paul dans l'Apocalypse et bien vous en trouverez des centaines.

C'est très triste à dire, mais le blé est envahi par l'ivraie, la vérité est envahie par le mensonge et je peux oser espérer qu'avec mes livres, c'est le début d'un temps nouveau.

CHAPITRE 4

Une douzaine des membres du crime organisé sont venus à l'encontre de Juste, sa tête ayant été mis à prix. Un demi-million de dollars pour quiconque réussira à l'abattre était le prix offert. Étant donné que nous vivons à une époque où il y a des individus qui peuvent assassiner leur mère pour dix dollars ou moins ; il n'en fallait pas plus pour que des dizaines de ces bandits se donnent le mot pour éliminer celui qui faisait rater la plupart de leurs coups.

Juste a immédiatement pensé que ce dernier coup avait été étudié et préparé par Jack, qui n'a pas encore digéré sa dernière partie de poker et il est plus que probable qu'il ne la digérera jamais.

Toujours est-il que mon héros se retrouva devant douze hommes armés de pistolets et de mitraillettes avec la ferme intention de lui faire la peau avant la fin du jour. Mais ce qu'ils n'avaient pas prévu du tout est la vitesse avec laquelle Juste peut se déplacer. Le fait est qu'il peut se déplacer à une telle vitesse qu'ils ne peuvent même pas le voir changer de place. Il est là et il ne l'est plus. Le tout se déroulait sur une ferme sur laquelle Juste a été invité afin d'instruire une supposée personne qui voulait devenir un disciple du Messie. Juste le savait bien avant de se présenter au rendez-vous que c'était un piège, mais il a quand même voulu y participer dans le seul but de leur rendre justice.

Les douze ont formé un cercle tout autour de mon héros, pensant ainsi pourvoir le contenir sans qu'il ait une seule chance de s'échapper, mais c'est ce qui allait causer leur perte à tous à la fin, sauf un. On a quand même besoin de quelqu'un pour raconter ce qui s'est passé. Juste s'est mis à courir lentement pour commencer à l'intérieur de ce cercle dans le sens des aiguilles d'une horloge et ces bandits se sont mis à tirer et lorsqu'ils se sont rendus compte de leur erreur ; il n'en restait qu'un seul debout, qui lui a tiré jusqu'à ce qu'il n'ait plus aucune munition. C'est alors que Juste s'est avancé près de lui pour lui annoncer avec un franc message pour lui et pour son chef.

"Tu diras à Jack que Juste lui rendra justice qu'il mérite sous peu. Dis-lui qu'il a beaucoup trop de sang sur les mains et qu'il ne peut plus continuer de la sorte. Dis-lui aussi que je suis très honoré du prix qu'il a évalué ma tête, mais que mon âme n'a pas de prix et qu'elle n'est pas à vendre." "Mais qui es-tu pour oser parler de lui de cette façon ? Il est le criminel le plus redouté de toute la terre ?" "Je suis Juste Juste et lui sait qui je suis. Celui qui m'a créé est encore plus juste que moi et nul ici-bas n'échappe à sa justice ni à son châtiment. Quant à toi, tu ne connaîtras jamais la paix pour tout le reste de ton existence pour avoir participé à de telles tueries. La repentance sincère peut et effacera tous tes péchés, mais rien ni personne n'effacera tes crimes. Il faut donc que tu expies et cela doit être fait avant ton expiration, sinon ça sera la flamme éternelle pour toi." "Mais le Sauveur, le Messie n'a-t-il pas payé pour tous mes crimes et tous mes péchés ?" "C'est ce que le malin vous a laissé croire pour mieux vous piéger. Il porte bien son nom le malin et il est très malin, très rusé. Chaque fois qu'il sort de l'enfer c'est pour ramasser son monde, mais tu n'es pas le seul à t'avoir fait prendre. Vous êtes des milliards et la raison de mon existence est justement de vous faire comprendre dans quel piège vous êtes tombés et comment vous en sortir." "Et toi, tu sais tout ça ?" "Oui, je suis vite, plus vite que tous, mais je ne suis pas égoïste et je partage toutes mes connaissances comme le Messie l'a fait et c'est ce qu'il nous a demandé de faire pour sauver. Mais toi, il faudra que tu t'exiles, car si tu demeures dans ce pays après avoir rendu compte à Jack de ce qui s'est passé, tu ne vivras pas assez longtemps pour expier tous tes crimes." "Mais pourquoi fais-tu tout ça pour moi ? Je ne le mérite pas." "Si tous ceux qui vivent sur terre obtenaient ce qu'ils méritent vraiment ; il n'en resterait pas assez pour faire un monde, car la corruption est pratiquement généralisée. Il ne resterait qu'un monde d'enfants qui ne pourraient pas subsister, étant dans l'incapacité de subvenir à leurs besoins et c'est très dommage, puisque ça serait un bien meilleur monde. L'enfant croit en Dieu, Le prie, espère, pardonne, il est humble et il a besoin de sa mère. Il n'a pas encore appris à mentir, à voler, à tuer et s'il a fait quelque chose de mal ; il se repent rapidement avec la moindre des réprimandes. Il faut être comme eux pour voir et entrer dans le si beau royaume des cieux, le royaume du Messie." "Là je te perds, je ne te comprends plus du tout." "Ce n'est pas donné à tous de comprendre les mystères du royaume des cieux, mais si tu écoutes et absorbes mes paroles, alors tu auras peut-être une chance de le voir un jour." "Tout ça est un peu trop compliqué pour moi, mais j'essayerai quand même de me souvenir de tes paroles, car je sens que c'est pour mon bien." "C'est toujours ça de gagné. Vas-y, avant qu'ils ne te rattrapent, car la police sera ici sous peu."

Tous les cadavres étaient troués de tous les côtés dans un cercle de quelques centaines de pieds. La police a bien reconnu plusieurs d'eux et ne comprenait pas pourquoi des membres d'un même clan se feraient la peau d'une telle façon.

Selon leurs coutumes, ces sortes de descentes ou de règlements de compte se déroulent normalement devant un restaurant ou un hôtel, mais sur une ferme comme celle-là ; c'était du presque jamais vu ni connu, quoique des motards l'aient déjà fait. C'est sûr que la ferme est plus éloignée ; donc les autorités aussi sont plus éloignées ; ce qui permet plus de temps aux malfaiteurs pour leur fuite. Certains semblent oublier que la police a le bras long, mais il raccourcit quand même un peu lorsqu'il s'agit du crime organisé. Cela ne pouvait donc pas s'agir d'un règlement de compte, puisque tous ceux qui étaient impliqués étaient du même clan, donc ce clan n'aurait pas pu subsister.

C'est aussi l'une des principales raisons pourquoi certains partis politiques ne vont nulle part. Leurs membres se dévorent entre eux et en bon canayen, cela veut dire qu'ils se mangent la laine sur le dos. Il y a des familles complètes comme ça aussi et ce sont des familles désunies.

Un ami dont je n'ai pas vu depuis plus de cinquante ans me disait, il y a quelques jours, que lui et ses frères et sœurs ne se courtisent plus depuis plusieurs années. Quelle tristesse que d'entendre de telles choses ! Voyez-vous ? C'est que l'amour du plus grand nombre s'est déjà refroidi. Je voisinais cette famille dans mon enfance et je la trouvais tellement unie. Je vais lui envoyer un de mes livres sous peu, en espérant que cela l'aidera à comprendre ce qui se passe dans leur vie. Je ne crois pas cependant que c'est la parole de Dieu qui les sépare. Ils ont certainement différentes opinions sur la politique et autres, mais ce n'est pas une raison suffisante pour ne plus se parler. Je me promets de lui rendre visite aussitôt que cela me sera possible et ce n'est pas facile, puisqu'il demeure à plus de deux mille milles de chez moi. Il causera peut-être ma perte, mais je dois quand même en prendre le risque.

La visite du survivant de cette dernière tuerie à son chef au pénitencier fut de courte durée et peu courtoise, puisque Jack était tout à fait furieux de son échec et il l'a bien fait comprendre à ce dernier. Il lui a bien fait comprendre aussi que s'il n'en tenait qu'à lui ; il serait déjà mort et enterré. Ce dernier se rappela soudainement les dernières paroles qu'il a entendues de la bouche de Juste et il décida sur-le-champ de fuir aussi loin que cela lui était possible et il a compris que son pays d'enfance était l'endroit le plus sûr pour lui. Connaissant déjà les politiques de cette organisation et ce qui arrive à ceux qui déplaisent à leur chef ; il a plié bagages et il s'est envolé vers la Cécile. Il n'y a pas de pitié pour les chiens sans médaille dans ce milieu. Je n'ai qu'une autre chose à ajouter en ce qui le concerne et ça ; c'est que Dieu lui vienne en aide, car il en aura grandement besoin.

Certaines personnes ont un don tout particulier pour se mettre les pieds dans les plats et ils semblent ne jamais apprendre de leurs erreurs. Il y a cependant plusieurs façons de vivre des aventures et demeurer honnête. Il y a aussi plusieurs façons de s'enrichir sans que ce soit un produit du crime. Il y a plusieurs escrocs qui deviendraient des Bill Gates de ce monde ; si seulement ils mettaient leur génie au service du bien et ils auraient toute la bénédiction du Créateur. Mais il est écrit : 'Que sert à l'homme de gagner l'univers s'il perd son âme ?' Il a tout et il n'a rien, il n'est que poussière. Certains me diront ; 'Mais nous sommes tous que poussière.'

Faux, je leur répondrai, car lorsque nous avons le royaume des cieux, le corps peut-être retourne à la terre, mais l'âme qui est sauvée vivra éternellement, parole du Messie, parole de Dieu. Elle est vraie, peu importe ce qu'en disent les menteurs, les athées et les non croyants.

Puis Juste et Surhumain ont profité de quelques moments libres pour comparer leurs pouvoirs respectifs. Surhumain est pourvu d'une force extraordinaire, tandis qu'il n'y a rien ni personne de plus rapide que Juste. Cependant Surhumain s'est longtemps cru le plus rapide au monde. Ils ont donc comparé leur rapidité pour quelques instants.

"Au compte de trois nous partirons. Tu nommes un endroit précis et on se voit là-bas." "Disons le mur des lamentations à Jérusalem. Un, deux, trois."

Juste finissait son petit déjeuner lorsque Surhumain est arrivé sur les lieux.

"En disant le mot trois tu disparaissais de devant ma vue. Comment fais-tu ça ?" "J'ai juste un moyen d'accélération plus rapide que le tien, c'est tout." "Faisons un autre test si tu veux bien." "Disons le Bistro japonais sur l'avenue Jasper à Edmonton Canada. Je t'y attendrai avec un ver à la main." "Un, deux, trois."

Encore une fois Juste était bien assis avec un ver de limonade à la main lorsque Surhumain est entré dans le bistro.

"Faisons un dernier test si tu veux bien. Disons qu'on se revoit à l'entrée principale du centre international des affaires à Moscou."

Cette dernière fois Surhumain est arrivé à l'endroit indiqué quelques dix secondes avant Juste.

"Oups, on dirait que j'ai gagné cette fois-ci." "Simplement parce que j'ai dû m'attarder en chemin pour sortir une femme et un pompier des flammes et c'était beaucoup plus important que notre petite compétition." "Comment expliques-tu cette rapidité avec laquelle tu te déplace ?" "Toi tu te déplaces par propulsion, avec ta force extraordinaire, tandis que moi je me déplace par la pensée. Je pense à un endroit quelconque et j'y suis. C'est par la force du mental que je me déplace. Penses-y pour un instant. Que vois-tu si je te mentionne le mur des lamentations ?" "Je vois tout ce que j'ai vu un peu plus tôt." "C'est ce qui se produit dans mon cas ; je me déplace en esprit, j'y suis en esprit et mon corps suit. En pensée on peut se voir dans le Jardin d'Éden avec Adam et Ève six mille ans en arrière ou se voir des années dans le future. La pensée est plus vite que la lumière. Je n'ai qu'à penser à la chine et au même moment je vois des petits chinois et des petites chinoises courir dans les rues de Pékin. Par la pensée le Créateur peut nous dire tout ce qu'Il veut de nous. Mais attention, le diable peut en faire tout autant avec ses mauvais plans." "D'où tiens-tu toute cette information ?" "Ne t'ai-je pas déjà dit que Dieu me parle et que je L'écoute ?" "Ne parle-t-Il pas à tout le monde ?" "Il y en a qui L'écoute et d'autres qui ne L'écoutent pas. C'est notre conscience qui en est témoins. Le Messie nous en a donné un exemple flagrant dans Matthieu 16, 15-17. 'Et vous, leur dit-il, qui dites-vous que je suis ? Simon Pierre répondit : Tu es le Messie, le Fils du Dieu vivant. Jésus, reprenant la parole, lui dit : Tu es heureux, Simon, fils de Jonas ; car ce ne sont pas la chair et le sang qui t'ont révélé cela, mais c'est mon Père qui est dans les cieux.'

Ce que le Messie nous dit dans ce message c'est que Dieu s'est révélé à Pierre par la pensée, pour qu'il puisse réagir de la sorte.

Mais ce n'est pas tout. Si nous lisons un peu plus loin dans la même conversation ; nous comprenons que le diable aussi se révèle aux hommes. Voir Matthieu 16, 22. 'Pierre, l'ayant pris à part, se mit à reprendre le Messie, et dit : À Dieu ne plaise, Seigneur ! Cela ne t'arrivera pas. Mais le Messie se retournant, dit à Pierre : Arrière de moi, Satan ! Tu m'es à scandale ; car tes pensées ne sont pas les pensées de Dieu, mais celles des hommes.'

Ceci est une bonne preuve que le Créateur et son ennemi communiquent leurs volontés aux hommes, mais il n'en tient qu'à l'homme d'en faire bon usage et ça que l'idée ou la pensée vienne de L'un ou de l'autre.

Il y a une autre bonne preuve dès le début de la Bible à ce sujet. Le Créateur communiquait avec Adam et Ève pour leur dire ce qui est bon pour eux, mais le diable aussi a communiqué avec eux pour leur dire exactement le contraire.

Voir également Daniel 10, 1. 'Une parole fut révélée à Daniel.'

Pourtant, presque la totalité des gens à qui je dis que Dieu me parle sont scandalisés de ma déclaration et plusieurs me croient fou. Cependant il ne faut pas que je m'en fasse pour ça ; car c'est sûrement ce que les frères et la mère de Jésus ont pensé de lui aussi. Des scribes et des pharisiens ont dit du Messie qu'il avait un démon, alors, que voulez-vous ? On ne peut pas changer tout le monde aisément. Voir ce que le Messie a dit à ce propos dans Matthieu 10, 25. 'Il suffit au disciple d'être traité comme son maître et au serviteur comme son seigneur. S'ils ont appelé le Maître (le Messie) de la maison Béelzébul, (Satan) à combien plus forte raison appelleront-ils ainsi les gens de sa maison.' (Ses disciples)

Alors cela ne doit pas me surprendre si l'on me traite ainsi." "Il est alors très pénible d'être un disciple du Messie ?" "Bien au contraire, il y a beaucoup plus de joie à faire le bien que de faire le mal ; même si c'est un mal qui nous fait du bien." "Tu as bien raison et parlant de faire le bien ; je ferais bien d'y aller, car j'entends quelques appels." "À Bientôt mon ami, je suis très heureux que tu sois de mon côté." "Fais attention toi aussi."

Même si ces deux-là sont les deux héros les plus rapides au monde ; ils sont trop occupés pour se réunir sur une base continuelle. Par contre, ils sont certains d'une chose, c'est que l'un comme l'autre peut compter sur l'autre en cas de besoin et ça, c'est une chose très importante. Aimez-vous les uns les autres pour moi se traduit par une amitié solide et sans borne, en autant que cela soit bien. En ce qui me concerne, j'ai toujours été très sélectif quand vient le temps de choisir mes amis et je peux vous dire que j'aime mieux ne pas avoir d'ami que d'en avoir des pas bons. J'ai écrit, il y a beaucoup d'années, une petite chanson à propos de l'amitié que voici.

Un Vrai Ami

Méfie-toi des faux amis,
Ils sont sujets à te trahir
Plus dangereux que l'ennemi,
Car lui tu le vois venir
Très difficile à déceler,
Mais quand ils frappent c'est dans les reins
Ils te laisseront tomber,
Quand t'en auras le plus besoin
Essaie de bien le reconnaître
Celui qui viendra pour t'aider
Qu'il est bien là pour ton bien-être,
Sois sûr que c'est là son idée
Le vrai de vrai, le vrai ami,
Tu sais toujours où le trouver
C'est surtout quand t'as des ennuis,
Qu'il lui faut être à ta portée
Es-tu l'ami de ton ami ?
Es-tu celui qui dans la vie ?
Est aussi prêt à sacrifier
De son bon temps pour lui aider
Si t'es l'ami de ton ami,
Celui qui même tard dans la nuit
Celui qui donne sans compter
Et à qui l'on peut demander
Il n'y en aura pas des tas
Des gars pour qui tu ferais ça
Mais si jamais tu vois l'un d'eux,
C'est que t'auras été chanceux
Sois l'ami de ton ami !

C'est malheureux, mais j'ai connu plus de faux amis que de vrais et j'ai été trahi plus souvent qu'à mon tour et cela même en amour.

Mais comme il y a une raison pour tout ; il y a sûrement une raison pour ça aussi. Souvent par amour pour la famille ou par amitié pour les amis, nous sommes retenus hors de notre chemin. Pour moi, il fallait que je sois libre de partir, de suivre mon chemin sans trop savoir où aller ni où cela me mènerait. Cependant aujourd'hui j'ai comme le pressentiment d'avoir tout vu ce que je devais voir et d'avoir parcouru tout ce que je devais parcourir.

Aujourd'hui j'ai comme l'impression que ce qui m'importe le plus est un endroit où je peux écrire tant et aussi longtemps que possible tout ce que le Créateur voudra bien m'inspirer et de pouvoir le partager avec le plus de monde possible et de toutes les nations.

Le Messie en a tant fait pour nous que c'est bien la moindre des choses que je puisse faire pour lui et qui plus est, tout ça est pour mon propre bien, mon propre salut aussi. Il est allé jusqu'au bout malgré les menaces, les risques et même la mort qui l'attendaient au tournant.

Je viens tout juste de terminer la lecture de l'histoire d'un homme qui s'est fait jeter hors d'une synagogue pour avoir prononcé le nom de Jésus et il a été accusé d'avoir blasphémé par le rabbin. Il s'est fait même avertir de ne jamais plus prononcer le nom de Jésus à cet endroit ou devant les membres de cette assemblée. Ils ont accusé Jésus d'avoir blasphémé pour dire ou pour prétendre qu'il est le Fils de Dieu. Quand Jésus a dit que ses disciples seront battus de verges s'ils entrent dans les synagogues pour dire ce qu'ils savent, il connaissait encore là la vérité et le future. Il vaut donc mieux l'écouter et faire ce que le Messie nous a recommandé de faire et nous pouvons le lire dans Matthieu 10, 12. 'En entrant dans la <u>maison</u>, saluez-la.'

Alors il vaut mieux entrer dans les maisons privées méritantes que d'entrer dans les synagogues ou dans les églises pour y être rejetés. Cette histoire prouve aussi une autre prophétie du Messie ; quand il a dit à ses disciples qu'ils n'auront pas terminés de faire le tour d'Israël avant qu'il ne revienne. Voir Matthieu 10, 23. 'Je vous le dis en vérité, vous n'aurez pas achevé de parcourir les villes d'Israël, que le Fils de l'homme sera venu.'

Ou bien le Messie devait revenir rapidement ou bien ce ne sera pas facile de faire le tour des villes d'Israël pour les disciples du Messie. Je me dois d'opter pour le deuxième ou bien, car en autant que je puisse le constater, plusieurs Juifs ont encore de nos jours du mal à accepter que Jésus soit le Messie, le prophète que Dieu a suscité parmi leurs frères, pour nous enseigner la façon d'être sauvé.

Écouter le Messie, c'est d'être prudent comme des serpents et d'être simple comme des colombes. Écouter le Messie, c'est de se méfier des loups à deux pattes qui se déguisent en anges de lumière pour vous mettre des fardeaux sur vos épaules et pire encore ; ils vous guident sur le chemin de la perdition.

Écouter le Messie, c'est de savoir qui prier, comment prier et où prier. Écouter le Messie, c'est de savoir qu'il faut aimer notre Créateur de tout notre cœur, de toute notre âme et de toutes nos pensées. Écouter le Messie, c'est d'apprendre à connaître le Père du ciel et de la terre et il est très difficile d'aimer celui ou ceux que nous ne connaissons pas. C'est une autre tâche importante que le Messie a accompli ; nous faire connaître le Père et nous dire comment l'aimer. Tout ça pourtant me semble des choses faciles à comprendre, mais comment se fait-il que tant de milliers de chrétiens ne le savent pas ? Il n'y a qu'une seule explication je pense et c'est qu'ils ont été séduits par le menteur. Ils y croient tellement que cela me semble presque impossible de leur ouvrir les yeux sur la vérité. Et pourtant, le Messie nous a donné beaucoup d'avertissements à travers ses messages, à travers son enseignement. Tout comme Adam et Ève furent séduits, des millions d'autres le furent aussi. Pourtant cette histoire d'Adam et Ève nous montrait très bien la façon d'agir de Satan.

Chapitre 5

Puis un jour, comme je m'y attendais depuis longtemps, des super-héros et des vilains attirés par un gain sordide ont essayé d'éliminer surhumain, qui a vite fait appel à Juste qui était sur les lieux en une seule fraction de seconde. Le seul souci de Juste était les personnes qui allaient sûrement périr à cause de l'absence de son aide. Mais comme bien d'autres, Juste a compris, il y a bien longtemps, que nul ne peut sauver tout le monde et que même le Messie n'a pas pu le faire, lui qu'on dit Fils unique de Dieu et que plusieurs disent être Dieu.

Vingt-trois vilains toujours pour le compte des religions se sont réunis pour abattre Surhumain, ce qui était pour lui presque une partie de plaisir, sauf pour le fait qu'il allait peut-être, en utilisant une force nécessaire pour sa défense, démolir un de ses assaillants. La principale raison pour faire appel à Juste était pour lui servir de témoin, car pour lui, être accusé de meurtre serait une chose dévastatrice pour sa réputation qui n'est qu'ultra bonne. Nous savons tous ou du moins nous devrions tous savoir que c'est là une tactique très souvent employée par l'ennemi pour éliminer la compétition. C'est déloyal et basé sur le mensonge, mais c'est aussi hélas très efficace.

Les uns après les autres et même deux, trois à la fois se ruaient sur Surhumain qui les faisait survoler, l'un à droite, l'autre à gauche, un autre en arrière. Il en attrapait un avec lequel il faisait tomber une demi-douzaine de ses ennemis en même temps, comme dans une partie de quilles. C'était terrifiant et en même temps, c'était un spectacle hors du commun. La force de Surhumain est selon moi comparable à celle de Superman et sa vitesse également. En quelques minutes ses ennemis étaient hors de combat et se demandaient ce qu'ils étaient venus faire devant un tel adversaire. Ils ont tous vite compris que le montant qui leur a été offert ne valait pas la peine encourue ni la douleur.

Puis, Surhumain a commencé à les interroger l'un après l'autre.

"Pourquoi cherchez-vous à me détruire et qui vous envoie ?" "C'est l'ensemble des religions chrétiennes et aussi les Témoins..... qui nous emploient et nous sommes très bien payés, mais nous avons sous-estimé ta puissance, évidemment. Qui es-tu pour avoir une telle puissance et une telle rapidité ?" "Ne pensez-vous pas que vous êtes un peu stupides pour ne pas savoir à qui vous vous attaquez ? Ne savez-vous pas que ceux qui vous emploient sont diaboliques pour ordonner un tel crime ? C'est vrai qu'il est écrit dans Jean 16, 2 : 'Et même l'heure vient où quiconque vous fera mourir croira rendre un culte à Dieu.'

C'est sûrement ce que les jihadistes croient avec tous les attentats qu'ils perpètrent un peu partout dans le monde. Ils ont sans aucun doute appris de Satan qui a recommandé de fermer la bouche de ceux qui ne prêchent pas la même chose qu'eux. L'un de ses disciples a même condamné à l'enfer celui qui enseignerait un autre évangile que le sien et cela même si c'était un ange du ciel." "Tu n'es pas seulement fort et rapide, mais tu es aussi plein de sagesse." "Si connaître la vérité et en parler est de la sagesse, alors soite, qu'il en soit ainsi, mais si vous connaissiez la vérité, ni les religions ni quiconque ne pourrait vous embobiner comme vous l'avez été. Comment pouvez-vous vous lier à de tels criminels ; vous qui auriez pourtant la puissance de combattre le mal ?" "Ça semble être plus payant de travailler pour ceux qui veulent protéger leurs avoirs que pour ceux qui sont complètement honnêtes et nous ne crachons pas sur un bon cachet." "Combien vous payeront-ils pour votre échec ?" "Nous avons déjà reçu la moitié et grâce à ta puissance, nous perdrons l'autre moitié, mais nous reviendrons peut-être avec plus de puissance la prochaine fois." "Souvenez-vous seulement que plus de puissance de votre part exigera plus de puissance de moi et cela pourrait bien vous être fatal. Je ne connais même pas mes propres limites, puisque je n'en ai jamais eu besoin jusqu'à ce jour et de ce fait, je ne les ai jamais atteintes, alors vous êtes avertis." "C'est gentil de ta part, mais nous ne savons pas qu'en faire, mais nous savons aussi que tout être vivant a ses faiblesses et nous finirons sûrement par connaître les tiennes." "Sache que j'ai même le pouvoir de surmonter mes faiblesses et ma plus grande faiblesse est celle d'aimer mon prochain comme moi-même et c'est ce qui explique que vous êtes tous encore vivants. Cependant, ma deuxième plus grande faiblesse est mon impatience et si vous atteignez cette dernière, cela vous sera sûrement fatal. On ne sait jamais ce qui peut arriver lorsqu'une personne doit se défendre, surtout contre un grand nombre de personnes. Alors, ramassez donc vos amis amochés et allez-vous-en avant que je m'impatiente davantage, voulez-vous bien ? Et pour votre information personnelle ; je commençais juste à me réchauffer lorsque vous étiez tous hors de combat. Et toi l'arrogant, la prochaine fois je vais te projeter tellement loin que tu n'auras pas le temps de revenir avant que le combat ne soit terminé. Tiens-toi-le pour dit." "C'est bon, j'ai compris, mais j'aime les voyages et encore plus lorsqu'ils sont gratuits." "Ris, mais rira bien qui rira le dernier." "Bon bin, à la prochaine, on a assez ri et j'ai mal partout."

"Juste, mais où étais-tu ? Je m'attendais à te voir beaucoup plus tôt." "Mais je ne t'ai pas quitté des yeux pour les dix dernières minutes. Je me suis tenu à l'écart parce j'ai bien vu que tu n'as pas eu besoin de moi. Je comprends que ce sont encore les dirigeants de ces religions qui en veulent à la justice et à la vérité. Ils n'ont pas encore compris qu'ils se battent contre Dieu et ils pensent encore gagner. C'est la même chose pour tous ceux qui s'attaquent à Israël. On dirait que seule leur destruction leur aidera à comprendre. Le mal continue toujours à faire du mal et à faire mal, mais il est écrit que cela continuera jusqu'à la fin et nous ne pourrons rien n'y changer. Nous pourrons seulement en soulager quelques-uns." "Où as-tu vu que cela continuera jusqu'à la fin ?" "Au même endroit qu'est située la clé de toute l'humanité, dans la parabole de l'ivraie. C'est dans Matthieu 13, 30, que le Messie a laissé son message. 'Laissez croître ensemble l'un et l'autre jusqu'à la moisson.'

Et selon l'explication de cette même parabole par ce même Messie, la moisson c'est la fin du monde." "Alors notre travail est pour ainsi dire, inutile ?" "Ne me dis pas que tu penses vraiment ce que tu viens de dire, parce qu'alors, tu me décevrais énormément ?" "Non, c'est juste que je pensais vraiment que nous faisions une différence et que nous arriverions un jour à détruire le mal et le malin." "Le mal et le malin seront détruits par le souffle du Créateur, c'est-à-dire par la parole de Dieu et ça le jour où Il en décidera ainsi et nous ; nous ne faisons que de L'assister en attendant ce jour qui ne peut venir assez tôt à mon goût, mais je dis comme son Messie a dit ; 'Que sa volonté soit faite sur la terre comme au ciel !'

Et puis je sais déjà que sa volonté est que sa parole soit connue dans le monde entier et de toutes les nations. C'est pourquoi notre travail, notre œuvre est très importante pour Lui. C'est à ce moment-là seulement que viendra la fin et pas avant. Je te l'ai déjà dit ; qu'il était plus important de sauver des âmes que de sauver des corps et on peut le faire seulement qu'en répandant la parole du Créateur ; ce que les églises ne font qu'en partie ; juste assez pour ramasser l'argent des pauvres innocents. Seul la parole de Dieu, la vérité peut les sauver tout comme le Messie l'a dit. 'Nul ne vient au Père que par moi.'

Ce n'est que par la parole de Dieu, que par la vérité que le Père peut être connu et lorsqu'on connaît son immense bonté ; alors seulement on peut l'aimer de tout notre cœur, de toute notre âme et de toutes nos pensées. Il est difficile d'aimer ce qu'on ne connaît pas. Comment ne pas aimer Celui qui nous a donné la vie et nous la sauve tous les jours jusqu'au dernier et s'Il nous l'enlève, c'est pour mieux la remplacer, du moins pour les justes. Pour les autres, c'est parce qu'ils ont assez fait de mal. Le Seigneur t'a pourvu d'un immense pouvoir et Il te bénira tant et aussi longtemps que tu utiliseras ce pouvoir au service du bien et de la justice. Il ne serait pas plus difficile pour le Créateur de t'enlever ton pouvoir que de faire tomber la pluie sur la terre en son bon temps. Ton pouvoir te vient de Lui, tout comme Il l'a fait pour Samson et Il te fait confiance pour continuer à défendre les opprimés et à te battre pour la justice et prends ma parole ; tu seras béni pour tes bienfaits et puni pour tes fautes non repenties et c'est Lui qui l'a dit. Maintenant, le plus nous répandrons sa parole, le plus les gens Le connaîtront et le plus ils se tourneront vers Lui ; ce qui est le but ultime du Messie." "Je comprends et je suis d'accord avec toi, puis je peux te dire que presque tous ceux dont j'ai sauvé la vie sont reconnaissants et remercient le Dieu d'Israël. C'est ce que je leur dis de faire quand ils me disent merci." "C'est très beau de ta part, que même avec toute ta puissance, tu reconnais qu'il y a un Être Suprême et qu'Il est le Tout-Puissant." "Disons juste que je reconnaisse ne pas m'avoir créé moi-même et que je ne connais personne qui peut prétendre l'avoir fait. Celui qui a créé le monde et l'univers peut aussi le contrôler, tandis que moi je peux à peine contrôler quelques événements sans être trop certain des résultats." "Laisse-moi te dire aussi que tu grandis en sagesse et cela sera un jour ton meilleur atout, surtout en vieillissant. Comme toujours, tu me fais signe lorsque tu en sens le besoin et à la prochaine chicane." "À bientôt Juste, heureux de t'avoir revu."

L'un comme l'autre, ces deux-là ne peuvent pas avoir de meilleurs amis sur qui ils peuvent compter en tout temps. Moi cependant, je pense sincèrement que mon meilleur ami demeure le Messie, qui a donné sa vie afin que nous puissions connaître la vérité aujourd'hui et ça malgré toutes les manigances du malin. Il a fait en sorte que la semence soit répandue un peu partout à travers les nations de son temps, afin que si elle est supprimée dans une, qu'elle soit réchappée et survive dans une autre. Quand le Messie a dit à ses apôtres qu'il ne resterait pas une pierre sur une autre du temple ; c'est qu'il savait déjà que les Romains le détruiraient et qu'ils feraient tout en leur pouvoir pour exterminer son enseignement également. Voir Matthieu 24, 2. 'Il ne restera pas ici pierre sur pierre qui ne soit renversée.'

Si je ne me trompe pas, il y a un million et demi de Juifs qui se sont faits assassinés par les Romains de l'an 67 à l'an 73 et tout ça était fait dans l'espoir d'irradier le peuple et la parole de Dieu. Pas satisfaits d'avoir commis tant de meurtres contre le peuple de Dieu ; ils ont envoyé Paul parmi les païens en prétendant qu'il avait été envoyé par le Messie pour enseigner tout le contraire de ce dernier. Il est rusé l'ennemi, il est séducteur et il en a séduit par milliers et encore de nos jours. Voir Matthieu 24, 5. 'Car plusieurs viendront sous mon nom, disant : C'est moi qui suis le Christ. Et ils séduiront beaucoup de gens.'

Le malin, qui connaissant ce que le Messie avait dit a juste changé un petit détail, en disant que c'est le Christ qui l'a envoyé. Peut-être que je me répète, mais le Messie ne peut pas avoir envoyé quelqu'un pour enseigner tout le contraire de ce qu'il a lui-même enseigné ni rien qui est contraire à la parole de Dieu. Le Messie ne peut pas avoir envoyé un homme pour traiter Pierre d'hypocrite. Le Messie ne peut pas avoir envoyé un homme pour prêcher contre la loi de Dieu. Le Messie ne peut pas avoir envoyé un homme pour condamner les hommes, les anges et pour les livrer à Satan. Le Messie ne peut pas avoir envoyé un homme pour dire aux hommes que la circoncision, qui est une alliance perpétuelle entre Dieu et ses enfants ne sert plus à rien. Le Messie ne peut pas avoir envoyé un homme pour fonder plusieurs églises ; alors que Lui n'en a fondé qu'une seule ni après avoir dit que les portes de l'enfer ne prévaudront pas contre elle. Une seule église du Messie et elle n'a pas de toit. Une seule église et c'est Pierre qui en a la clé et il n'y a pas d'enseignement de Paul à l'intérieur de celle-ci ; car l'église du Messie a pour base la vérité, la parole de Dieu et c'est pourquoi son fondement est solide. Elle est assise sur Pierre, sur le rock et son église ne collecte pas d'argent.

Les membres de l'église du Messie n'ont pas d'autres pères que Celui qui est dans les cieux et ils n'ont qu'un seul Maître, un seul Pasteur et c'est nul autre que le Messie. Les membres de l'église du Messie sont tous frères et leur but premier est de répandre la vérité comme le Maître l'a demandé. Les membres de l'église du Messie sont ses disciples, ses disciples lui obéissent, le respectent et font ce qu'il demande et ça ;

c'est principalement de faire des disciples de toutes les nations et de leur enseigner tout ce que le Messie a prescrit. Ça, c'est ce que vous trouverez dans mes écrits, dans mes paroles, dans mes chansons et dans mes livres.

"M. le ministre, que me vaut cette honneur ?" "Monsieur Juste, j'ai un gros problème et j'ai encore besoin de votre aide." "Ne me dites pas que c'est encore une dette de jeu ?" "Non monsieur Juste, je suis guéri de ce problème-là. Avec votre aide j'ai eu ma leçon une fois pour toutes. Mais mes problèmes avec la mafia ne sont pas complètement terminés pour autant. Ma fille a été kidnappée et je crois sincèrement que c'est encore ces gens-là qui la retiennent captive dans le but précis de m'obliger à faire des choses que je ne veux pas faire. Je crois aussi que vous êtes le seul au monde qui peut me sortir de cette malencontreuse situation. Si la police s'en mêle, ils l'exécuteront lâchement. C'est juste leur façon de faire." "Savez-vous où elle se trouve ?" "Je n'en ai pas la moindre idée, mais je crois que leurs nouveaux cartiers sont dans Laval. Je sais aussi qu'il y a eu beaucoup de chambardements depuis que leur chef est en prison et vous savez pourquoi." "Je devrai donc rendre une petite visite à ce Jack au pénitencier pour en savoir plus. Dites-moi, quand est-elle disparue ?" "Il y a de ça trente-huit heures." "Ont-ils demandé une rançon ?" "J'ai simplement trouvé dans ma boite aux lettres une note avec un chiffre dessus et sans aucun mot." "Quel est ce chiffre ?" "C'est le montant exact dont j'ai gagné le soir de cette fameuse partie. C'est pour cette raison que je sais avoir affaire au même gang." "Vous avez compris qu'il ne faut pas jouer avec ces gens-là, mais eux ne semblent pas encore avoir compris qu'il ne faut pas se jouer de moi. Je vais leur donner une leçon dont ils devraient se souvenir pour très longtemps. Cela devrait suffire pour qu'ils vous laissent tranquille par la suite. Ne vous inquiétez pas M. le ministre ; je vais récupérer votre fille et faire en sorte qu'ils s'en souviennent pour toujours." "Sachant que vous êtes impliqué ; je sais que je n'ai plus à m'inquiéter et connaissant vos talents, tout ira bien, j'en suis sûr."

Tandis que ces malfaiteurs envisageaient de violer la jeune fille ; Juste rendait une visite toute particulière à Jack derrière les barreaux.

"Pas encore toi ? Je croyais pourtant t'avoir assez vu." "Pas assez cependant pour te résoudre à te détourner du mal. Jusqu'à quand t'enfonceras-tu dans ce désordre infâme ?" "De quoi parles-tu ? Grâce à toi j'ai presque tout perdu. Je n'ai pratiquement plus aucune autorité sur les membres de mon gang, je suis aussi devenu sans le sou et j'ai obtenu quatorze ans de prison. Ma femme et ma maîtresse ne veulent plus rien savoir de moi et mes enfants non plus. Laisse-moi te dire que je suis tombé très bas et je n'ai plus besoin d'être ennuyé par quoi que ce soit ni par qui que ce soit." "Est-ce que vous me dites que vous n'êtes pas responsable de l'enlèvement de la fille du ministre ?" "Je n'ai aucune idée de ce que tu me parles." "Pourtant une note a été trouvée dans la boite aux lettres du ministre avec un chiffre et il s'adonne que ce chiffre est le montant exact du gain que ce dernier a honnêtement gagné à votre dernière partie de poker." "Je te répète que je n'ai rien à voir avec ce dont tu me parles. Tu devras donc trouver une autre piste." "Parlant de piste, pouvez-vous me guider vers une piste qui m'aiderait à sauver cette jeune fille avant qu'il ne lui arrive pire malheur ?" "Tu me demandes de dénoncer des membres de mon gang ?" "Je vous demande de m'aider à réchapper une jeune fille innocente et qui n'a rien à voir avec toutes vos magouilles." "Te souviens-tu de l'endroit où la tuerie a eu lieu ?" "Je ne l'oublierai jamais." "C'est là que je commencerais mes recherches." "Merci beaucoup et souvenez-vous qu'une bonne action efface beaucoup de fautes."

Avant même que Jack ait pu rétorquer une dernière fois ; Juste était déjà hors de sa vue. Dans le temps d'une pensée il était dans la grange de la ferme où la tuerie a eu lieu, là où il y avait cinq hommes armés jusqu'aux dents. Juste se tenait devant l'un d'eux et disparaissait pour apparaître devant un autre pour lui réserver le même sort. Juste a joué à ce petit jeu jusqu'à ce que tous les cinq ont pensé devenir fous. Il a bien vu aussi que la jeune fille ne semblait pas souffrir outre mesure, sauf peut-être pour le fait d'être ligotée et muselée. Le fait d'être prisonnière de cinq hommes armés et la possibilité d'être maltraité étaient sa plus grande crainte. Mais la certitude que son père ferait tout en son pouvoir pour la libérer était son seul réconfort. Elle aussi a bien vu Juste apparaître et disparaître, mais elle ne comprenait en rien de ce qui se passait.

"Vous ne vous sentez pas bien. Ceci n'est que le commencement de vos douleurs, puisque vous ne comprenez pas autrement que par la force. Lâchez vos armes avant que cela ne finisse comme la dernière tuerie où onze de vos confrères ont perdu la vie. Puisque vous ne pouvez pas vivre parmi le monde convenablement ; je me vois dans l'obligation de vous isoler. Vous serez donc déportés dans un endroit où vous ne pourrez faire de mal qu'à vous-mêmes. Pour vos proches vous serez déclarés disparus. Pour eux vous êtes désormais décédés et vous n'avez que vous-mêmes à blâmer."

"Surhumain, as-tu quelques minutes pour moi ?" "Pour toi Juste, en tout temps. Qu'est-ce que je peux faire pour toi ?" "Connais-tu un endroit où cinq hommes pourraient survivre sans pourtant pouvoir en sortir ? Ces cinq hommes ne vivent que pour faire du mal et il vaut mieux les isoler du reste du monde." "Je connais l'endroit idéal pour ce genre-là et je peux peut-être jeter un coup d'œil sur eux de temps à autre." "Cela me rendrait un grand service et surtout un grand service à la population en général. Comment feras-tu pour les transporter ?" "Je n'ai qu'à les faire asseoir dans leur auto et je déposerai cette auto à l'endroit dont j'ai choisi pour eux et qui est connu de personne d'autre que moi. Tu n'entendras plus jamais parler d'eux, à moins que tu le demandes et si c'est ce qu'ils méritent comme tu dis, alors tout est pour le mieux." "Laisse-leur une arme et des munitions afin qu'ils puissent chasser pour leur survie. C'est plus qu'ils ne méritent, mais je ne veux quand même pas être responsable de leur mort." "Je les emporte à leur destination et je reviens vous chercher. Je sais que tu peux te déplacer rapidement, mais de là à déplacer quelqu'un d'autre, il y a une marge." "Et c'est pour cette raison que je t'ai appelé. Vas-y, car il nous faut rendre cette fille à ses parents qui sont sans aucun doute mourants d'inquiétude. Amène-là devant chez elle et je t'attends là-bas. Demeure discret et je te verrai plus tard." "C'est bon, j'y vais."

"Qui êtes-vous vous deux pour voyager à cette vitesse ?" "Ne posez pas trop de questions, car trop de connaissances de votre part pourraient vous mettre dans pires embarras que ceux dont vous avez vécu dans ces deux derniers jours. Allez plutôt retrouver vos parents qui sont déjà très affligés par cette situation. Laissez-moi vous dire aussi que vous l'avez échappé belle. Ces gens-là tuent les êtres humains sans aucun scrupule, comme d'autres tuent des mouches. Vous auriez pu être une très grande perte pour vos parents et aussi pour le gentilhomme que vous rencontrerez un jour prochain. Dis à ton père que je dois m'absenter immédiatement, mais que je le reverrai un peu plus tard. Bye et à bientôt."

Peu importe s'il est en bonne compagnie ou pas, lorsque l'appel vient à son oreille ; Juste ne perd pas de temps et répond instantanément. La vie d'un autre est plus importante pour lui que n'importe quelle jouissance de la vie. Il aurait bien aimé continuer à jaser plus longuement avec cette charmante et jolie jeune demoiselle dont il venait de sauver la vie, mais son devoir vient en premier et il a soudainement disparu de devant ses yeux.

"Papa, maman, me voilà saine et sauve, mais pouvez-vous me dire qui est ce beau jeune homme qui a permis un tel dénouement ?" "Jeannine, comme je suis content que tu sois là. Dis-moi qu'est-ce qui s'est passé au juste ?" "Je n'y comprends rien du tout. Il m'a semblé qu'on m'a enlevé pour se venger d'une chose que tu aurais fait papa. As-tu quelque chose à te reprocher ?" "Pas du tout ma belle fille, mais il y a des gens de mauvaises vies qui cherchent à me faire tomber et ils se servent de moyens peu orthodoxes pour y arriver, tel ton enlèvement. Mais grâce à Dieu j'ai un ami très puissant qui est venu à mon secours plus d'une fois." "Tu parles de ce bel homme qui les a neutralisés sans même avoir frappé un seul coup contre eux. Il n'a fait que de se déplacer à une vitesse inouïe. Je pense qu'il n'a eu qu'à les étourdir pour pouvoir les désarmer.

Quel est son nom ?" "Je sais seulement qu'il est Juste et c'est Juste qu'il me faut dans de telles situations." "Est-ce que tu sais quel âge il a ?" "Tiens, tiens, toi tu as une idée derrière la tête, pour me questionner de cette façon. Il se déplace à une telle vitesse que je ne serais pas surpris t'entendre un jour qu'il a plus de mille ans." "Là, tu te moques de moi, cet homme est âgé de moins de trente ans." "Si jamais il a le temps de s'asseoir plus de cinq minutes un jour je lui demanderai." "Il est vrai qu'il semble être très occupé, mais il se doit quand même d'avoir une vie pour lui-même." "Je ne veux pas te décourager ma belle fille, mais je doute sincèrement qu'il puisse avoir le temps pour une vie familiale et si tel est le cas ; cette vie sera sans aucun doute parsemée d'absences." "Ne vivons-nous pas tous et ne souffrons-nous pas tous de l'absence de nos proches ?" "Peut-être, mais pas à tous les cinq minutes." "À la vitesse qu'il bouge, il pourrait peut-être m'apporter plus en cinq minutes qu'un homme ordinaire le pourrait dans un jour complet." "Mais toi, auras-tu seulement le temps de le voir dans ces cinq minutes ? Pourras-tu seulement le suivre dans si peu de temps ?" "Cinq minutes de bonheur valent mieux qu'une journée de malheur." "Je me dois de te donner raison à ce propos ; car en quelques heures cet homme m'a permis de sauver ma carrière, il m'a épargné la honte d'un grand scandale et il m'a aussi sauvé d'une défaillance financière certaine. Si jamais il prend le temps de prendre femme, je te le souhaite de tout cœur. Mais pour te dire toute la vérité ; je n'ai jamais abordé ce sujet avec lui et je pense aussi que c'est probablement le dernier de ses soucis. Il semble avoir une mission à cœur qui est de sauver les autres et il s'empresse toujours de le faire. Personnellement je n'essaierais pas de le retenir malgré lui ; car il connaît ses priorités mieux que quiconque." "Quand tu le reverras papa, n'oublie surtout pas de le remercier pour moi, car il ne m'a pas laissé le temps de le faire ce soir." "Je n'y manquerai pas ma fille, mais sache qu'il ne fait rien pour un gain ou pour de la reconnaissance. Il fait tout de bon cœur juste pour aider les autres et d'après ce qu'il m'a dit ; il est sans le sou." "Mais de quoi vit-il ?" "Il a sûrement des amis à la grandeur du monde et il n'a pas à se préoccuper de ce qu'il vivra demain ou d'un autre jour. Le Messie a dit que l'ouvrier mérite sa nourriture et lui ; il la mérite plus que quiconque et il mérite beaucoup plus." "Je n'en démarre pas, il est l'homme parfait pour moi." "Bonne chance ma fille et si je peux t'aider, je le ferai."

Il y a sûrement des candidates par milliers qui pourraient faire son bonheur, si seulement il s'en donnait le temps. Mais je me demande même s'il a le temps de dormir ; lui qui se dépense sans compter à toutes les heures du jour ou de la nuit. Il est vrai qu'avec sa rapidité ; il peut sortir et revenir avant même qu'une personne ordinaire puisse s'en rendre compte et ça sans le moindre bruit. Il est peut-être même déjà marié ; je n'en sais rien, car il est très secret à propos de sa vie privée. Je doute fort qu'il aurait le temps pour une lune de miel s'il se mariait. Je ne voudrais pas être à sa place lorsqu'il reçoit un appel et qu'il est en train de faire l'amour. Il me semble qu'il n'y aurait rien de plus frustrant.

Mais moi, ce n'est pas Juste et Juste, j'en suis sûr a le pouvoir de s'occuper de n'importe quelle situation et loin de moi est la pensée de lui donner quelques conseils que ce soient. Il a le cœur grand comme la terre et je peux comprendre qu'une jeune fille sensée peut s'intéresser à lui. Qui ne voudrait pas d'un tel héros ? Il en faudrait des milliers comme lui pour régler tous les problèmes qui existent sur terre. Et même s'ils existaient, je crois qu'à ce point-ci de la vie, seul le Tout-Puissant a le pouvoir de tout nettoyer et c'est ce qui arrivera à la fin de ce règne ; ce qui n'est pas tellement éloigné.

Puis Juste est retourné derrière les barreaux de Jack pour le remercier et pour lui annoncer qu'il fera tout en son pouvoir pour que sa peine soit réduite de quelques années. Il n'est pas déraisonnable que Jack se rende compte que de faire le bien peut être tout aussi payant que de faire le mal.

"Encore toi ?" "Oui, c'est curieux comme tu me manques, mais je tenais à te remercier en personne, car c'est grâce à toi si j'ai pu sauver cette jeune fille à temps. S'il y a une chose que je déteste dans ce monde, c'est bien d'arriver trop tard." "Si tu continues à me visiter de la sorte ; je vais finir par t'aimer." "'Aimer, c'est la plus belle chose.' Qu'on a déjà écrit dans une chanson. Alors laisse-toi aller et tu finiras peut-être de mon côté." "Ça, c'est moins certain, mais comme ils dissent ; 'On ne sait jamais.'

Je n'aime pas tellement l'idée d'être un mouchard ; je risquerais ma vie encore plus que dans une fusillade." "Moucharder par vengeance est dégueulasse, mais lorsqu'il s'agit de sauver la vie d'une jeune personne innocente, alors là, c'est une action qui est tout à ton honneur. Puis, si tu te sens menacé un jour ; tu n'auras qu'à me le signaler et tu verras à quelle vitesse je me débarrasserai de ta menace. 'Un chien vivant vaut mieux qu'un lion mort.'"

"Comment puis-je te rejoindre si j'ai besoin de toi ?" "N'en abuse pas, mais tu n'auras qu'à dire (Juste) trois fois et lorsque tu l'auras dit deux fois je serai devant toi ou derrière, selon le besoin." "Tu pourrais apparaître devant moi en un claquement de doigt ?" "Je t'ai dit comment me rejoindre ; souviens-toi-s'en, c'est pour ton bien. Ne te vente surtout pas d'avoir mouchardé, il y en a déjà assez qui en veulent à ta vie. En effet, tu es plus en sécurité ici que dans la rue ou dans ta maison. Tu es le chasseur devenu chassé et pour plusieurs tu n'es qu'un gibier, un trophée que plusieurs veulent accrocher au-dessus de leur foyer. Je pense qu'il vaudrait mieux pour toi de t'exiler aussitôt que tu en auras la chance et aussi de changer de milieu. Si tu suis mes conseils ; tu auras peut-être une chance de finir tes jours en paix, sinon, tu ne feras pas vieux os et ça malgré mon aide. Je suis rapide c'est vrai, mais je ne peux pas être partout à la fois et j'ai beaucoup de chats à fouetter. Il faut que je te quitte maintenant, bonne chance."

Jack a eu bien du mal à réaliser tout ce qui s'était dit dans les quelques minutes que Juste a passé en sa présence, mais il savait bien aussi qu'il n'avait pas rêvé tout ça. Puis il s'est mis à se questionner sur tout ce que Juste lui avait dit. Il savait que pour lui, revenir à la charge de ce qui restait de son gang lui assurerait une mort certaine et comme il n'était pas suicidaire ; il s'est mis dans la tête qu'il lui faudrait changer de vie du tout au tout. Mais quoi faire et surtout comment le faire ?

"Dis-moi papa, comment fais-tu pour rejoindre ce beau jeune homme qui m'a sauvé la vie l'autre jour ?" "Il est un homme très occupé et il ne faut pas le déranger sans raison valable et si tu le fais ; il sera, j'en suis sûr très mécontent. Moi je ne veux pas le décevoir et je ne veux pas que tu le fasses non plus." "Mais comment faire si je veux le revoir ?" "Je pense que tu devrais plutôt être patiente et te fier au destin, qui normalement fait bien les choses." "C'est le destin qui l'a mis sur mon chemin et c'est peut-être mon destin de vouloir le revoir. En tous les cas, c'est ce que je désir le plus au monde présentement." "Sois patiente, car il me contactera sûrement prochainement et je lui mentionnerai ton désir et ce sera donc à lui de décider ce qu'il veut faire de tes sentiments. Quant à moi, même avec tout l'amour dont je te porte ; je ne veux pas intervenir ni dans un sens ni dans un autre. Il est certain que je te souhaite un bon partenaire pour ta vie, main il n'en tient pas à moi d'en décider." "Je t'en prie papa, fais ton possible et je t'en serai pour toujours reconnaissante." "Tu es encore bien jeune pour penser et parler comme tu le fais. Donne-toi du temps, tu le mérites." "Bien jeune, bien jeune, je suis une femme tu sais ?" "Tu es une très jeune femme, ne l'oublie pas." "Si tu savais comme j'ai hâte de le revoir, j'en dors presque plus." "Il y a des somnifères dans l'armoire de la chambre de bain, aide-toi." "Hin, hin, hin, merci quand même."

Puis Juste et Surhumain se retrouvèrent de nouveau, mais cette fois-ci, c'est plus sérieux que jamais, puisque pour la première fois de leur existence, ils ont entendu dire que leurs ennemis se vantaient d'avoir trouvé le moyen de les terrasser.

"Qu'en penses-tu Juste ?" "Leur projet est sûrement de s'arranger pour que tu sois impliqué dans une bagarre et te faire sauter en même temps qu'eux. C'est une tactique très souvent employée au Moyen-Orient." "Ce qu'ils ne savent peut-être pas est que je peux m'éloigner d'eux plus rapidement qu'ils ne puissent pousser le bouton déclencheur ou même lancer une grenade."

“C’est vrai en autant que tu puisses le voir venir. Essayons de savoir de qui vient la menace et je pourrai peut-être m’infiltrer et en savoir un peu plus. Comme tu le sais probablement, un homme averti en vaut deux. Dans ton cas c’est plus que probable une centaine ou plus. Je préfère qu’ils sautent sans toi et s’ils veulent sauter, libre à eux, c’est leur choix. Alors je tends l’oreille et je suggère que tu en fasses tout autant et je pense qu’à la fin justice sera faite. En tous les cas, moi je ferai tout ce qui est possible de faire à cette fin.” “Merci, tu es vraiment un ami.”

Il y a tellement d’ennemis de la justice dans ce monde infernal qu’il n’en est pas facile de déterminer d’où l’attaque viendra. Par contre, moi je ne m’inquiète pas outre mesure, parce que l’un comme l’autre peut disparaître probablement plus vite que la menace peut apparaître. Mais ce qui est le plus désolent pour ces deux-là dans tous ces combats presque insensés pour la justice est la perte de vies humaines. Mais il est déjà écrit qu’il n’y a jamais eu de pire depuis le commencement du monde il qu’il n’y aura jamais d’aussi pire par la suite. Alors le pire est donc encore à venir. Je ne dis pas ces choses pour vous apeurer et ce n’est pas ce que le Messie voulait non plus ; mais il voulait bien que nous soyons prêts pour sa venue qui peut être à n’importe quel moment et peu de gens savent quand viendra leur dernier soupire. Je présume que ceux qui veulent se faire sauter avec le plus grand nombre de personnes possible ont une bonne idée à savoir quand leur heure viendra. J'ai une bonne idée aussi que le Créateur ne fait pas grand chose pour les en empêcher. Il leur a donné la vie et s'ils sont trop méchants pour la garder ; alors ils rendent un immense service à l'humanité en disparaissant et c'est plus que probable l'une des meilleures actions de leur vie, même si c'est un crime. C'est triste, très triste. Ce sont des fils du diable, des fils du mal nés pour faire le mal et ils le font.

Prenez par exemple celui et ceux qui ont dit et qui disent que le Messie est un animal, un agneau de Dieu qui enlève les péchés du monde. Quelle abomination que de dire une telle chose ! Le Messie l'a dit et vous pouvez le lire dans Matthieu 24, 15. 'C'est pourquoi, lorsque vous verrez l'abomination de la désolation dont a parlé le prophète Daniel, établie en lieu saint,—que celui qui lit fasse attention !—'

C'est quoi et c'est où un lieu saint ? Il y a bien une chose dont je sais qui est appelée sainte depuis presque toujours et c'est la Sainte Bible, qui selon beaucoup de gens ne contient uniquement que la parole de Dieu. Puisque le Messie a dit de faire attention lorsqu'on lit, il parlait donc d'écritures. Lorsqu'ils parlaient d'écritures dans le temps du Messie, c'était principalement des Écritures Saintes. Jésus a mentionné le prophète Daniel et selon moi la vraie Apocalypse est écrite dans Daniel, surtout Daniel 11 et 12. Daniel parle entre autres de celui qui s'élève au-dessus de tous, même au-dessus du Créateur. Daniel parle de la fin des jours et il a mentionné quand cela arrivera. Le Messie a mentionné aussi plusieurs paroles qu'à prononcé le prophète Daniel.

Le mot agneau est mentionné 29 ou 30 fois dans l'Apocalypse de Jean et il désigne tout particulièrement le Messie ou encore Dieu Lui-même. De toute façon les chrétiens disent que le Messie est Dieu et qu'il est également un agneau. Ils disent donc que Dieu est un animal, un agneau. Quelle abomination et elle est dans la Sainte Bible, comme le Messie l'a mentionné ! Il a aussi dit que lorsque nous la verrons cette abomination de la désolation de faire attention à ce que nous lisons et c'est ce que j'ai fait. Il a aussi dit une autre chose très importante qui est écrite dans Matthieu 24, 33. 'De même, quand vous verrez toutes ces choses, sachez que le Fils de l'homme est proche, à la porte.'

Cela signifie donc que la fin est à la porte et c'est celui qui a dit la vérité qui l'a dit. Ce n'est pas tous qui l'ont vu cette abomination, car lorsque j'en parle, on me considère un peu fou. Très peu de personnes de mes connaissances croient les paroles du Messie que je répète, mais par contre beaucoup croient aux paroles de ses ennemis, surtout du menteur qui est également dans la Sainte Bible et qui prend un très grand espace. Pourquoi a-t-on donné au moins dix fois plus d'espace dans ce livre, dans la Sainte Bible à Paul qu'aux apôtres de Jésus, ceux qui ont vraiment passé plus de temps avec le Messie que quiconque. Je doute même que Paul ait passé quelques temps que ce soient avec le Messie. Comparez pour votre propre information dans le Nouveau Testament l'espace consacré à Pierre et comparez-le avec l'espace consacré à Paul et vous verrez. Pourtant c'est à Pierre que le Messie a confié les clefs du royaume des cieux et nous avons très peu sur lui, pour ne pas dire presque rien. Puis, qu'est-ce qu'on a sur Marie, la mère du Messie et sur Joseph, son père biologique ? Et sur plusieurs apôtres du Messie qui ont passé trois ans avec lui, nous n'avons rien du tout. J'ai le sentiment que c'est parce qu'ils entraient en contradiction avec ceux qui voulaient bâtir cet énorme empire qu'est la chrétienté. Le Messie n'a absolument rien à voir avec cet empire, lui qui a dit ; 'Beaucoup d'appelés, mais peu d'élus.'

Puis Juste s'est mis à faire le tour des clans ennemis sans être vu, afin d'essayer d'en apprendre un peu plus sur ceux qui en voulaient à leurs existences. Dans le temps de le dire il a fait le tour d'une centaine de gangs sans rien apprendre ; ce qu'il a trouvé assez incompréhensible. Était-ce juste une rumeur ou la menace devait venir d'ailleurs ? Puis il s'est souvenu soudainement par qui la plupart et les plus féroces attaques étaient commanditées. C'est pourquoi il est allé faire un petit tour à Rome et à l'intérieur même des portes de la place Saint Pierre. Il n'en fallait pas plus pour qu'il apprenne toute l'immensité du complot diabolique organisé et financé par cette institution que je n'ai pas à nommer. Tout un arsenal de machines de guerre des plus sophistiquées était à l'agenda. Des drones, des mitraillettes, des lunettes de vision nocturne, une trentaine de tireurs d'élites munis de bazookas et tout ça dans le seul but d'exterminer celui que ces religions estiment être leur pire ennemi, la vérité. Les églises chrétiennes se vident et le rapport le plus souvent venu aux oreilles de ces dirigeants est que la vérité éloigne leurs fidèles de leur institution. Le coup fatal intenté contre Surhumain est sensé être porté lors d'une bataille coutumière de ce dernier où tous les participants sans exception doivent mourir sur-le-champ de bataille. Ils sont prêts à exterminer une quarantaine de personnes ou plus dans le seul but d'éliminer Surhumain.

Lorsque Juste a fait part à Surhumain de ce qu'il avait découvert ; ce dernier s'est mis à rire à pleins poumons.

"Qu'est-ce qui est si drôle dans ce que je viens de te dire ?" "Ne t'offusque pas mon ami, mais je peux leur retourner toutes leurs munitions. Celui qui m'atteindra avec une balle recevra cette balle. Celui qui m'atteindra avec une décharge de bazooka recevra cette décharge. Il sera donc dans leur propre intérêt de cesser de tirer et s'ils continuent de tirer et bien c'est tant pis pour eux, ils se tirent eux-mêmes." "Es-tu seulement certain qu'il n'y aura pas de danger pour toi ?" "Il n'y a qu'un seul être qui peut me détruire et Il ne le veut pas et s'Il le voulait ; je ne pourrais rien n'y faire et je ne voudrais pas rien n'y faire non plus." "Alors tu n'es pas seulement mon ami, mais tu es aussi mon frère. Je m'en doutais déjà depuis longtemps, mais maintenant j'en suis sûr. Ne te laisse surtout pas prendre au dépourvu." "Ne crains pas pour moi ; je suis beaucoup plus rapide que leurs projectiles et en tout les cas plus rapide que leurs réactions. Ils veulent un gros feu d'artifice et ils seront servis à souhait, tu peux me croire." "J'aime bien les feux d'artifice, surtout lorsqu'ils servent à célébrer la justice. Alors fais-les éclater de sorte qu'ils brillent jusqu'à Rome si tu peux. Mets leur s'en plein la vue et qu'ils voient tout l'éclat de la justice en même temps, quoique je doute sincèrement que cela leur serve de leçon." "Connais-tu leur véritable raison de vouloir étouffer la vérité ?" "C'est toujours la même raison. Ils ont crucifié le Messie, ils ont pendu Louis Riel, ils ont dispersé leurs disciples, parce que lorsque la vérité sera connue dans toutes les nations, ça sera la fin pour eux et ils le savent. C'est pour la même raison qu'ils ont prêché et qu'ils prêchent le mensonge depuis deux mille ans. La description de leur état est écrite dans Jacques 2, 19. 'Les démons savent qu'il y a un seul Dieu et ils tremblent.'

Ils ont bâti un empire diabolique et ils le savent. Ils ont commencé par essayer de tuer le Messie avant même qu'il ne sorte de sa couchette et ils n'ont jamais cessé de tuer depuis en commençant par Pierre, plusieurs disciples du Messie, Jacques le frère de Jean, un million et demi de Juifs et ça continue. Nous ne réussirons pas à les dompter, mais c'est une bonne chose de leur faire comprendre qu'ils ne sont pas libres de tuer qui bon leur semble."

Puis Juste a reçu deux appels au même moment. Ce n'est pas la première fois que cela lui arrive, mais il ne lui est jamais facile de décider à quel il doit répondre en premier. Il s'est donc rendu sur un cas, puis sur l'autre et il est revenu au premier, pour la simple raison que ce dernier n'était pas réellement prêt pour le jugement. Il s'est souvenu de sa propre politique, qu'il vaut mieux sauver des âmes que de sauver des corps.

"Comment peux-tu être prêt à mourir sans être prêt pour le jugement ?" "C'est simple, je n'y crois pas." "Après tout ce qui s'est passé, tout ce que le Créateur a démontré depuis que le monde est monde, tu ne crois pas en Lui ? Que tu ne crois pas aux religions, ça je peux le comprendre, mais que tu ne crois pas à un Être Suprême, là je suis dépassé, car nul ne pourrait même respirer sans sa présence. Qu'est-ce que je pourrais bien faire pour te prouver qu'Il existe ?" "Je n'en sais trop rien, est-ce que cela peut se prouver ?" "Si je te disais que c'est Lui qui m'a signalé que tu faisais face à la mort et si je n'étais pas accouru, tu serais présentement déjà jugé et condamné." "Ça non plus n'est pas tellement facile à croire." "Est-ce que ta mère possède quelque chose que personne d'autre ne peut posséder ?" "Je lui ai donné une médaille il y a très longtemps dont j'ai poinçonnée et elle seule en possède une comme celle-là ; ça j'en suis certain." "Et où demeure-t-elle ?" "Elle est présentement en vacance au Mexique." "Est-ce que tu connais sa destination ?" "Elle est à Acapulco." "Je vais te laisser et revenir dans dix secondes. Peux-tu m'attendre ?" "Il n'y a pas de problème......." "Est-ce que c'est elle ?" "Ça ne se peut pas. Personne ne peut quitter Montréal, aller à Acapulco et revenir en dix secondes, c'est impossible." "Ce qui nous paraît impossible n'est pas nécessairement le cas. Est-ce que c'est la médaille dont tu parlais ?" "Il n'y a pas de doute possible ; c'est moi qui l'ai poinçonnée." "Maintenant, si tu veux appeler ta mère pour lui demander où est cette médaille, cela te convaincra peut-être." "Je sais qu'elle ne s'en sépare jamais." "Appelle-là, veux-tu ?"

"Maman, comment vas-tu ?" "Je vais très bien mon garçon. Est-ce qu'il y a un problème ?" "Je me demandais seulement si tu étais encore au Mexique." "Bien sûr que je suis encore ici ; nous avons encore une semaine de vacances." "Dis-moi maman, as-tu encore la médaille que je t'ai donnée ?" "Bien sûr que je l'ai ; je ne m'en sépare jamais." "Mais maman, c'est impossible que tu l'aies ; elle est ici dans ma main." "Voyons dont mon garçon, je l'ai regardée encore il y a moins de dix minutes." "Est-ce que tu l'as avec toi maman ?" "Je n'en crois pas mes yeux mon garçon, je l'ai perdue." "Elle n'est pas perdue maman ; je l'ai ici et je te la remettrai aussitôt que tu seras de retour."

"Continue de parler pour le moment et remets-moi cette médaille, je vais la lui rendre."

"Ne t'inquiète plus mon fils ; je l'ai retrouvée, elle était à côté de mon lit." "Es-tu bien sûre que c'est la même maman ?" "Mon garçon, je la reconnaîtrais entre mille." "Crois-le ou non maman, mais elle était dans ma main il y a dix secondes." "Est-ce que tu es bien Robert ? Tu me sembles bien étrange aujourd'hui." "Il y a de quoi l'être maman, mais je te raconterai lorsque tu seras de retour. En attendant amuse-toi bien et ne t'en fais pas, ça ira."

"Comment pouvez-vous expliquer une telle chose, comment pouvez-vous expliquer ce phénomène que je qualifierais d'incroyable ?" "Dieu m'a pourvu d'une rapidité surhumaine et je m'en sers pour sauver des vies et quand je le peux ; j'essaye aussi de sauver des âmes en les instruisant sur la bonté de ce même Dieu qui est le Tout-Puissant. Moi je n'aurais pas pu me munir moi-même d'un tel pouvoir. Va te renseigner sur les messages du Messie et tu verras quel pouvoir la vérité te donnera sur tous ceux qui ne la connaissent pas ou sur ceux qui la cachent. La plupart de ceux qui comme toi se disent athées ne connaissent pas vraiment le Créateur ; tout ce qu'Il a créé et toutes ses bontés, mais en apprenant à Le connaître, on apprend aussi à L'aimer. Lorsqu'on Le connaît bien et qu'on L'aime de tout notre cœur, âme et pensée, alors il est plus facile de faire sa volonté et d'accomplir des choses extraordinaires, comme le Messie et Louis Riel ont fait par exemple." "Et bien, en attendant, je me dois de vous remercier de m'avoir sauvé la vie et d'avoir fait votre possible pour mon âme également et j'espère bien vous revoir un jour.

J'ai entendu dire beaucoup de choses des super-héros, mais je n'ai jamais entendu dire que l'un d'eux prêchait la parole de Dieu ou s'efforçait d'emmener des âmes perdues vers Lui." "Tu n'as jamais entendu parler du Messie ?" "Le Messie, parles-tu de Jésus de Nazareth ?" "C'est le plus grand héros qui a existé et il a sauvé plus d'âmes que je ne pourrai jamais le faire." "J'ai entendu dire qu'il est le Seigneur, mais jamais qu'il était un héros." "Sache bien que nul ne va au Père du ciel que par les messages qu'il nous a donnés. Tu pourras le lire dans Jean 14, 6, mais la plupart de ses messages sont bel et bien dans l'évangile de Matthieu, le seul et unique endroit où tu liras à propos du royaume des cieux." "N'y a-t-il pas quatre évangiles ?" "Il y en a bien quatre, mais je t'avoue que trois d'entre eux me semblent douteux." "Qu'est-ce qui peut bien vous faire penser une telle chose ?" "Et bien, je sais par exemple que Marc et Luc n'étaient pas des apôtres de Jésus et que le Jean de l'évangile de Jean, n'est pas non plus le Jean apôtre du Messie. Je crois plutôt qu'il est le Jean, disciple de Paul. Je sais aussi que Matthieu a tout abandonné, surtout un travail lucratif pour suivre le Messie. Matthieu a compris en rencontrant Jésus qu'il venait de voir et d'entendre une pierre très précieuse. Il est fort probable que tu rencontres cette même pierre en lisant l'évangile de Matthieu." "Ne trouvons-nous pas les mêmes messages dans les autres évangiles ?" "Il y a des références plus ou moins semblables, mais aucun autre que Matthieu ne parle du royaume des cieux. Puis le Jésus qui est décrit dans Jean n'est pas le même Jésus qui est décrit dans Matthieu." "Ça, ça semble plutôt contradictoire ; c'est le moins qu'on puisse dire." "Va lire si tu veux l'histoire du Messie dans Matthieu ; principalement son interrogatoire devant Ponce Pilate et compare-la avec l'histoire du Messie dans Jean et tu y verras une très grande différence. Ésaïe, un très grand prophète a parlé du Messie qui devait venir pour en sauver plusieurs par sa connaissance et non pas par sa mort sur la croix. Il est écrit dans Ésaïe, écriture qui date de plusieurs centaines d'années avant le Messie, que celui-ci n'ouvrira pas la bouche pour sa défense et c'est ce que le Messie a fait dans Matthieu. Voir Ésaïe 53, 7. 'Il a été maltraité et opprimé, <u>semblable à un agneau</u> qu'on mène à la boucherie, à une <u>brebis muette</u> devant ceux qui la tondent ; <u>il n'a pas ouvert la bouche</u>.'

À noter ici que ce grand prophète qu'était Ésaïe n'a pas dit du Messie qu'il était un agneau, un animal, mais bien qu'il était semblable à un agneau, à une brebis muette ; contrairement à ce que le Jean de Paul a fait dans l'évangile de Jean et dans l'Apocalypse. Il faut nuancer quand même, car il y a là une énorme différence.

Par contre, le Jésus de l'évangile de Jean, oh lala, lui s'est débattu la gueule tout comme Paul l'a fait à son procès ; ce que tu peux lire dans Actes 23, 3.

Mais on ne peut certainement pas dire que le Jésus qui est dans l'évangile de Jean n'a pas ouvert la bouche. On ne parle donc pas du même Jésus dans ces deux évangiles et le Jean de Jésus, son apôtre n'a pas trahi son Maître et puis lui Jacques et Pierre suivaient le Messie presque partout. Seulement, comme le Messie l'a dit de faire ; il se retirait lui-même sur le haut d'une montagne pour prier le Père qui est dans les cieux, puisque c'est l'une des choses des plus privées qui soit. Alors va et instruis-toi de la vérité, de la parole de Dieu et tu seras plus riche que jamais, même si tu es sans le sou."

On entend parler de la dernière guerre où plus de six millions de Juifs furent assassinés de sang froid et de l'après guerre. On entend parler de la révolution de Louis Riel et des abus dans les pensionnats scolaires de l'Ouest, fondés par trois religions chrétiennes et où plus de quatre mille enfants ne sont jamais retournés chez eux ; mais on ne mentionne pas dans les nouvelles ni dans les livres d'histoire que ces assassinats ont eu lieu à cause de la parole de Dieu ou encore provoqués par celle-ci et je m'explique.

Voyez-vous, Dieu a dit que si ses lois venaient à disparaître ; la nation d'Israël aussi disparaîtrait de devant sa face. Voir Jérémie 31, 36. 'Si ces lois viennent à cesser devant Moi, dit l'Éternel, la race d'Israël aussi cessera pour toujours d'être une nation devant Moi.'

C'est pourquoi les ennemis de Dieu font tout en leur pouvoir depuis pour éliminer les Juifs de la terre et que quelques-uns d'entre eux ont même dit que nous ne sommes plus sous la loi. Paul et les Romains ont déployé des efforts presque inhumains dans l'espoir d'éliminer la nation d'Israël de l'année 67 à l'année 73. Paul était tellement certain que les Romains réussiraient à éliminer les Juifs qu'il a commencé à dire qu'il n'y avait plus de loi, qu'elle était dépassée et qu'il n'était plus soumis à celle-ci qu'il ose l'appeler de l'esclavage. Hitler a fait exactement la même chose et je suis presque certain que Paul était son idole. Le diable pour le diable avec le diable et c'est pourquoi ils sont diaboliques.

Hitler avec son plan diabolique a réussi à éliminer un tiers des Juifs de la terre et c'est en écoutant Paul, son idole qu'il a réussi à le faire.

Voir Paul dans Romains 7, 6. 'Mais maintenant, nous avons été dégagés de la loi, étant morts à cette loi sous laquelle nous étions retenus, (esclavage, prisonnier) de sorte que nous servons dans un esprit nouveau et non selon la lettre (loi) qui a vieilli.'

C'est sûr que pour le diable et ses anges, être esclaves d'une loi qui leur dit ce qui est bien ou ce qui est mal et qu'il faut aimer Dieu de tout son cœur n'a aucun sens, mais pour le Messie et ceux qui le suivent ; la loi de Dieu est le guide parfait pour nous conduire vers le Père du ciel et de nous rapprocher de la perfection. Tout comme le Messie l'a dit ; 'Soyez donc parfaits, comme votre Père céleste est parfait.'

Ça, c'est très diffèrent d'être comme Paul qui demande d'être ses imitateurs. Que Dieu m'en garde !

Mais le Messie a dit lui que la loi ne disparaîtra pas tant et aussi longtemps que le ciel et la terre existeront. C'est toute une différence. Dieu a aussi dit que même après la fin du monde et même après le règne de mille ans (son jour de repos) sa loi sera dans le cœur de ses enfants. Alors il est complètement faux de dire que la loi est dépassée et qu'elle est trop vieille pour être observée ou qu'elle est inutile. Il est aussi clair pour moi que celui ou ceux qui disent volontairement le contraire de Dieu et du Messie qu'Il nous a envoyé sont le diable et ses anges, donc anti Dieu et antichrist.

Puis la grande bataille est survenue au moment où Surhumain ne s'en attendait plus et Juste a insisté pour en être témoin. Comme Surhumain est pourvu d'une rapidité inégalée, sa réaction l'est tout autant.

Le piège était tendu de sorte que le tout ressemble à une scène de viole d'une jeune femme par un gang de rue. La scène était parfaite pour attirer n'importe quel super-héros qui a le cœur à la bonne place et du courage pour défendre n'importe quelle femme en détresse.

Des hommes armés de mitraillettes et de bazookas étaient dissimulés derrière ce qui semblait être un grand mur arrière d'une manufacture donnant sur une ruelle malfamée. C'était à se demander ce qu'une jeune femme pouvait bien faire dans un endroit pareil. Je pense même que c'est ce fait qui a mis Surhumain sur ses gardes. La jeune femme criait à tue-tête lorsque Surhumain s'est présenté au milieu d'eux. Lorsque la fusillade a commencé, ce héros a ramassé la jeune femme et a complètement disparu pour quelques secondes. Il a déposé cette femme en lieu sûr, là où il pourrait l'interroger plus tard et il est revenu là où les cinq hommes étaient déjà tous abattus et réduits en bouillie. Je pense même que les assaillants ne se sont même pas rendu compte du départ de Surhumain, tellement ils s'étaient tous engagés dans cette fusillade infernale, comme s'ils tiraient avec les yeux fermés. Il n'y a pas de doute, c'était la guerre. Mais quelle surprise ont-ils eu lorsque Surhumain réussissait à éviter toutes les grenades et était muni d'une armure en forme de c qui retournait tous les autres projectiles à leur lieu de départ. Lorsqu'ils se sont rendus compte de leur infortune, il était déjà trop tard, car plus de la moitié était déjà frappée à mort par leurs propres armes.

Juste qui est un grand fervent de justice ne pouvait qu'applaudir les résultats de cette attaque et ça malgré le grand désarroi de voir tant de corps et d'âmes tombées avec peu de chance d'être sauvées.

Ceux qui utilisaient les bazookas ont lancé toutes leurs grenades sans pour autant être capables d'atteindre Surhumain et c'est alors qu'ils ont signé leur arrêt de mort en se rabattant sur les mitraillettes pour continuer leur bataille. Ils se sont tous tirés eux-mêmes jusqu'au dernier et ça sans comprendre ni savoir qui leur tirait dessus. Quelle boucherie et pas un seul boucher à qui l'on pourrait imputer une culpabilité ! Il ne restait qu'une seule personne capable peut-être de nous dire d'où venait la menace et par qui elle avait été orchestrée. Surhumain est allé la retrouver afin de l'interroger.

"On t'a payé combien pour jouer à ce petit jeu ?" "Mon sauveteur, quelle chance de te revoir. De quel jeu me parles-tu ?" "Ne fais pas l'innocente ; tu n'étais pas plus en danger que ma petite fille qui n'est pas encore née." "Mmm, j'aimerais bien en être la mère de ta fille." "Peut-être, mais pas elle ni moi." "Ce n'est pas nécessaire d'être aussi bête ; je n'ai rien fait de mal. Il n'y a pas de mal à se faire quelques dollars honnêtement." "Simuler le viol pour piéger ton bienfaiteur ; tu oses appeler ça un travail honnête ? Es-tu retardée ou simplement une pure idiote ?" "Ils m'ont tout simplement dit qu'ils te resservaient une agréable surprise." "Il y a 47 morts sur ce lieu de belle surprise, crois-tu vraiment que je trouve ça agréable ?" "Ho non, mes deux frères et mes trois cousins, sont-ils morts eux aussi ?" "Tu parles des cinq individus qui prétendaient te violer ? Tu ne pourrais même plus les identifier tellement ils sont tous déchiquetés." "Ils nous ont payé mille dollars chacun pour jouer cette petite scène de quelques minutes ; qu'ils disaient être la principale pour un film qui a pour titre : 'La Mort De Surhumain.' Nous y avons cru et voilà que je n'ai presque plus de famille." "Tu les connaissais depuis longtemps ?" "Pas vraiment, ils sont venus au théâtre où nous jouions de petites scènes sans trop d'importance, mais nous aimions ça." "Je vois que vous avez tous été piégés aussi, mais j'espère que cela te servira de leçon pour le reste de ta vie." "Que veux-tu dire ?" "Je veux dire que lorsque quelque chose semble trop beau pour être vrai ; il y a de fortes chances que cela soit faux. Je voudrais maintenant que tu ailles raconter ton histoire à la police ; afin que ta famille ait une sépulture honorable. Maintenant que je connais une bonne partie de cette affaire, j'aurais voulu sauver les autres membres de ta famille, mais malgré mon grand pouvoir je ne peux pas retourner en arrière. Est-ce que je peux te déposer quelque part ?" "Il faut que j'aille annoncer à ma mère ce grand malheur ; elle qui était toute heureuse que nous amenions enfin quelques dollars à la maison. J'ai bien peur qu'elle ne s'en remette jamais." "Tu m'assures que tu ne connaissais aucunement leur intention véritable ?" "Je te le jure." "Ne jure surtout pas ma fille ; le faire c'est antichrist et cela ne vient que du diable." "Je ne comprends pas ; tout le monde le fait." "Ce n'est pas tout le monde qui connaît la parole du Créateur, qui nous a fait savoir de ne pas jurer. Quand tu en auras la chance ; ouvre une Bible dans le Nouveau Testament et regarde dans Matthieu 5, 34-37 et vois ce que le Messie a dit à ce sujet. 'Mais moi, (Jésus) je vous dis de ne jurer aucunement, ni par le ciel, parce que c'est le trône de Dieu, ni par la terre, parce que c'est son marchepied, ni par Jérusalem, parce que c'est la ville du grand Roi. Ne jure pas non plus par ta tête, car tu ne peux rendre blanc ou noir un seul cheveu. Que votre parole soit oui, oui, non, non, ce qu'on y ajoute vient du malin.'

Ce qui vient du malin, ce qui vient du diable ne peut pas être bon, alors ne le fais pas si tu veux t'attirer des bénédictions. Il y a des millions de personnes dans le monde qui mangent du porc aussi, malgré la volonté du Créateur que ses enfants n'en mangent pas et on dépense des milliards chaque année pour la cure du cancer. Ces milliards pour la plupart sont chrétiens et ils prient le Créateur pour que sa volonté soit faite sur la terre comme au ciel. J'aimerais leur rappeler que le Créateur n'aime pas tellement l'hypocrisie et on peut le voir et le comprendre en lisant bien attentivement Matthieu 23.

Voir ce qui est écrit dans Lévitique 11 de 6 à 8. 'Vous ne mangerez pas le lièvre qui rumine, mais qui n'a pas la corne fendue, vous le regarderez comme impure. Vous ne mangerez pas le porc qui a la corne fendue et le pied fourchu, mais qui ne rumine pas ; vous le regarderez comme impure. Vous ne mangerez pas de leur chair et vous ne toucherez pas à leurs corps morts, vous les regarderez comme impures.'

Cela veut aussi dire qu'ils sont impropres à la consommation. Il y a bien quelque chose qui est bien connu des savants de nos jours et c'est que le cancer est causé par des parasites et le porc, tout comme les rats et les souris en est plein. Qu'elle soit cuite ou pas, la vermine reste toujours de la vermine.

Le Créateur est infiniment bon et infiniment miséricordieux, mais ne vous moquez surtout pas de Lui ; cela pourrait bien se retourner contre vous."

"Juste, as-tu tout vu ce qui s'est passé ?" "C'était en effet tout un feu d'artifice, une courte guerre avec un bruit d'enfer et je pense qu'elle fera du bruit pour longtemps et jusqu'à Rome. Il nous reste quand même à exposer les responsables de cette tuerie. Si les fidèles de ces églises savaient à quoi sert l'argent qu'ils donnent si généreusement et innocemment tous les premiers jours de la semaine, peut-être que plusieurs d'entre eux dépenseraient leur argent ailleurs." "Il est très difficile d'ouvrir les yeux des aveugles ; surtout des aveugles qui ne veulent pas s'ouvrir les yeux. Tu devrais savoir ça." "Je le sais très bien, mais je sais aussi que le Messie avait le pouvoir de le faire et il nous a laissé le seul outil qui peut nous aider à le faire aussi. Cette arme c'est l'épée, l'arme à deux tranchants, la vérité, la parole de Dieu et nous sans elle ; nous sommes tout aussi inutiles que le plus inutile des êtres vivants." "Tu devras m'excuser Surhumain, mais je viens de recevoir un appel urgent, mais si je peux te faire une suggestion, elle serait d'aller déposer tous ces cadavres aux portes de ceux qui ont commandité cette tuerie. Ils ont payé un gros montant pour de la chair humaine ; vaut mieux leur en donner pour leur argent, ils seront peut-être rassasiés." "C'est une très bonne idée, mais il n'est pas facile de transporter tant de viande saignante." "Va juste te chercher un camion réfrigéré, c'est quand même moins lourd qu'un bateau remplis de naufragés." "T'as bien raison, à la prochaine."

Chapitre 6

"Robert, quoi de neuf ? Est-ce que ta mère a eu un bon voyage de retour du Mexique avec sa médaille sur laquelle elle se fie pour se protéger ?" "Ma mère va très bien, mais moi je me pose plusieurs questions. Il est écrit de ne pas se faire d'image ni d'en haut ni d'en bas, est-ce que cela comprend les médailles ?" "Une représentation est une représentation. Je ne crois pas qu'il soit mal de se faire des photos quelconques pour les souvenirs, mais si tu crois que ces photos ont le pouvoir de te protéger ou de te rendre quelques pouvoirs ou quelques protections que ce soient ; alors tu les considères comme une espèce de dieu et il n'y a pas d'autres dieux que le Créateur. Alors tu commets de l'idolâtrie, comme le font les païens et tu insultes le Créateur, qui est un Dieu jaloux et avec raison, puisque c'est à Lui que revient la reconnaissance et non à des objets qui sont totalement sans aucun pouvoir.

'Rends à Dieu ce qui appartient à Dieu.'

À Lui revient aussi la rétribution ; alors il vaut mieux ne pas l'insulter, même s'Il est miséricordieux." "Mais il y a des milliards qui le font." "Que veux-tu ? Ils suivent Paul qui a fondé les églises chrétiennes. Les églises chrétiennes prêchent celui qui était supposé de prêcher aux païens. Elles imitent celui qui leur a demandé d'être ses imitateurs et c'est pour cette raison que ces églises sont demeurées païennes. Elles enseignent Paul et son enseignement et c'est pour ça que ces églises sont remplies d'images taillées et fabriquées, de statues, de crucifix, de chemins de croix, de chapelets, de médailles ; devant lesquels ils s'agenouillent et prient. C'est pour ces mêmes raisons que ces païens font comme des païens et répètent sans cesse ces mêmes prières aux saints qui n'en sont pas, puisque le Messie a déclaré qu'Un seul est bon. Puis ce même Messie a dit, voir Matthieu 6, 7-8. 'En priant, ne multipliez pas de vaines paroles, comme les païens, qui s'imaginent qu'à force de paroles ils seront exaucés. Ne leur ressemblez pas ; car votre Père sait de quoi vous avez besoin, avant que vous Lui demandiez.'

Le Messie a aussi dit qui prier quand il a dit : 'Quand vous priez, dites : 'Notre Père.'

Le Messie n'a même pas dit de prier le Messie, même s'il est le Fils de l'homme et il a quand même fait plus que quiconque pour la cause de Dieu.

Ça, ce n'est ni Marie ni Joseph ni tous les saints inimaginables ni le pape de Rome, mais c'est le Créateur de toutes choses, le seul qui a vraiment le pouvoir d'exaucer qui que ce soit. Voir Matthieu 6, 4. 'Et ton Père, qui voit dans le secret, te le rendra.'

Ils ont dit un jour, 'qu'ils reposent en paix,' mais ils ne les laissent pas se reposer. La vierge Marie doit être exaspérée et Christophe aussi.

Ton Père te le rendra, mais pour ça, il faut qu'Il soit ton Père, qui est le Père des vivants ; c'est-à-dire, de tous ceux qui ne se tiennent pas dans le péché." "Wow, on en apprend des choses de vous." "Continue de lire dans Matthieu et tu en apprendras beaucoup plus, mais il ne suffit pas juste de lire, mais de faire attention quand tu lis. C'est la meilleure façon pour bien comprendre et si tu ne comprends pas tout ; tu peux toujours me rappeler, car j'essaie toujours de me rendre disponible pour aider à sauver des âmes. C'est ce que tu pourrais aussi faire éventuellement." "Moi ; sauver des âmes ? Mais vous ne penser pas vraiment à ce que vous dites ?" "Bien sûr que je le pense ; si tu sais quelque chose de vrai qu'un païen ou quiconque ne sais pas ; tu peux l'aider et il ne faut pas faire comme ces églises païennes et garder la vérité captive, parce qu'alors la colère de Dieu se révélera contre toi." "Pour changer de sujet, il me semble qu'avec un don tel que vous possédé ; il vous serait facile de gagner les tournois. Je crois même que vous pourriez gagner les tournois de golf et faire 18 coups d'un coup. Cela vous rapportera un million et demi en quatre jours. Il en est de même pour les tournois de tennis. Il ne vous suffirait que de contrôler votre vitesse, afin que le monde vous voie quand même agir. Vous pourriez devenir le héros de tous les sportifs." "Crois-tu vraiment que cela serait juste pour les autres concurrents ?" "Je crois qu'il est juste de se servir de son don lorsqu'on en possède un, tous les autres le font." "Tous les autres ne sont pas pourvus d'un pouvoir surnaturel ; alors cela ne serait pas juste et moi je suis Juste et j'aime la justice." "C'est une façon de voir les choses." "Non, c'est la façon juste de voir les choses et si je t'écoutais ; je mériterais que le Créateur m'enlève ce pouvoir et moi j'y tiens." "Avez-vous pensé à tout le bien que vous pourriez faire avec tout cet argent que vous pourriez gagner ?" "J'y ai pensé et je pense aussi que présentement le diable est en toi pour me tenter et je n'aime pas ça du tout. Je lui demande donc de s'éloigner et s'il ne le fait pas, c'est moi qui partirai loin de toi. Je n'ai pas d'argent et je n'en veux pas. L'argent est comme le mensonge ; il cause plus de malheur que de bien et par ce dernier des milliers de crimes et de péchés sont perpétrés et cela par des milliards de gens et de toutes les races." "C'est bon, j'ai compris ; moi aussi j'aime mieux la justice." "Je peux te dire que tu commençais à aiguiser ma patience. Va plutôt lire dans Matthieu ; cela t'aidera à chasser tes mauvaises pensées. Tu n'es pas responsable d'elles, mais tu es responsable de ce que tu en fais. Bonne lecture et mets ta confiance dans le Messie ; c'est le Créateur qui te l'a envoyé et ses messages t'affranchiront, parole de Dieu." "Aie, quel est votre nom ?" "Je suis Juste Juste, c'est comme ça qu'on m'appelle. À la prochaine et essaie d'instruire ta mère, mais n'insiste pas trop et vas-y à son rythme, pour ne pas la perdre." "Bonne idée, bon conseil et merci."

"M. le ministre, comment allez-vous ? Je veux juste prendre de vos nouvelles et celles de votre fille par la même occasion." "Moi je vais très bien et c'est surtout grâce à vous. Par contre c'est un peu différent en ce qui concerne ma fille." "Ne me dites pas qu'elle est malade." "Elle souffre d'un mal très commun, le mal d'aaamour." "Je suppose que c'est de son âge ; elle est encore bien jeune." "C'est ce que je lui ai dit aussi, mais elle, elle n'en croit rien." "Quel âge a-t-elle au juste ?" "Nous allons célébrer ses vingt ans très bientôt et je serai très heureux que vous y participiez. Je suis sûr que cela lui ferait un énorme plaisir aussi. Elle s'est plainte vigoureusement de ne pas avoir eu la chance et le temps de vous remercier." "Dites-lui bien que cela n'est pas très important pour moi. Ce qui m'importe vraiment c'est qu'elle soit bien." "C'est bien ce qui m'inquiète. Je pense qu'elle ne sera bien que lorsqu'elle vous aura revu pour vous remercier en personne. Alors, nous ferez-vous l'honneur de participer aux célébrations de son anniversaire de naissance ?" "Je ne peux pas promettre que cela me sera possible pour une longue période de temps, mais je ferai tout en mon pourvoir pour y participer. Quelle est sa date de naissance ?"

"Sa fête est le vendredi 13 du mois de mars, mais nous voulons la fêter le 8 pour qu'elle ne se doute de rien." "Et vous pensez célébrer de quelle heure à quelle heure ?" "De deux heures de l'après-midi à environs 10 heures de la soirée." "Et à quelle adresse ?" "Chez moi et vous connaissez déjà le chemin." "Alors compter sur moi, mais je ne peux pas promette l'heure de mon arrivée ni la durée de ma présence." "Nous serons heureux de vous avoir peu importe la durée." "Alors on se voit dimanche après-midi M. le ministre et saluez bien votre charmante fille pour moi en attendant et aussi votre épouse."

Juste partit sur-le-champ à la recherche de belles perles dans trois océans différentes. Il en trouva de différentes couleurs dans la mer de la Méditerranée, d'autres dans la mer noire et aussi dans l'Atlantique. Il entra dans l'une des bijouteries des plus renommées de Paris et demanda qu'on lui fasse un collier et un bracelet assorti ainsi que des boucles d'oreille. Le bijoutier de renommée mondiale devant lui tout émerveillé n'en croyait pas ses yeux.

"Mais quelles merveilles, d'où viennent-elles ?" "Elles sont de trois continents différents. Vous avez besoin de combien de temps pour fabriquer ce que je demande ?" "Je dois m'assurer premièrement qu'elles sont authentiques et qu'elles n'ont pas été volées. C'est la première règle de notre maison." "Combien de temps cela vous prendra-t-il ?" "Et bien, si ces perles étaient volées, je le saurais en moins de vingt-quatre heures et pour un travail parfait, j'ai besoin de quarante huit heures. Laissez-moi vérifier une petite chose ici. Cela ne prendra que quelques minutes. Et bien oui, elles sont authentiques. Avez-vous une idée de la valeur de celles-ci ?" "Pas du tout, je sais seulement qu'elles sont magnifiques et c'est pour une demoiselle également magnifique." "Vous en avez pour une somme d'au moins trois millions de dollars. Quelle est l'heureuse princesse qui recevra ce précieux présent ?" "Je voudrais pourvoir vous dire que c'est pour la princesse de mon cœur, mais je la connais à peine et je ne crois pas qu'elle a du sang royal non plus." "Et bien, si vous ne gagnez pas son cœur avec un tel présent ; c'est qu'elle ne vous mérite pas. Des centaines d'aventuriers ont passé leur vie à chercher de tels trésors sans pouvoir y arriver. Ils auraient été très heureux de trouver une seule de ces merveilles. Les avez-vous comptés ?" "J'en ai exactement quatre-vingt-dix-sept." "Ce sont des perles très rares ; vous en êtes conscient, n'est-ce pas ?" "J'en prends conscience grâce à votre honnêteté et je l'apprécie beaucoup. Je ne serais pas venu ici si vous ne m'aviez pas été recommandé." "Et bien, si tout va bien, vous pourrez prendre vos bijoux dans quarante-huit heures." "Combien cela me coûtera-t-il ?" "Pour un travail de grande précision et à la perfection, cela se montera à dix mille dollars." "Combien m'avez-vous dit que ces perles valaient ?" "Vous en avez pour au moins trois millions de dollars." "Combien vaut la moins valeureuse de celles-ci ?" "J'évaluerais celle-ci à quinze mille dollars." "La prendriez-vous pour ce travail ?" "Mais c'est trop cher payé monsieur." "Je serai heureux de vous faire cadeau de la différence, si vous acceptez." "Alors j'y ajouterai une chaîne en or et du diamant pour embellir les trois articles et je suis certain que votre princesse appréciera la totalité." "Alors je serai ici dans quarante-huit heures."

En attendant les célébrations de la charmante demoiselle, Juste a continué sa routine quotidienne et peu ennuyante de sauver des vies ; protégeant les plus démunis, faisant régner la justice partout où il le peut et enseignant la parole de Dieu sans se préoccuper de tous les plaisirs qu'il pourrait en jouir lui-même, s'il était fait autrement. Il s'est souvent demandé ce qu'un fils ou une fille née de lui pourrait bien ressembler et s'ils pouvaient hériter du pouvoir dont il avait lui-même hérité. C'était à peu près la seule chose qui le tracassait, puisque ses parents n'avaient absolument rien d'un tel pouvoir. Puis il s'est demandé s'il avait un fils avec le même pouvoir ; mettrait-il ce pouvoir au service du bien ? C'est à bien y penser. Mon propre fils m'a souvent dit qu'il ne pourrait jamais être aussi honnête que moi. C'est une chose qui me trouble et m'inquiète encore aujourd'hui, même après plusieurs années. Je pense que l'honnêteté est l'une des plus belles qualités chez l'être humain et je suis certain qu'elle est appréciée du Créateur aussi. Être honnête en tout et partout n'est pas toujours facile, mais je crois que c'est la chose qui rend un individu honorable, peu importe sa richesse, son métier, son travail ou son rang dans ce monde.

Un homme honnête est juste, il est courageux, il ne ment pas, il rend à chacun ce qu'il lui doit. De ce fait il attire sur lui la reconnaissance, l'honorabilité et le respect. Ce sont toutes des valeurs qui n'ont pas de prix, même dans la pauvreté. Autrement dit, ce sont des valeurs inestimables qu'on regarde avec estime.

Puis le grand jour arriva et le ministre qui n'a absolument rien dit quoi que ce soit à sa fille se demandait ce qui pouvait advenir de Juste qui ne s'était pas encore présenté à trois heures et demie de l'après-midi, c'est-à-dire une heure après le début de cette fête. Juste était déjà là depuis une bonne vingtaine de minutes déjà, mais sans que personne ne s'en rende compte. C'était pour lui une façon de voir pour son propre compte comment cette jeune fille se comportait devant d'autres jeunes hommes qui voulaient la courtiser. Comme il est un homme qui n'aime pas perdre son temps ; ce qui est pour lui le plus important, il valait donc mieux savoir avant qu'il ne soit trop tard à quoi s'en tenir. Mais la jeune fille semblait plutôt désemparée et agacée par tous ses gens qui l'accaparaient. C'était bien sa fête, mais elle n'avait pas du tout le cœur à fêter.

"Qu'est-ce qu'il y a ma fille, tu ne sembles pas t'amuser du tout ? Tu as pourtant eu de beaux présents." "Le présent que j'aurais voulu voir n'est pas présent. Qu'elle était l'idée aussi de me fêter avant le temps ?" "J'ai lancé toutes les invitations que tu souhaitais, mais il y a quelques fois des empêchements incontrôlables qui font qu'on ne puisse pas participer, même si on le voulait de tout notre cœur." "Tu crois vraiment que c'est la raison pour laquelle il n'est pas venu ?" "La journée est encore jeune Jeannine, il viendra peut-être un peu plus tard."

Juste a compris à ce moment-là qu'il était temps pour lui de sortir de la garde-robe à l'insu de tous.

"Bonjour M. le ministre, comment allez-vous aujourd'hui ?" "Je vais très bien monsieur Juste, mais j'en connais une qui sera heureuse de vous revoir. Vous êtes sûrement le plus beau cadeau auquel elle pouvait s'attendre. Mais dites-moi, ce n'est pas un bal costumé ; on dirait un Prince d'Arabie ?" "Je sais, mais j'aime à faire les choses différemment de tous et cela me distingue des autres en quelque sorte." "J'espère juste qu'elle ne soit pas intimidée par cet accoutrement." "Si cela l'intimide, je peux toujours me changer en quelques secondes, mais je crois plutôt qu'elle sera enchantée de mon allure." "Tournez-vous un peu, je vais la chercher."

"Jeannine, Jeannine, viens ma fille ; je veux te présenter un beau jeune homme." "Ho papa, j'en ai assez de ces beaux jeunes hommes, tous un peu plus ou moins plus stupides et ridicules les uns que les autres. Je ne veux plus voir personne d'autre." "Ho je crois que tu vas apprécier celui-là." "J'en doute très fort, tu sais ?" "Viens quand même, tu décideras après ; tu en auras bien le temps." "Mais c'est un prince. Je ne veux pas le voir." "Ma fille, ce monsieur s'est déplacé pour te faire plaisir et je t'ai enseigné à être une hôtesse courtoise et polie ; alors acquitte-toi de ton obligation et viens lui présenter tes salutations, sinon je ne serai pas content du tout. S'il est un prince il a sûrement un beau présent pour toi, qui sait ?" "J'y vais, mais c'est à contrecœur et des présents j'en ai plein mon c... pour aujourd'hui." "Ça ne durera pas, c'est quand même ton anniversaire que nous célébrons. Viens !"

"Jeune homme, je voudrais vous présenter ma fille bien-aimée, Jeannine."

"Bonjour Jeannine ! " "Juste, mais quelle surprise !"

Jeannine se foutait totalement à ce moment-là s'il était un prince ou pas ; elle s'est jetée à son cou et elle lui a donné une accolade qui en disait long sur son état d'âme.

En entendant les cris de joie de la jeune fille ; une vingtaine d'invités se sont assemblés autour d'eux et en voyant Juste, tous excepté le ministre et sa femme ont fait la génuflexion devant eux. Mais Juste étant ce qu'il est leur a immédiatement dit que son accoutrement n'était qu'un costume d'occasion et de se relever. Cela les a bien fait rire et sourire, mais ils ne savaient pas trop s'ils devaient le croire ou pas. Ses habits étaient tellement somptueux qu'il en était difficile de croire qu'ils étaient quelque chose autre qu'originaux.

Puis Juste sortit le précieux présent pour le présenter à la charmante jeune fille. Il va s'en dire que tous avaient de grands yeux ronds devant la splendeur de ce qu'ils voyaient, y compris le ministre et son épouse.

"Quelles merveilles, mais ce n'est pas le présent auquel je m'attendais." "Et à quoi t'attendais-tu au juste, Jeannine ?" "Je m'attendais à te revoir et l'attente a été trop longue."

"Je confirme !" S'écria le ministre.

"Je seconde !" S'écria son épouse.

"Alors je dois m'avouer vaincu et c'est bien la première fois que je prononce ces paroles. J'ai fait le tour du monde pour réunir ces perles pour les suspendre à ton cou, j'espère qu'elles te plaisent. Elles sont merveilleuses, mais je n'en espérais pas tant. Ta seule présence m'aurait suffit."

Les chuchotements se faisaient nombreux autour d'eux et en voyant ces superbes perles autour du cou de la jeune fille, les autres invités ne doutaient plus du tout. Ils se disaient que c'était vraiment un prince qui se tenait devant eux, un prince d'Arabie. Mais ce qu'ils ne savaient pas est que Juste ne ment pas et s'il a dit que ce qu'il avait sur le dos était un costume de circonstance, c'est que s'en était un. Mais alors Jeannine, son père et sa mère aussi ont commencé à se poser la même question.

Voyant que tous se questionnaient à son sujet ; Juste a demandé quelques secondes pour se changer.

Il aurait pu le faire plus rapidement, mais il a quand même pris dix secondes pour revenir avec un habit plus approprié, plus à leur niveau pour la circonstance. Mais pour tout dire et dire la vérité ; cela n'a pas suffit pour atténuer tous les doutes de tous. Un autre problème est apparu à ce moment-là. La majorité d'eux se disaient qu'il était un magicien et ils se son approchés de Jeannine pour vérifier si les perles étaient bien réelles ou si elles n'étaient pas qu'une illusion, mais cela a quelque peu inquiété Juste, qui a gardé un œil attentif sur ce qui se passait.

"Vous ne croyez tout de même pas que je puisse donner à cette charmante et jolie jeune fille quelque chose de faux ? Ces perles sont aussi réelles qu'elle, mais sa valeur est beaucoup plus importante à mes yeux que ces bijoux."

"Mes amis, vous pouvez continuer à fêter et à vous amuser si vous le voulez, mais moi je veux m'entretenir avec ce beau jeune homme en privé dans l'heure qui suit. Je ne vous envoie pas, mais vous devrez nous excuser. À plus tard donc."

"Viens-tu ?" "Je te suis. Où allons-nous ?" "Nous avons un beau grand jardin, allons marcher. Tu les as tous impressionnés et ils n'en reviennent pas. Je n'ai pas cessé de penser à toi depuis le jour où tu m'as secouru." "Mais je n'ai fait que mon devoir ; comme je l'ai fait avec des milliers d'autres. Moi aussi je pense souvent à toi. En fait, tu es la première à qui je fais un tel présent à part quelques enfants comme de raison." "Cela a dû te coûter une fortune et ce n'était pas du tout nécessaire ; je t'aime déjà depuis la première fois où j'ai levé les yeux sur toi. Et ne pense pas que c'est seulement de la reconnaissance." "Attends une seconde Jeannine, on nous espionne."

"La curiosité vous habite cher monsieur ?" "Je voulais juste m'assurer que tout allait bien pour Jeannine." "Je ne suis pas chez moi, mais sachez que si j'y étais ; je vous escorterais à la porte de sortie. Vous aimeriez qu'on vous espionne comme vous le faites ?" "Je n'aime pas tellement les Illusionnistes ; ils sont trompeurs." "Je n'en suis pas un et je regrette si je vous ai donné cette illusion et moi je n'aime pas les espions et c'est ce que vous êtes. Je vous demande donc de déguerpir avant que je n'alerte mon ami le ministre." "Tu es bien petit pour parler de la sorte." "Je n'ai pas votre corpulence, mais je me déplace très rapidement." "Tu achètes toujours le cœur des jeunes filles avec de somptueux présents ?" "Son cœur m'appartient depuis le jour où je l'ai vu la toute première fois, alors tu perds ton temps. Va-t'en donc chez toi avant qu'il ne t'arrive malheur." "Garde tes conseils pour toi-même, veux-tu ?"

"Surhumain ?" "Oui Juste, tu as besoin de moi ?" "Veux-tu dumper cette merde chez lui s.t.p ? Je suis trop occupé pour l'instant avec quelque chose de beaucoup plus important." "Pas de problème mon ami Juste, au revoir." "Au revoir et merci."

"Je m'excuse Jeannine pour ce petit contretemps, mais je n'aime pas être espionné et pour une fois que je m'intéresse à une jeune beauté ; je veux que ce soit fait dans un espace paisible. Si jamais je t'épouse, je n'aurai pas fini de chasser tes prétendants." "Ils peuvent toujours courir ces imbéciles, ils ne valent pas un seul de tes cheveux." "Mais ils ne pensent pas tous la même chose que toi." "As-tu déjà pensé au mariage ?" "Seulement depuis que je te connais " "C'est drôle, moi aussi." "Il y a peut-être un problème, quelque chose qui pourrait bien être un inconvénient pour toi." "Et qu'est-ce que c'est ?" "Je ne laisserai personne autre que Dieu nous unir." "Tu penses que Dieu peut nous unir ?" "Dieu peut faire ce qu'Il veut, Il est Le Tout-Puissant. N'as-tu jamais lu : 'Que l'homme donc ne sépare pas ce que Dieu a joint ?'

Quand le Messie a dit : 'Tout ce que vous lierez sur la terre sera lié dans le ciel et tout ce que vous délierez sur la terre sera délié dans le ciel.'

À qui ces paroles furent-elles adressées ? Aux disciples de Jésus et à personne d'autre. Qui sont les disciples de Jésus ? Ceux qui font la volonté du Père qui est dans les cieux. Quelle est la volonté du Père qui est dans les cieux ? La réponse est dans Matthieu 17, 5. 'Celui-ci est mon Fils bien-aimé, en qui J'ai mis toute mon affection ; <u>écoutez-le</u>.'

Quelle est la dernière volonté du Messie ? Lisez bien Matthieu 28, 19-20. 'Allez, faites de toutes les nations des disciples et enseignez-leur à observer tout ce que je vous ai prescrit.'

Un ami à moi me disait un jour : 'J'arrive à mes 71 ans et je suis devenu un disciple du Messie, il y a de ça dix-neuf ans et je cherche encore pour rencontrer le premier vrai disciple sur ma route et croyez-moi, j'en ai fait du chemin. J'en ai rencontré des centaines qui enseignent ce que Paul a enseigné, mais pas un seul encore qui enseigne tout ce que Jésus a prescrit. La moindre des choses dont je puisse dire ; c'est que c'est très désolant.

Vous me demanderez sûrement aussi pourquoi j'ai omis de dire ou d'écrire : 'Les baptisant au nom du Père, du Fils et du Saint-Esprit.'

C'est que j'ai du mal à croire que durant les trois années que le Messie a passé avec ses apôtres et ses disciples ; il ne leur a jamais mentionné le baptême une seule fois et qu'il l'aurait seulement fait après sa mort et après sa résurrection et qu'il l'aurait mentionné juste avant de partir pour l'au-delà?????

Cela ne m'entre pas dans la tête et je ne crois pas que c'est le Messie ni Matthieu le fautif. Il a été dit par Jean Baptiste que le Messie baptiserait avec le Saint Esprit, non pas au nom du Saint Esprit. Voir Matthieu 3, 11. 'Lui, il vous baptisera du Saint Esprit.'

Je crois plutôt que certaines églises l'ont fait pour créer une source de revenu monétaire et pour faire des prosélytes à bon marché.

Voir Matthieu 23, 15. 'Malheur à vous scribes et pharisiens hypocrites ! Parce que vous courez la mer et la terre pour faire un prosélyte ; et, quand il l'est devenu, vous en faites un fils de la géhenne deux fois plus que vous.'

C'est très sévère, me direz-vous, mais c'est bien ce qui s'est passé et ce qui se passe encore.

Si vous lisez bien les écritures, surtout dans les Actes des apôtres ; vous verrez vous aussi qui parcourait la mer et la terre pour en faire des prosélytes et vous verrez et comprendrez vous aussi que ce ne sont pas les apôtres du Messie, mais Paul qui le faisait. Les apôtres se sont fait dire de demeurer en Israël. Voir Matthieu 10, 5-6. 'N'allez pas vers les païens, et n'entrez pas dans les villes des Samaritains ; <u>allez</u> plutôt vers les brebis perdues de la maison <u>d'Israël</u>.'

Pour voir qui est l'autre, lisez 2 Corinthiens 11, 16-31 et Actes 28, 3-5. 'Paul ayant ramassé un tas de broussailles et l'ayant mis au feu, une vipère en sortit par l'effet de la chaleur et s'attacha à sa main. Quand les barbares virent l'animal suspendu à sa main, ils se dirent les uns aux autres : Assurément cet homme est un meurtrier, puisque la Justice n'a pas voulu le laisser vivre, après qu'il a été sauvé de la <u>mer</u>. Paul secoua l'animal dans le feu et ne ressentit aucun mal.'

Voyez maintenant ce qu'une vipère peut faire à un cheval. Quand on dit ; 'Un remède de cheval !' C'est qu'il est beaucoup plus fort qu'un homme. Voir Genèse 49, 17. 'Une vipère sur le sentier, mordant les talons du cheval, pour que le cavalier tombe à la renverse.'

Les morsures d'une vipère sont mortelles pour tous les êtres vivants, souvenez-vous-en, peu importe ce qu'en disent les démons.'

Cet homme, cet ami m'a ouvert les yeux et j'ai tout de suite compris que nous avions été bernés et trahis par ceux qui en principe devaient nous dire la vérité.

Tu vois ma chérie, contrairement à ce que certaines personnes ont dit ; il n'y a personne qui peut remplacer Dieu sur terre et il faut être très arrogant pour prétendre le contraire. Les disciples et les apôtres de Jésus peuvent, tout comme moi enseigner la parole de Dieu, mais ils ne prétendront jamais remplacer le Créateur. Ceux qui le font sont des imposteurs, des menteurs. Le Messie Lui-même a dit qu'Il est venu au nom de son Père, au nom de Dieu, mais Il n'a jamais prétendu remplacer Dieu sur terre. Il a plutôt dit qu'Il était le Fils de l'homme ; ce qui veut dire prophète de Dieu, son messager." "Je vois que tu t'y connais et moi je suis prête à tout apprendre de toi. La vérité m'a toujours intéressée, même si elle est pénible parfois et je la défendrai jusqu'au bout." "Alors je ne vois aucun inconvénient à notre union. Tu sais déjà que j'ai un pouvoir particulier et tes parents le savent aussi. Tu sais aussi que je dois m'absenter presque en tout temps, mais je te reviendrai toujours, c'est une promesse qui vient du cœur." "Je ne crains pas pour ça ; je te fais confiance plus qu'à moi-même, c'est tout dire." "Tu ne t'en es pas aperçue, mais je t'ai quitté quatre fois seulement depuis que nous sommes ici dans ce jardin." "Quand seront nous mariés ?" "Le jour où tu me diras que devant Dieu tu es à moi pour l'éternité et que je te dirai la même chose. Cela ne peut pas être aujourd'hui cependant, parce que je veux que nous préparions tes parents pour ça et en même temps ; je veux faire ma demande pour ta main, même si je veux plus que ta main." "Je sais déjà que je te veux pour l'éternité." "Moi aussi, je sais que tu seras le seul amour dans mon cœur, dans ma vie et surtout dans mon lit, cela dit sans arrière pensée."

Un long baiser s'en est suivi et Juste a dû partir en la laissant sur son appétit. C'était pour lui une façon de lui montrer ce qui l'attendait dans sa vie future. Il tenait tout particulièrement à ce qu'elle sache bien dans quoi elle s'embarquait en l'épousant.

Beaucoup trop de personnes tendent à cacher leurs défauts avant leur mariage et plusieurs se réveillent très déçus de leur partenaire de vie. Beaucoup trop de personnes passent leur vie à vouloir et à essayer de changer leur conjoint. Ce n'est certainement pas la meilleure façon d'être heureux et de rendre heureux. Connaître avant d'aimer, c'est très important et soyez honnêtes, honorables, respectés et respectueux. Il y a un vieux dicton auquel je pense assez souvent et il va comme ceci : 'Chacun son métier et les vaches seront bien gardées.'

Donc, chacun sa place et tout le monde est heureux !

Jeannine est retournée dans la maison vers ses parents et ses invités ; heureuse et un peu déçue à la fois et en se demandant si elle n'avait pas rêvé tout ce qui s'était passé. Elle ne pouvait pas s'empêcher de toucher son collier, de regarder son bracelet, ce qui la rassurait grandement. Puis elle a entraîné son père qu'elle aime énormément dans un parloir pour discuter des nouveaux événements.

"Il m'aime aussi papa, j'en suis convaincue." "Je sais qu'il est un homme brillant, jeune, fort et vaillant ma fille, mais prends quand même le temps de bien réfléchir à tout ça." "C'est tout réfléchi papa, il est l'homme de ma vie." "Il y a quand même quelque chose qui m'intrigue à son sujet dont je devrai éclaircir avec lui." "Et qu'est-ce que c'est." "Il m'a dit un jour être sans le sou, puis il a refusé de prendre quoi que ce soit de l'argent qu'il m'a aidé à récupérer de ces brigands dont tu as entendu parler, mais il t'a offert ces bijoux qui valent à mon avis plusieurs milliers de dollars." "Tu ne crois quand même pas qu'il les a volés ?" "Non ma chérie, mais tu avoueras quand même qu'il y a là de quoi être intrigué." "Il nous en donnera sûrement l'explication quand il en sentira le besoin. Je pense qu'il est plus intelligent que quiconque de mes connaissances. Il y autre chose qui m'intrigue aussi." "Qu'est-ce que c'est ?" "Il m'a quitté plus tôt en plein milieu d'un baiser, sans un au revoir et sans un mot. Cela a fait l'effet d'une douche froide." "Il faudra que tu t'y habitues ma fille, parce que je crois que c'est l'histoire de sa vie. Cet homme est en mission et sa mission passe avant tout et même avant lui-même ; donc avant toi aussi. Il faudra que tu t'y fasses ou que tu l'oublies."

Juste au moment où le ministre prononçait ces paroles, Juste apparaissait dans la porte du parloir.

"Je ne dérange pas trop ?" "Juste, tu ne cesseras jamais de me surprendre." "Tu ferais bien de demeurer sur tes gardes ma chérie, puisqu'il me faut parfois partir sans délai et je reviens quand je le peux. Avec l'aide de mon meilleur ami, nous avons réchappé un avion qui s'écrasait avec cent soixante-dix-neuf personnes à son bord et ça juste devant la statue de la liberté. Il nous a fallu sécuriser tout le monde avant que je puisse me libérer." "Je comprends que cela était beaucoup plus important que de terminer un baiser enflammé et je dois te féliciter pour cet acte de courage." "Cela n'a pas été facile, de te quitter, je veux dire. Mais me voilà et j'espère bien pouvoir terminer le prochain."

"Monsieur Juste, non pas que je ne vous fais pas confiance, mais vous m'avez dit un jour être sans le sou, comment expliquez-vous alors un présent aussi somptueux à ma fille ?" "Ça, c'était à ce moment-là, monsieur le ministre, mais je suis devenu multimillionnaire depuis en trouvant des pierres précieuses et de ces perles de grandes valeurs dans trois océans. J'en ai utilisé la moitié pour faire ce présent à votre fille et ces perles lui vont à merveille, ne pensez-vous pas ?" "Il est vrai que les deux sont exceptionnellement merveilleux." "Je vous dirai aussi que j'en ai trouvé assez pour supporter votre fille pour les dix prochaines années et d'ici là, je pense que je pourrai en trouver encore une ou deux. Si Jeannine est raisonnable comme je le pense, je pourrai continuer à remplir ma mission qui est d'aider les gens ; comme je l'ai fait pour vous et tout ça dans le but premier de faire régner la justice. Si vous aviez été l'injuste dans cette affaire de poker, j'aurais alors été contre vous, c'est comme ça. En fait, votre dernière partie vous l'avez gagné fair and square, tout ce qu'il y a de plus honnête ; excepté le fait peut-être qu'il est illégal de jouer en privé pour de l'argent. Qu'en dites-vous ?" "Je dis que j'ai eu beaucoup de chance que vous soyez là pour moi et pour ma fille aussi. Ma femme et moi ainsi que Jeannine vous en sont très reconnaissants. Vous avez tous les deux ma bénédiction et ma fille, quoique bien jeune encore est très responsable et elle n'a qu'une parole. Elle sait ce qu'elle veut et vous pouvez lui faire totalement confiance." "Je me trompe que très rarement sur le caractère des gens et Jeannine m'inspire une confiance que je qualifierais pratiquement d'aveugle, mais lorsqu'un ami à moi dit qu'elle est fiable, alors je le crois, car il a vingt ans d'expériences de plus que moi en ce qui la concerne. Je crois sincèrement pouvoir la rendre heureuse pour notre vie entière." "Mais elle l'est déjà mon ami, elle l'est déjà. Par contre, si je peux vous donner un conseil ; ne la couvrez pas trop de bijoux, car elle deviendrait alors une proie pour les voleurs, qui sont très nombreux et vous ne voudriez pas la garder prisonnière pour assurer sa protection." "De préférence et par sagesse, elle ne portera ces derniers qu'en ma compagnie, de cette façon elle sera toujours protégée." "Nous recevrons le prince et sa nouvelle épouse prochainement au nom du pays et j'aimerais que vous l'accompagniez au bal que nous donnerons en leur honneur. Ça sera pour elle une belle occasion de les porter." "J'y mettrai cependant une petite condition." "Ah oui, la quelle ?" "Que vous commenciez à me tutoyer à partir de maintenant ! " "Bienvenu dans notre famille Juste, mais tu me tutoies toi aussi." "Bien sûr, quel est ton prénom ?" "Je suis James et mon épouse est Jeannette." "Elle me l'avait dit." Rire......

"Avant que je m'absente de nouveau Jeannine, dis-moi, qu'elles sont les sorties que tu préfères ?" "Je te ferai une liste dont je te remettrez à ta prochaine visite, est-ce que ça te va ?" "Tout ce qui fera ton bonheur amour et s'il y a quelque chose dont je déteste vraiment, je te le dirai, d'accord ?" "Il n'y a rien comme la bonne entente. Ce que j'ai préféré le plus aujourd'hui et cela encore plus que ton présent, c'est notre balade dans le jardin. Je me suis sentie un peu comme si nous étions seuls au monde, comme Adam et Ève dans le Jardin d'Éden." "Moi aussi et je crois même qu'il y avait là un serpent, mais je l'ai maîtrisé. Et nous étions vêtus." "J'étais bien assez heureuse pour enlever mes vêtements et les tiens aussi." "Crois-tu que nous aurons plus que trois enfants ?" "En autant que nous n'ayons pas de Caïn, je veux bien." "Ils grandiront avec la parole de Dieu, alors la chance sera de notre côté. Je dois partir, mais je te reviens bientôt."

C'est après un baiser prolongé cette fois-ci que Juste a dû la quitter de nouveau, mais cela que pour quelques minutes seulement. Cependant Jeannine en était toute bouleversée. Elle n'avait jamais pensé qu'embrasser un homme en étant amoureuse de lui pouvait la rendre aussi vulnérable, au point d'en perdre tous ses moyens. Heureusement pour elle, elle était entre bonnes mains.

Tellement de jeunes filles de son âge et même beaucoup plus jeunes de nos jours ne savent pas, parce que leurs parents ne leur ont pas dit que la chair est faible et qu'à force de jouer avec le feu, nous risquons de nous brûler. Il faut donc savoir avec qui jouer pour être heureux. Ce n'est pas non plus un jeu qui se joue avec le premier venu. Nous avons été créés au-dessous des anges et au-dessus des animaux, mais à regarder ce qui se passe dans le monde aujourd'hui, surtout du côté de l'Ouest, nous pourrions croire qu'il en est autrement, car la plupart des animaux gardent le même partenaire toute la durée de leur vie.

Je possédais une femelle du nom de Princesse, qui, malgré qu'elle avait le choix entre une vingtaine de chiens, ne voulait rien savoir d'aucun autre que Buster. Elle avait selon moi beaucoup plus de classe que bien des jeunes filles d'aujourd'hui. Princesse avait du chien, mais elle n'était pas aussi chienne.

"Me revoilà chérie. Tu ne t'es pas trop ennuyée ?" "Ça va pour cette fois, tu n'as pas été très long, mais je ne sais pas ce qui aurait pu se passer si tu n'étais pas parti quand tu l'as fait." "Je t'ai causé un problème ?" "Mets-en, Je n'étais plus moi-même. Je pense qu'il faudra nous marier prochainement pour éviter des complications." "Qu'elles sortes de complications ?" "Ne me fais pas parler, tu sais très bien de quoi je parle." "Non, non, je n'ai jamais été dans la peau d'une fille." "Marions-nous et tu en apprendras un peu plus." "Veux-tu une cérémonie royale ou une qui est aussi simple que moi ? Je te laisse le choix, moi ça met égale. Tout ce que je veux c'est toi et ton bonheur." "J'en parlerai avec mes parents, car c'est mon père qui en subira les frais. Je souhaite seulement que tu puisses te libérer pour cette journée qui sera extrêmement spéciale pour moi." "Elle le sera pour moi aussi chérie et je vais demander à mon ami de prendre mes appels en plus des siennes pour cette journée-là. Qu'en dis-tu ?" "J'en dis que c'est merveilleux, comme toi mon amour."

Dix jours plus tard Juste et Jeannine se promettaient l'un à l'autre entre eux-mêmes et le Créateur sans aucune autre cérémonie.

"Moi Juste Juste, je te prends pour épouse, toi Jeannine Ste-Jolie pour t'aimer, te chérir et te garder tout au long de ma vie et si cela est possible, au delà de mes jours et que Dieu Lui-même soit témoin de ma sincérité envers toi." "Moi Jeannine Ste-Jolie, je te fais la même promesse en y ajoutant que ma fidélité envers toi sera sur mon menu de tous les jours et mes nuits et si c'est possible, même après la mort." "Je nous déclare donc mari et femme et que sa consommation prenne place sans tarder, puisque c'est la volonté du Créateur que nous devenions une seule chair le plus tôt possible, et pour que sa volonté soit faite de peupler la terre." "Je dois t'avouer que je trouve ça très original." "Tenons parole et allons consommer, veux-tu ?" "Tout de suite mon amour." "Aie, je compte sur toi pour m'aider à contrôler ma vitesse ; tu connais tes besoins mieux que moi."

Juste m'a bien dit de ne pas entrer dans tous les détails, mais il m'a permis de dire qu'ils étaient tous les deux très satisfaits de leur première nuit et qu'il n'a pas eu à s'absenter trop souvent.

Le lendemain, la famille et tous les invités ont célébré leur union avec des danses, des chants, des discours et beaucoup de questionnements sur la façon qu'ils se sont mariés.

C'est sûr que tous ceux qui font les choses un peu différemment des autres sont regardés de travers, mais le couple de mariés semblait se foutre totalement et heureusement de toutes ces opinions divergentes. Et c'est bon pour eux aussi, car aucun d'entre eux n'aura à les faire vivre, ce qui fait qu'ils ne doivent rien à personne, même pas une explication.

La mère de la mariée avait aussi quelques réserves à ce sujet, mais elle a préféré respecter la décision de sa fille. C'est souvent ce qu'il y de mieux à faire pour une bonne harmonie familiale. Tant de gens sèment la discorde en émettant leur opinion qui diffère de celle des autres. Ils n'ont pas compris ce que voulait dire : 'Paix sur la terre aux hommes de bonne volonté.'

Puis le couple s'est envolé pour Honolulu, mais après deux jours de plages et trois nuits d'amour intensif, Jeannine lui a demandé s'il ne connaissait pas quelques clubs de pêche dans le Nord du Québec ou de l'Ontario.

"Attends quelques secondes ; je vais demander à ton père, il saura sûrement nous diriger." "Je peux l'appeler, si tu veux." "Ce n'est pas la peine, je serai revenu avec une réponse avant que tu ne l'aies rejoint." "Je n'en crois rien. Je sais que tu es rapide, mais quand même." "Essaie de le rejoindre, tu verras bien."

“James, connais-tu un club de pêche éloigné où nous pourrions séjourner quelques temps loin de tous et en paix.” “Bien sûr Juste, voici les clefs de notre chalet au club Windigo, juste un peu au sud de Windigo. Vous trouverez tout dont vous aurez besoin, y compris les lignes à pêche, une chaloupe et moteur, de la nourriture et toutes sortes de vêtements et surtout de quoi éloigner les moustiques. Plusieurs ministres et plusieurs députés y séjournent durant l’année.” “Merci beaucoup, on se revoit dans une semaine ou deux.”

“Je voudrais le 555-1212-1819-555-0000, s’il vous plaît.”

“Ce n’est plus la peine chérie ; j’ai déjà la clé de notre prochaine résidence.” “Je n’en crois rien. Je veux dire, tu plaisantes ?” “Continue, demande à ton père, tu verras bien.” “Si je peux finir par obtenir la communication avant l’heure de notre départ, j’en serai heureuse.”

“Maman, comment vas-tu ?” “Moi, mais je vais très bien ma fille, mais toi, ne me dis pas que tu t’ennuies déjà ?” “Loin de là maman, mais s’il existe un ciel au-dessus du septième, alors j’y suis. Non, je voulais juste obtenir une information de papa, veux-tu me le passer.” “Le voilà, porte-toi bien.”

“Allô Jeannine, tu vas bien ?” “Je vais très bien papa, mais je voulais savoir si tu connais un endroit où nous pourrions séjourner loin de tous et en paix pour quelques temps.” “Es-tu bien avec ton mari ? Je viens tout juste de lui remettre les clefs du chalet ministériel, qui est normalement réservé aux dignitaires." "Oui, oui, il est bien là près de moi avec le fou rire. Il se moque de moi et il a bien raison." "Il te faudra apprendre à lui faire confiance ma fille ; c'est tout un phénomène ce gars-là." "Merci papa, on se voit plus tard."

"Tu as eu le temps d'y aller, de lui parler, de prendre les clefs et de revenir avant que je puisse obtenir la ligne pour leur parler. Cela est inimaginable." "Cela t'a pris tellement de temps que j'aurais pu y aller trois fois et revenir trois fois. N'en doute pas, je suis sérieux." "Ho, je ne doute plus. C'est incroyable, mais je te crois." "Nous partirons juste après notre petit déjeuner demain matin, si cela te convient." "En autant que je puisse être dans tes bras, cela me conviendra toujours mon mari adoré."

Après un repas délicieux et une belle soirée dansante, ils sont montés à leur suite royale pour une dernière nuit passionnée dans cette région tropicale.

Le lendemain, après leur petit déjeuner, ils ont pris place dans une auto taxi et Juste lui a demandé de l'embrasser une dernière fois sur cette terre aride mais plaisante. Jeannine qui devient toute drôle quand Juste l'embrasse ; ce que je décrirais comme étant un état d'extase, ne s'est jamais rendue compte du trajet de l'Honolulu au chalet ministériel qui leur a été offert par le ministre.

Juste avait demandé à son insu à Surhumain de les amener à leur destination et de ramener cette auto avec son chauffeur, qui lui n'a jamais rien compris de tout ça, mais qui était quand même heureux de recevoir un pourboire de cent dollars pour un voyage de huit minutes. Les deux seules choses qu'il s'est demandées sont comment il se faisait qu'il ne pouvait plus trouver l'aéroport et pourquoi il y avait tant de brume. Il y avait bien là pour lui une raison de se gratter la tête. Mon chien en aurait fait tout autant.

Avant ce départ, Juste a aussi et ça à l'insu de sa nouvelle épouse, mais lorsqu'elle s'était assoupie pour quelques heures et à quelques reprises ; il est allé à la recherche d'autres pierres précieuses et d'autres perles au beau milieu de l'océan. Il a à cœur de les prendre là où nul autre n'aurait la moindre chance de les trouver. De cette façon Juste n'a pas l'impression de prendre quoi que ce soit à qui que ce soit. Il a toujours à cœur le sens de la justice et de l'honnêteté, c'est sa devise.

"Quel endroit, quel beau lac dans la nature ! Peu de choses pouvaient me faire autant plaisir. Les Autochtones peuvent bien nous en vouloir de leur avoir fait perdre cette richesse." "Les Autochtones qui veulent vivre dans la nature, comme ils le faisaient, il y a quelques centaines d'années peuvent encore le faire s'ils le veulent, mais je crois que beaucoup d'entre eux préfèrent vivre là où l'alcool est plus accessible. Je me demande même s'ils réalisent quelle chance ils laissent tomber en vivant dans les grands centres au lieu d'un lieu comme celui-ci. Si j'avais les choix qu'ils ont, de chasser et de pêcher à volonté et sans même un permis pour le faire et presque partout, je n'hésiterais pas longtemps." "Tu as bien raison, cet endroit est tout simplement merveilleux." "Il y a des milliers d'endroits tout aussi beaux et aussi vierges que celui-ci." "C'est quand même risqué de vivre aussi loin des hôpitaux, non ?" "S'il faut attendre de dix-sept à vingt-quatre heures dans une urgence d'un hôpital de Montréal ; tous auraient le temps de se rendre au plus proche hôpital en moins de temps.

Mais assez parler des problèmes de ce monde, allons plutôt à la pêche ; j'ai une envie folle de manger du doré." "As-tu ton permis ?" "Il est inclus avec notre droit de séjour ici. Il faut savoir que durant les chauds mois d'été, il n'y a rien comme la Canadian wiggler pour pêcher en profondeur. Et si l'on y ajoute un petit morceau de ver de terre à une partie de l'hameçon, il devient dix fois plus efficace. C'est super excellant, surtout lorsque le poisson n'a pas du tout envie de mordre. Et lorsqu'on n'a plus de ver, alors un petit morceau de chair de poisson est tout aussi efficace.

J'ai fait de superbes parties de pêche avec ce truck et parce que je suis extrêmement occupé, cela me permet de prendre ma limite en peu de temps." "Je vois que tu t'y connais, mais d'où te viennent toutes tes connaissances sur la parole de Dieu ?" "Moi et le Créateur nous communiquons régulièrement et c'est Lui qui m'a donné le pouvoir d'entendre les appels urgents et cela m'est attribué parce que j'aime la justice par-dessus tout. J'en ai appris beaucoup en lisant quelques livres que je te suggère aussi. Ils sont de Jacques Prince, l'auteur." "As-tu quelques titres à me suggérer ?" "Commence par : Précieuse Princesse Du Pays Des Rêves ; de cette façon tu verras d'où il vient. Puis celui dont j'ai le plus aimé est : Pourquoi Je Dois Mourir Comme Jésus et Louis Riel ? Il t'aidera à comprendre la parabole de l'ivraie et tous les mystères du royaume des cieux. De ceux-ci tu trouveras d'autres titres du même auteur. Je l'aime surtout parce qu'il fait ressortir les messages du Messie et il dénonce les mensonges et les contradictions des faux prophètes et des faux disciples. Je pense que c'est génial et courageux de sa part, parce qu'il fait face à une énorme machine destructive. Je le sais, parce j'ai dû moi-même me défendre contre elle à plusieurs reprises.

Et bien, nous avons nos limites maintenant. Que dire si nous allions en faire cuire quelques-uns ?" "Je suis d'accord, d'autant plus que je commence à avoir mal aux fesses." "Ne faut surtout pas abîmer cette partie bien-aimée de ton anatomie. Tu veux bien faire cuire les pommes de terre ? Je vais préparer le poisson " "J'y vais sur-le-champ, moi aussi j'ai faim."

Ce couple d'amoureux a passé dix jours d'absolu bonheur en profitant de cette belle nature et ils se sont promis de répéter cette aventure aussi souvent que cela leur sera possible.

“Crois-tu que nous pourrions prendre l’autobus pour descendre ?” “Attends quelques secondes, je vais voir s’il y a le service..... Il y a un départ à sept heures le matin et sept heures le soir. Qu’est-ce que tu préfères ?” “Je préfère le matin pour nous donner la chance de voir quelque chose.” “J’ai bien peur que tu ne verras que du bois et encore du bois et quelques lacs.” “Cela fera une différence d’avec de la brume et des nuages.” “Tu n’aimes pas voyager dans les airs ?” “Je m’y habituerai peut-être, mais je préfère en effet avoir les deux pieds sur terre.” “Les risques sont cent fois plus nombreux ici-bas, mais ce que ma femme veut, je le veux aussi.” “Tu es tellement gentil que s’en est difficile de le croire.” “Nous partirons donc sur le bus de sept heures demain matin. Quelqu’un va nous prendre ici à six heures. Ça sera un assez long voyage, alors il vaudrait mieux avoir une bonne nuit de sommeil.”

Une demi-heure après leur départ, alors qu’ils descendaient une longue côte droite, le bus s’est mis à accélérer d’une façon épeurante. Le chauffeur d’une voix tremblante a demandé aux passagers à l’aide de son micro de demeurer calmes et de faire leur prière, car selon lui les freins avaient été sabotés et il était aussi dans l’impossibilité de couper le contact.

Juste n’avait qu’une pensée en tête et c’était de souhaiter que Surhumain ait le temps de venir à leur secours sans tarder. Comme ils arrivaient au bas de cette côte et qu'il y avait une courbe s'inclinant vers la gauche, le bus commençait à déraper et à pencher dangereusement du côté opposé vers un précipice qui ne laisserait aucune chance de survie à aucun des passagers, sauf pour Juste qui pouvait se déplacer au moment opportun. Mais, pensait-il, 'comment pourrais-je me déplacer et laisser derrière moi celle que j'aime plus que moi-même ?' Mais au moment même où le bus à une vitesse de plus de cent mille à l'heure quittait le sol pour capoter en dehors du chemin, Surhumain s'en empara et le déposait quelques minutes plus tard au terminus d'autobus sur la rue Ste-Catherine à Ottawa.

Plusieurs passagers ont dû être ranimés, puisqu'ils avaient perdu connaissance. Le chauffeur était dans un état de choc ainsi que quelques autres passagers. Il va sans dire qu'ils ont tous vu la mort de près. Jeannine n'a absolument rien vu, puisque Juste l'a gardé serrée dans ses bras la tête blottie contre sa poitrine.

Le contrôleur est venu engueuler le chauffeur en lui faisant le reproche d'être huit heures en avance. Lorsque ce dernier lui a dit qu'il le mettrait à l'amande, le chauffeur s'est mis à rire comme il ne l'avait jamais fait de toute sa vie. C'était sans aucun doute le rire d'une personne à bout de nerfs et d'incrédulité à la fois, mais il a quand même dit au contrôleur que ce bus devait être mis sous enquête immédiatement et qu'il devait être bougé que derrière une remorqueuse. C'était tout un événement pour quelqu'un qui ne croit pas aux miracles.

Juste a reconduit Jeannine chez son père et il s'est absenté pour quelques minutes, question d'aller voir près de l'endroit de ce départ qui avait pu attenter à tant de vies. C'est dans un camp près du lac où il avait séjourné avec son épouse qu'il trouva une réponse à son questionnement. Deux hommes à la peau rouge se réjouissaient de leur bon coup en buvant, dansant et en chantant leur cri de guerre.

Juste est entré en criant d'une voix très forte.

"Tuer des gens vous fait rire, chanter et danser de joie ?"

Les deux hommes se sont arrêtés soudainement, se demandant l'un l'autre qui de l'un ou de l'autre avait crié de la sorte.

"Pourquoi me cries-tu après comme ça ?" "C'est pas moé qui a crié, c'est toé." "Moé j'ai pas crié, je chantais." "Moé itou."

"Vous êtes des tueurs et vous serez pris, je peux vous l'assurer." "Qui es-tu et d'où viens-tu ?" "Je suis un passager de l'autobus que vous avez saboté. Je suis devenu un fantôme et je vous poursuivrai tant et aussi longtemps que vous ne vous aurez pas livrés aux autorités policières. Vous êtes de crapuleux criminels et vous devrez payer." "Montre-toi la face pour que je te casse la gueule." "Je suis ici. Non je suis ici. Tu n'as pas vu, pourtant je suis ici. Mais arrêtez de tourner en rond, vous m'étourdissez et je suis ici. Vous avez trop bu ; vous ne voyez plus rien. Je vous dis que je ne vous lâcherai pas d'un pouce tant et aussi longtemps que vous ne serez pas derrière les barreaux. Dites-moi, pourquoi commettre un tel crime ?" "Vous venez voler ce qui nous appartient." "Vous avez payé combien pour tout ce territoire ? Avez-vous un reçu ? Manquez-vous de poisson et de gibier ? Vous ne savez pas vivre parmi le monde ; il vous faut donc être mis à l'écart. Tentative de meurtre contre une vingtaine de personnes, cela devrait vous valoir au moins de douze à vingt ans. Je vous trouverai peu importe où vous serez, soyez-en sûrs. Rappelez-vous aussi que le seul endroit où vous serez tranquille en ce qui me concerne est derrière les barreaux. Je vous laisse réfléchir à tout ça pour un court temps, mais je reviendrai, c'est certain."

"Qu'est-ce que tu penses de ça ? Est-ce qu'il va revenir ?" "Il a l'air mauditement sérieux. Nous sommes fais, je pense. Nous pourrions toujours le descendre si on le voyait, mais personne ne peut tirer sur un fantôme." "Tu crois aux fantômes toé, pas moé ?" "T'appelle ça comment un gars qui nous parle et qu'on ne peut pas voir ? On était peut-être un peu soûls au début, mais là, je sais c'que j'dis." "Allons passer la nuit au camp des bouleaux, on verra bien."

"Ça va chérie ? Tu n'es pas trop secouée ? J'ai trouvé les deux hommes responsables de cet attentat et je vais les forcer à se livrer. As-tu mis le poisson au congélateur ?" "Oui, papa est heureux que tu aies pensé à lui et il t'est reconnaissant." "C'est bien la moindre des choses, après ce qu'il a fait pour nous. Il nous faut trouver une maison maintenant. Préfères-tu la ville ou la campagne ?" "Je suis un peu déchirée entre les deux. Ici c'est comme la campagne en ville. Je pense qu'une villa serait l'idéale, mais seulement si nous pouvons nous la permettre. Je pense que je peux satisfaire tes désirs pour que tu sois heureuse, mais quant à moi, je préfère vivre simplement." "Comment peux-tu dire ça, avec la vie que tu mènes ?" "J'ai toujours tout donné aux pauvres, puisque je n'avais besoin de presque rien pour moi-même. Que dirais-tu si nous regardions et comparions la différence entre une villa en ville et une place de cinq âcres ou plus en campagne, mais près de la ville ?" "C'est une superbe idée, faisons ça." "Je vais aller voir et puis, je te ferai visiter ce que j'aurai trouvé d'intéressant, qu'en dis-tu ?" "C'est parfait. Vas-y, je vais m'étendre quelques minutes." "Ça va ? Tu n'es pas mal ?" "Non, non, j'ai juste besoin de ralentir quelque peu. Tout va tellement vite." "Ho, je m'excuse, mais j'apprendrai, ça aussi je peux le faire rapidement." "Ça va aller. Vas-y, il sera bon d'avoir notre chez-nous, pour moi comme pour toi."

Après l'avoir embrasé, Juste partit à la recherche d'une propriété et Jeannine est allée s'étendre. Il faut dire qu'elle a toujours une superbe suite dans la maison de son père. Le seul fait de devoir quitter le milieu familial et familier lui donnait un peu le cafard. Mais étant ce qu'elle est, c'est-à-dire, une jeune femme solide et raisonnable ; elle s'adoptera rapidement à sa nouvelle existence. Elle ne s'en est pas aperçue, mais Juste est venu vérifier à quelques reprises pour voir si elle était bien et comme elle dormait paisiblement, il est reparti en douce. Pour lui donner le temps de s'y faire, il lui a dit qu'ils ne pouvaient pas visiter les lieux avant une semaine ou deux. Il a trouvé en peu de temps deux villas dans la ville et deux parcelles de cinq âcres près de Gatineau avec des maisons à l'allure très pittoresque. Il y en avait bien une autre, mais à cause du prix exorbitant, il a préféré ne pas s'y arrêter trop longtemps. Il était certain que Jeannine choisirait l'une d'elles. Le coût des propriétés et le coût de leurs taxes est de beaucoup moindre en dehors de la ville, qui plus est, il est souvent plus rapide de se rendre aux grands centres venant de la banlieue que de rouler en ville avec tous ses feux de circulation.

Jeannine n'a rien dit, mais ce qui l'a quelque peu troublé et bouleversé est la peur qu'elle a ressentie chez les autres passagers ainsi que celle qui coulait dans les veines de son mari. Elle savait très bien que même s'il n'a rien dit, pour que son mari se sente ainsi, il fallait que la situation soit très grave. Puis elle s'est aussi sérieusement demandé s'il n'était pas la cause de cette situation. Quoi qu'il en soit, il est son mari, elle l'aime de tout son cœur et elle est unie à lui pour toujours.

Puis elle s'est mise à réfléchir à toute cette situation et elle a réalisé que si ce n'eut été de lui et son appel à Surhumain, cet autobus aurait été retrouvé au fond du ravin avec tous ces cadavres, elle inclue. Elle qui souhaitait garder les pieds sur terre, était finalement très heureuse d'avoir voyagé dans les airs pour ce dernier voyage.

De son côté Surhumain était trop pressé pour attendre les remerciements de qui que ce soit, quoi qu'il était aussi très heureux d'avoir pu sauver tout ce monde, surtout l'épouse de son meilleur ami.

Il était conscient aussi que deux secondes plus tard, il aurait été trop tard. C'est le seul reproche qu'il avait pour Juste et il lui a dit : 'N'attends plus jamais à la dernière seconde.'

Juste a répliqué en disant qu'il en restait deux. Les deux ne pouvaient qu'en rire malgré tout et ce n'était pas la première fois qu'ils l'avaient échappé de près.

Puis James avait de quoi changer les idées des nouveaux mariés et leur humeur lorsqu'il est entré de son travail.

"C'est samedi soir prochain que nous célébrons la bienvenue du prince et de son épouse. Moi, Jeannette, Jeannine et Juste sommes inscrits sur la liste d'invités. Jeannine a toujours aimé ces bals dansants depuis son bal de finissante.

"J'espère que tu sais danser Juste ?" "Pas tellement, mais j'apprends très vite. Ce sont surtout des grandes valses, le foxtrot et des valses lentes, n'est-ce pas ?" "Je ne dirais pas ça, la Princesse Diana aimait beaucoup danser le Rock'n Roll."

"Moi j'aime toutes les danses, mais je préfère la grande valse." "Je ferai mon grand possible pour bien la danser chérie et de ne pas te faire honte." "Fais juste ce que tu peux et je m'en contenterai mon chéri." "Il faut aussi penser au costume que je devrai porter." "Il me semble que ton costume de prince d'Arabie serait de circonstance ; s'il ne t'empêche pas de danser, comme de raison." "Faudra peut-être se pratiquer un peu avant la grande soirée." "C'est peut-être une bonne idée pour éviter les mauvaises surprises."

Sans perdre de temps Juste s'est enregistré pour des cours de danse accélérés dans trois écoles de danse privées. Il n'avait que six jours pour en apprendre assez, afin d'impressionner sa nouvelle épouse qu'il ne voulait en aucun cas décevoir.

Heureusement, comme il l'a lui-même dit ; il peut apprendre rapidement. Dès la première journée et même dès la première séance, il a impressionné son éducatrice qui n'en revenait tout simplement pas. Il a réussi à maîtriser trois figures importantes avec le foxtrot, deux avec la grande valse et la base de la valse lente. Puis il s'est rendu chez un autre professeur où il a réussi à maîtriser le rock'n'roll en moins de quinze minutes et le Mambo en une demi-heure. De là à la troisième, il n'a pas eu de problème du tout à apprendre la samba, le meringue et le cha cha cha. Il ne lui restait plus qu'à pratiquer et de se familiariser avec la musique de chacune de ces danses. Le pire était passé, pensait-il, mais il lui fallait quand bien même mémoriser tout ça en peu de temps ; ce qu'il a fort bien réussi.

Mais danser avec un professeur ou sa femme en privé et le faire devant quelques centaines de personnes, il y a une large marge. Cependant, il n'avait pas montré à Jeannine toutes ses connaissances sur la danse et il lui réservait quelques bonnes surprises pour la soirée dansante.

La dite soirée venue, Jeannine eut la surprise de sa vie. La soirée a bien commencé avec un court discours du Premier Ministre en guise de bienvenue pour ses invités ; suivi de la danse et Juste avait vraiment l'allure d'un Prince d'Arabie et il a impressionné tout le monde avec sa façon presque professionnelle de danser, mais ce ne fut pas là la plus grande surprise pour Jeannine et ses parents.

À la première intermission de l'Orchestre Symphonique où tous et chacun prenaient place sur leur siège respectif ; un messager du prince invité venait déposer avec un salut des plus distingués et sur un plateau d'argent une note sur laquelle était déposé le sceau de sa royauté. Lorsque la note en question lui fut présentée ; Jeannine regarda son mari d'un œil inquisiteur pour une approbation. Elle craignait surtout une demande d'un admirateur pour lequel elle n'était pas du tout intéressée, peu importe de qui elle venait. Juste lui sourit et il lui a dit de ne pas craindre, qu'il était là pour elle en cas de besoin. Finalement Jeannine a pris ce bout de papier et le déplia pour lire ce qui suit : 'Veillez recevoir mes plus sincères excuses chère madame, pour mon intrusion à votre charmante soirée, mais j'aimerais vous faire une offre de trois millions de dollars pour les bijoux que vous portez. Sincèrement vôtre, le Duc de Cambridge.'

Sans même regarder son mari, Jeannine a pris sur elle de répondre sans hésiter que ses bijoux étaient un présent dont elle ne pouvait pas se départir, puisqu'ils étaient de son mari et que leurs valeurs étaient aussi grandes que sa propre vie.

Le messager s'en retourna avec la réponse sur ce même plateau vers celui qui avait entrepris cette démarche. Le Duc lisait soigneusement la réponse à son offre et lui fit une autre offre qu'il déposa sur le plateau de nouveau. Comme de raison, le messager s'en retourna vers Jeannine une autre fois et il présenta le plateau une autre fois à celle-ci. Mais Jeannine n'ayant toujours pas changé d'avis retourna la même réponse que la première.

"Qu'est-ce qui se passe Jeannine ?" "Ce n'est pas cinq millions qui me feront abandonner le plus beau présent dont j'ai reçu de toute ma vie. Si encore nous étions à court d'argent, mais à ce que je sache, ce n'est pas le cas." "Je pense que tu as affaire à un connaisseur ma fille et je pense aussi que s'il en offre autant ; c'est qu'ils valent encore plus ou alors ils sont d'une rareté telle qu'ils n'existent pas ailleurs." "C'est bien possible, il n'y a plus rien de surprenant venant de Juste."

Juste regarda tous les trois et il leur sourit gracieusement. Puis il dit à Jeannine : "Si cela ne t'ennuie pas trop chérie, laisse-moi répondre s'il revient, veux-tu ?" "Bien sûr, mais tu ne vas pas les vendre, n'est-ce pas ?" "Mais je n'en ai pas le droit ; ils ne sont plus à moi. Ils t'appartiennent désormais et je ne voudrais surtout pas que tu t'en départisses." "Alors on est d'accord." "Bien sûr que nous le sommes."

Lorsque ce messager est revenu pour la troisième fois, Juste a pris l'affaire en mains et il a pris sur lui de répondre lui-même au Duc. Il a rapidement répondu en demandant au Duc de lui donner quarante-huit heures de réflexion et de lui dire à quel endroit il pourrait le voir au terme de ce délai. Cette dernière offre n'était pas moins de dix millions, mais il n'en soufflait pas mot à son épouse. Jeannine avait ce qu'elle voulait et la Duchesse aurait ce qu'elle veut dans quelques jours, c'est-à-dire quelques pièces uniques au monde. Il est vrai que le couple princier était connaisseur.

La danse a repris de plus belle et le plancher s'est rempli rapidement. La musique était envoûtante et Jeannine s'est sentie une autre fois comme étant en lune de miel. Elle s'est même demandé si Juste n'avait pas toujours été un bon danseur depuis longtemps. Il pouvait lui en apprendre, ce à quoi elle ne s'attendait pas du tout.

Mais comme toutes bonnes choses ont une fin, la soirée prenait fin elle aussi. C'est lorsque le couple de nouveaux mariés s'apprêtaient à sortir de l'enceinte que le messager du Duc se présentait une dernière fois devant Juste pour lui remettre une dernière note, lui indiquant la marche à suivre.

Juste emmena sa douce épouse à sa suite chez son père. Il était une heure du matin et il a pris le temps d'endormir celle-ci avec des caresses à n'en plus finir. Lorsqu'elle fut endormie solidement, il s'est rhabillé pour le départ d'un long voyage. Il était à ce moment-là trois heures du matin, c'est-à-dire neuf heures à Paris, l'heure exacte de l'ouverture de la bijouterie où reposaient toutes les autres perles non utilisées et les pierres précieuses qui lui appartiennent.

"Comment allez-vous ce matin ?" "Je vais très bien et comment va votre princesse ?" "Elle va merveilleusement bien et elle dort paisiblement au moment où nous parlons." "Qu'est-ce que je peux faire pour vous aujourd'hui ?" "Je voudrais que vous me fassiez une réplique parfaite de ce que vous avez fait la première fois. Est-ce possible ?" "Avez-vous une autre princesse ?" "Ça, c'est un peu indiscret, mais non, c'est une toute autre histoire qui ne vous concerne pas. Pouvez-vous me faire une réplique ?" "Je m'excuse monsieur." "Il n'y a pas de quoi, mais répondez-moi vite, je suis pressé." "Attendez un instant, je vais voir. Le premier en a pris cinquante-deux, il en manque donc huit pour une réplique parfaite, puisque vous m'en avez donné une pour le travail." "En voici neuf autres, quand pourrais-je les reprendre ?" "Donnez-moi vingt-quatre heures. Qu'elles sont belles ! Celles-ci sont encore plus précieuses que les autres." "Servez-vous-en pour le bracelet ; on ne verra peut-être pas la différence et faites comme la dernière fois ; gardez la moins précieuse pour votre travail." "Je vous ai dit qu'elle valait environ quinze mille, mais j'en ai obtenu vingt mille." "Merci pour être honnête avec moi, mais cela met égale ; ce qui est donné est donné et moi je suis satisfait et si vous l'êtes aussi, alors nous sommes quittes. On refait donc la même chose. Je reviendrai à la même heure demain matin. Au revoir !"

Juste est retourné auprès de son épouse qui était toute éveillée.

"Je me suis réveillée en te cherchant, puis je t'ai cru dans la chambre de bain, mais non, je n'avais plus de mari près de moi." "J'ai oublié de te dire que mes vacances sont terminées. Je m'excuse, mais tu semblais dormir si bien que je n'ai pas voulu te réveiller avant mon départ qui a quand même été de courte durée." "Quelque chose de grave ?" "Pas très grave, mais très important." "Viens-tu dormir ?" "Bien sûr, si tu me pardonnes." "Ne sois pas ridicule, je n'ai rien à te pardonner du tout et tu fais exactement ce que tu as à faire et en tout temps. C'est comme ça que sera notre vie." "Demain je t'emmène visiter les quatre propriétés dont j'ai trouvé et qui pourraient nous intéresser." "Que dirais-tu de m'emmener voir celle dont tu penses pourrait faire mon bonheur ?" "C'est une excellente idée et cela pourrait bien nous sauver un temps précieux."

Comme entendu, le lendemain Juste emmena Jeannine visiter une parcelle de terre de vingt âcres sur laquelle est bâtie une maison château complètement neuve de huit chambres à coucher, comprenant une penderie et une salle de bain, trois chambres de bain luxueuses, un boudoir pour la nouvelle mariée, un salon d'une assez grande superficie pour servir de salle de danse, une salle à manger capable d'asseoir une quarantaine de personnes et une cuisine qui pourrait faire l'envie du meilleur cuisinier au monde.

Il y a aussi une maison beaucoup plus modeste pour la famille du jardinier, qui prendra soin aussi de tous les animaux.

La moitié de la propriété est boisée et l'autre moitié est en verdure et en pâturage pour les chevaux. Il y a aussi un petit lac plein de poissons à l'autre bout avec une cabine pour les jours où nous avons besoin de nous évader quelque peu. Le tout est très bien clôturé avec un système de sécurité adéquat.

"Tu ne penses pas que c'est trop et trop beau et probablement trop cher ?" "Il n'y a rien de trop beau pour toi ma chérie, tu devrais savoir ça." "Mais, pouvons-nous

nous la permettre ? Voilà la question ! " "Si je joue bien mon jeu, elle nous sera donnée dans quelques jours." "Tu es de plus en plus intrigant, mais quoi qu'il en soit, je te crois, quoique c'est bien incroyable. Mais j'ai déjà vu tellement de choses incroyables depuis le peu de temps je te connais, que je ne doute plus de toi." "Est-ce que tu l'aimes ?" "C'est un endroit absolument merveilleux, mais serons-nous au moins capable d'en payer les taxes ?" "Je crois pouvoir m'arranger avec ce détail-là aussi. Qu'en dis-tu ?" "Je ne rêvais pas de tant et je n'en demande pas tant non plus." "Laisse-moi te poser la question d'une autre façon. Si tu possédais une telle propriété, cette propriété, voudrais-tu vivre ailleurs ?" "Ma réponse est non, mais je ne veux pas que tu sois pris à la gorge par des payements qui n'en finissent plus non plus." "Ne crains rien pour ça, je n'aurai aucun payement à faire et toi non plus." "De l'intrigue, toujours de l'intrigue et encore de l'intrigue ! " "Hé oui, que veux-tu ? Je suis intrigant, mais je promets de tout t'expliquer aussitôt que l'affaire sera conclue. Est-ce que ça te va ?" "Mais oui, que faire d'autre ?" "Me serrer dans tes bras et m'embrasser me feraient du bien." "À moi aussi, viens. Mais tu ne m'as pas dit quel est le prix demandé." "Le prix est de 9.5 millions." "Rien que ça ? Ce n'est rien, on peut trouver ça sur le bord de la mer, comme de petites pierres blanches." "Tu n'as jamais cru si bien dire."

À trois heures du matin, heure d'Ottawa, Juste était de nouveau à Paris pour prendre les bijoux précieux dont la Duchesse se mourait d'envie et dont le Duc ne pouvait pas lui refuser.

"Tout est prêt comme prévu." "Vous êtes un bijoutier hors paire. Vous n'avez pas d'inconvénient à continuer notre arrangement ? Vous garderez précieusement mes pierres précieuses et mes perles jusqu'à ce que je me manifeste de nouveau en échange de la différence du coût de votre travail et de vos gains ?" "Cela me convient parfaitement, en effet monsieur." "Voici, j'ai une dizaine d'autres perles et huit autres pierres précieuses à vous confier." "Wow, cela vaut des millions. Est-ce que vous avez trouvé une mine ?" "Avec moi la discrétion est de mise et je ne vous demande pas où vous avez pris l'argent pour ouvrir votre bijouterie et j'en attends tout autant de votre part. Si vous avez besoin de me parler ; vous n'aurez qu'à dire Juste Juste et je vous répondrai, mais ne le faites pas sans raison importante, d'accord ?" "D'accord. Au revoir et merci."

Juste est revenu vers sa bien-aimée et il a bien pris soin d'échanger le bracelet de Jeannine pour ce dernier dont la valeur était plus que du double du premier. Après tout le Duc voulait celui que Jeannine portait le soir du bal.

C'est plus tard cette journée-là que le marché devait se conclure entre le Duc et Juste. Cela allait peut-être

être un peu plus compliqué qu'une simple vente, mais c'était pour Juste à prendre ou à laisser.

"Puis-je savoir ce que vous et votre femme avez décidé ?" "Bien sûr que vous le pouvez." "Mais auparavant me direz-vous si vous êtes toujours prêt à vous le procurer au prix offert ?" "Je n'en démarre pas, il nous faut ces bijoux." "Alors voici ce que je vous propose pour qu'elle puisse consentir à laisser aller ces pièces uniques au monde et qui sont à vrai dire sans prix, non seulement pour elle, mais pour tous les collectionneurs du monde. Je ne serais pas surpris si vous pouvez doubler ce montant un jour prochain.

Il y a une propriété dont elle est intéressée et elle est presque du même montant. Je veux donc que vous l'achetiez et que vous lui en fassiez cadeau. Donnant, donnant, moi en retour je vous donne ces bijoux. Étant de la royauté, vous n'avez pas de taxes à payer ; ce qui est une énorme épargne et parfaitement légale." "Mais une fois que cette propriété sera à son nom, elle devra payer les taxes qui y sont appliquées, à moins que je garde une partie du titre." "Exactement, qu'en dites-vous ?" "Il faudra voir ce qu'en dit le notaire." "J'ai déjà réservé le temps chez le notaire. Vous venez ?" "Avant, j'aimerais revoir ces bijoux une autre fois, si vous le permettez." "Bien sûr, mais montrons-les à votre épouse en même temps."

Juste étalait ces merveilles devant les yeux du couple royal éblouis par la splendeur de ces derniers.

"Quelle beauté que ceux-ci ! Ma grand-mère va m'en vouloir à mort." "Là, ce n'est plus mon problème M. le Duc. Allons chez le notaire maintenant ; l'achat de cette propriété n'attend plus que votre signature et votre chèque aussi, comme de raison." "Vous étiez donc sûr de vous, sûr de votre coup ?" "Vous êtes un homme sérieux et moi aussi. C'est le genre d'hommes avec qui j'aime faire des affaires, car avec eux, il n'y a pas de niaisage, pas de tatawinage. Je dois vous dire quand même une chose importante. Il n'y a que deux sets identiques de ces bijoux au monde et c'est moi qui les ai fait fabriquer tous les deux. Si jamais vous voulez d'autres pierres précieuses, vous n'aurez qu'à me faire signe en prononçant mon nom qui est Juste Juste."

Aussitôt que la propriété était enregistrée au nom de Jeannine à 99 % et au nom du Duc à 1 %, Juste a remis les soi-disant bijoux tant désirés au Duc qui s'en alla plus heureux que jamais. Comme il l'a dit lui-même : 'Je suis aussi heureux que le jour de notre mariage et ce n'était pas plus cher.'

Tout heureux de son dernier exploit, Juste s'en est retourné chez sa bien-aimée pour lui annoncer la bonne nouvelle.

"Tu ressembles à quelqu'un qui vient tout juste de réussir un bon coup, est-ce que je me trompe ?" "Non ma chérie, mais cela m'inquiète un peu que tu puisses lire en moi aussi facilement. J'ai même l'impression que je ne pourrai plus jamais rien te cacher." "Raconte, je sens que tu en meurs d'envie." "Que dirais-tu d'être la propriétaire de la propriété dont nous avons visité un peu plus tôt ?" "Je te dirais que c'est absolument merveilleux, mais je te demanderais quand même, où as-tu trouvé l'argent en si peu de temps ? Je te demanderais aussi pourquoi elle n'est pas enregistrée en ton nom ?" "Je te répondrai que c'est tout simplement parce que je n'ai pas de statut social. En réalité je n'existe pas ou je n'existe que pour toi et pour tous ceux dont j'ai aidé et dont j'aiderai." "Est-ce pour la même raison que tu ne voulais pas te marier à l'église ou devant un magistrat ?" "Ça non ! Je te l'ai dit pourquoi. Je ne pouvais pas laisser un autre que le Créateur nous unir, puisque je ne veux pas seulement être uni à toi devant Dieu, mais aussi être uni à toi par Dieu et par nul autre, sinon par toi et moi.

Mais revenons à nos moutons, veux-tu ? J'ai fait un don important au Duc de Cambridge et lui en retour a acheté cette propriété pour t'en faire cadeau. C'est en quelque sorte un simple échange." "Un échange de dix millions, moi je n'appellerais pas ça un simple échange." "Simple ou pas, c'est un échange qui est complètement légal et il est enregistré chez un homme de loi en toute légalité et tu es propriétaire de notre nouvelle demeure et elle est toute prête à être emménagée aussitôt que toi, tu seras prête." "Puis-je savoir ce que tu lui as donné pour qu'il consente à me donner une telle fortune ?" "Mais oui, je lui ai donné ce que lui et son épouse souhaitaient le plus au monde, c'est-à-dire, ton set de bijoux." "Ce n'est pas vrai, tu n'as pas fait ça ?"

Sans perdre un instant, Jeannine courut à son coffre-fort pour y vérifier son contenu, mais elle ne l'a pas fait sans éprouver du remords et de la honte. Elle est revenue vers Juste la tête basse, honteuse et en s'excusant de ses propres agissements.

"Je ne pouvais pas croire que tu pouvais te départir de ce que tu m'avais donné sans m'en parler d'abord et je m'excuse d'avoir douté, ne serait-ce qu'un instant. Mais pourquoi as-tu dit avoir donné mes bijoux ?" "Parce que je lui ai donné une copie de ce que tu possèdes et il est au courant." "Mais ces bijoux ne valent quand même pas dix millions ?" "Je n'en sais rien, mais lui, en tous les cas le croit. Ce sont des bijoux qui sont uniques au monde, ça je le sais, parce que c'est moi qui ai trouvé ces perles et c'est moi qui ai fait fabriquer ce chef-d'œuvre. Je suis aussi certain que si le Duc mettait ces bijoux à vendre, il pourrait doubler son investissement. Non pas parce qu'ils le valent vraiment, mais parce qu'ils lui ont appartenu. C'est un peu honteux, mais c'est comme ça que ça marche. Les riches pensent à leur ego et ils oublient trop souvent les pauvres." "Mais tu ne vas quand même pas me dire que tu es un fantôme ?" "Certainement pas ! Ne suis-je pas un homme avec de la peau et des os lorsque tu me prends dans tes bras ?" "Peut-être, mais je crois que tu bouges beaucoup plus rapidement qu'un homme ordinaire au lit." "Ça, je ne pourrais pas dire ; je ne connais qu'un seul homme au lit et c'est moi." "Mais je te dirai que tu sais me faire plaisir et ça dans tous les sens du mot. Nous emménagerons donc en fin de semaine, question de préparer mes parents pour cette nouvelle. Je sais qu'ils auraient préféré me garder près d'eux." "'Elle quittera son père et sa mère et elle s'attachera à son mari et les deux deviendrons qu'une seule chair.'

Nous aurons peut-être cette seule chair l'an prochain, c'est-à-dire un enfant qui sera toi et moi. Nous ne serons pas tellement éloignés d'eux ; alors ils pourront nous visiter quand ils le voudront et nous aussi. Excuse-moi pour quelques minutes, j'ai un appel."

"Surhumain, comment vont les choses avec toi ? Ça s'est bien passé à Rome ?" "Oui et non, ils ont fait tout sauter pour faire comme d'habitude, c'est-à-dire, d'effacer toutes preuves qui pourraient les impliquer. Puis ils ont prétendu à un attentat contre eux pour enrayer tout soupçon. Maintenant la policia, leur armé et même la mafia s'en mêlent." "Je veux te montrer quelque chose dont j'aimerais que tu gardes un œil dessus chaque fois tu en auras l'occasion. À huit milles au sud-est de Gatineau; il y a un petit ranch avec des chevaux et une maison château, rejoins-moi là-bas si tu veux, je t'y attends." "Bien sûr !

Quel endroit magnifique, à qui appartient-il ?" "Il appartient à mon épouse adorée." "Wain, tu as bien frappé." "Ce n'est pas du tout ce que tu penses." "Je pense que cet endroit est très riche pour un homme qui n'avait rien, il y a de ça que quelques semaines. Tu devrais savoir qu'il est difficile pour un homme riche d'entrer dans le royaume des cieux." "L'homme riche pour qui ses biens sont devenus son dieu et pour lesquels il se glorifie lui-même de ses possessions est plus pauvre que le plus pauvre des hommes, mais si au contraire il glorifie le Créateur qui lui a donné ce qu'il possède ; alors il possède la plus belle des richesses." "Tu ne penses pas que vous devriez vendre ses lieux et le donner aux pauvres ?" "Le Messie a aimé et il a nourri les pauvres et il les a instruits, mail il ne les a pas enrichis monétairement, parce que trop souvent les riches ignorent les pauvres. Peux-tu affirmer que c'est notre cas ?" "Non, tu as raison." "Les pauvres ont plus tendance à se tourner vers Dieu, car ils ont besoin ; tandis que les riches pensent trop n'avoir besoin de rien et ils se glorifient eux-mêmes pour leur réussite." "Tu as encore raison, comme toujours." "Oui, c'est dont plate han ?" "Tu dois être marié à une femme très riche pour posséder un tel domaine." "Ce domaine, comme tu dis, lui a été donné par le Duc de Cambridge et pas plus tôt que cet après-midi." "Et tu n'es pas jaloux qu'un autre homme lui fasse un tel cadeau ?" "Mais pas du tout, c'est moi qui lui a demandé de le faire." "Là, je ne comprends plus rien." "Entrons à l'intérieur pour un rafraîchissement, si tu as cinq minutes et je vais tout te raconter."

Les deux hommes, ces deux héros sont entrés et ils se sont expliqués et Surhumain n'en cessait plus de s'excuser pour avoir douté et osé juger et reprendre son grand ami, mais Juste n'avait que des félicitations à lui faire.

"Si jamais tu crois une autre fois que je suis dans le mauvais chemin, n'hésite surtout pas, car c'est un chemin dont je ne veux jamais prendre, ne serait-ce qu'un instant." "Je n'en reviens toujours pas de voir combien tu es brillant." "Mais c'est le Messie qui l'a prédit. Va relire Matthieu 13, 43." "'Alors les justes resplendiront comme le soleil dans le royaume de leur Père.'

Tu as bien raison et il ne s'est pas trompé ; il était vraiment un visionnaire." "Tu te trompes un peu ; il l'est toujours. En tous les cas, moi, il me parle tous les jours et il l'a dit qu'il le ferait, mais ça, c'est pour ceux qui l'écoutent. Voir Matthieu 28, 20. 'Et voici, je suis avec vous tous les jours, jusqu'à la fin du monde.'"

"C'est qui ça, le vous ?" "À qui crois-tu que le Messie parlait ?" "Je n'en sais trop rien." "Tu devrais savoir qu'il parlait à ses disciples et que ses disciples l'écoutaient et qu'ils l'écoutent toujours. Je l'écoute et je suis heureux que tu m'écoutes, car toi aussi tu brilleras tout autant et tu es en route." "Je dois y aller." "Moi aussi. Alors, tu garderas un œil sur cette propriété afin de la protéger contre les jaloux et les envieux." "Bien sûr, je le ferai, salut." "À bientôt."

Les deux héros sont partis chacun de leur côté pour vaguer à leurs occupations individuelles. Surhumain se reprochait encore d'avoir douté de son ami et Juste se réjouissait d'avoir pu instruire le sien sans l'avoir trop frustré et toujours en utilisant les messages du Messie.

Juste se demandait si Surhumain n'avait pas raison de le blâmer pour vivre dans un si beau domaine, mais un domaine aussi merveilleux, n'est-il pas la récompense pour les justes ? Qu'aurait dit le Messie ? Ha oui, 'Il y a plusieurs demeures dans la maison de mon Père.'

Qui sait vraiment où est la maison du Père ? Surtout si, comme le Messie a dit, 'La terre est son marchepied.'

Qui plus est, ce domaine appartient à son épouse, qui elle a le plein droit d'abriter son mari, qui lui, ne l'a pas volé.

Le Messie a aussi dit qu'il y a toujours des pauvres parmi les disciples et qu'ils peuvent toujours leur faire du bien. Cela ne veut pas dire de les enrichir. Une chose est certaine, une personne en moyen avec un bon cœur est beaucoup plus en mesure d'aider les pauvres qu'un pauvre et si tous ceux qui ont le moyen de le faire le faisaient, le nombre de pauvres dans ce monde serait beaucoup moins élevé. Cependant, pensez-y bien pour une minute, si vous donnez cent dollars à une personne pauvre, elle est folle de joie et pleine d'appréciation, mais si au contraire vous le donnez à une personne riche, vous l'insultez et vous risquez une claque sur la gueule. Quelle personne préférez-vous, le riche ou le pauvre ? Le Messie a préféré le pauvre et moi aussi.

Chapitre 7

Je connais une chanson dans laquelle il est dit : 'Si tu ne peux pas prendre, c'est que tu ne peux pas donner.'

Je voyageais un jour de la Colombie-Britannique à la Saskatchewan et des difficultés mécaniques avec mon véhicule m'ont appauvri au point de manquer d'argent pour terminer mon trajet. Il faut dire qu'en ce temps-là, je ne connaissais ni Juste ni Surhumain. Ce véhicule était à court de propane et pour une raison inconnue ; il ne pouvait pas rouler plus de vingt milles à l'heure à la gazoline. J'étais à ce moment-là encore à quatre cent milles de chez moi. Je voyais bien la puissance de mes phares baisser à vue d'œil, mais j'ai quand même roulé jusqu'à j'en aie plus du tout. Je n'avais donc plus de choix du tout et il m'a fallu dormir dans mon véhicule jusqu'à la lumière du jour. Le jour venu j'ai signalé, afin d'arrêter un automobiliste dans le but d'obtenir un survoltage pour la batterie. Il est passé plusieurs automobiles avant qu'une âme charitable ne s'arrête pour voir ce que j'avais besoin, mais je me disais que je n'en avais besoin qu'un seul. Puis un jeune homme, un jeune travailleur en route pour son travail s'est arrêté et quand il a su ce que j'avais besoin ; il a retourné sa camionnette pour charger ma batterie. Il l'a fait pour une bonne demi-heure. C'est tout le temps qu'il pouvait m'accorder pour ne pas être lui-même en retard au travail et j'ai dû lui dire que j'aimerais beaucoup le dédommager, mais que je serais chanceux si j'avais assez d'argent pour me rendre chez moi. Puis il m'a demandé combien je pensais avoir besoin pour me rendre. Je lui ai répondu un peu gêné que cent dollars me suffiraient. Il est alors retourné à son véhicule et il est revenu avec cinq billets de vingt dollars, qu'il m'a ni plus ni moins forcé d'accepter. À ce moment-là je lui ai demandé son adresse afin de pouvoir lui retourner son argent. Il n'a rien voulu savoir ni même me donner son nom.

Cela m'a pris cinq heures pour me rendre à la prochaine station de service qui était à cent miles et il me semblait que ce bout de route était tout en montant.

Cet homme n'est pas un héros aussi puissant que Juste ou Surhumain, mais pour moi il est quand même un vrai héros.

Aujourd'hui j'ai une pensée sincère pour lui et elle me vient du Messie et nous pouvons la lire dans Matthieu 10, 42. 'Et quiconque donnera seulement un verre d'eau froide à l'un de ces petits parce qu'il est mon disciple, je vous le dis en vérité, il ne perdra point sa récompense.'

Ceci est une belle promesse et venant de lui ; vous pouvez être certain qu'il tiendra parole.

La raison pour laquelle je n'ai pas pu me rendre à la prochaine station de service est qu'à la station précédente l'homme de service, un autre jeune homme n'a pas voulu faire le plein complet de la capacité de mes réservoirs au propane, parce qu'il avait peur et il croyait qu'ils étaient déjà pleins. Il ne me restait plus un sou en poche lorsque je suis finalement entré chez moi. Sans ces cent dollars, je n'aurais pas pu me rendre. J'aurais été pris sur la route et forcé de mendier pour me rendre chez moi.

Le Créateur connaît nos besoins et Il sait qui mettre sur notre chemin et aussi quand il le faut. Il y a une autre belle leçon du Messie que nous trouvons dans Matthieu 6, 25-34 et entre autres celle-ci. 'Votre Père céleste sait ce que vous avez besoin. Cherchez premièrement le royaume et la justice de Dieu ; et toutes ces choses vous seront données par-dessus.'

Je peux vous assurer que ces dernières paroles sont la pure vérité et j'en suis la preuve vivante. J'ajouterai même ; toutes ces choses et plus, car des idées et des pensées me sont données pour écrire une vingtaine de livres et d'obtenir une quinzaine d'inventions jusqu'à présent et ce n'est pas fini.

Si seulement tous les gens de la terre s'arrêtaient juste pour un instant et regardaient autour d'eux, pour réaliser que tout ce qu'ils voient sort de la terre. Quand je dis tout, cela veut dire tout, y compris eux-mêmes. Même l'eau qui nous semble venir du ciel est premièrement sortie de la terre. Pouvez-vous inventer ou trouver un meilleur moyen de répandre l'eau sur la terre et de la distribuer à la grandeur du monde que la façon dont elle l'est présentement à travers les nuages ? Si tous les gens de la terre s'arrêtaient un instant pour réaliser que toutes leurs idées et leurs pensées viennent d'ailleurs que d'eux-mêmes et que sans l'Esprit du bien ou du mal, il ne se passerait rien. Pourquoi pensez-vous que l'homme a accompli plus durant le dernier siècle que pendant les cinquante-neuf précédents ? Certains diront que c'est parce que l'homme est plus intelligent de nos jours. Foutaise ! Il est plus instruit, c'est vrai, mais pas plus intelligent. Noé, Abraham, Isaac, Jacob, Joseph, Moïse, David et tant d'autres étaient assez intelligents pour reconnaître que sans Dieu, ils n'étaient rien et que sans l'Esprit ils retournaient à la terre, c'est-à-dire, poussière. Qu'on le veuille ou pas, c'est ce que nous devenons sans l'esprit, sans âme.

L'homme, si intelligent soit-il, peut-il créer un œil réel ? Peut-il créer une vraie main et encore plus simple, peut-il créer un seul vrai doigt en chair et en os ?

Il vous faut lire Daniel 12, 4. 'Toi, Daniel, tiens secrètes ces paroles et scelle le livre jusqu'au temps de la fin. Plusieurs alors le liront et la connaissance augmentera.'

Comme vous pouvez vous-même le constater ; c'est ce que je suis en train de faire, augmenter la connaissance. Cela sera multiplié plusieurs fois à partir de maintenant et même vous qui lisez dans ce livre le fera et je suis persuadé aussi que mes livres feront le tour du monde pour aider à augmenter la connaissance et aussi ; ceci est une autre preuve que nous sommes rendus au temps de la fin.

Dire qu'il y en a des milliers qui disent que tout cela c'est fait tout seul. Est-ce qu'il y en a un seul qui peut prétendre s'être fait ou s'être créé lui-même ? Il y en a des milliers qui croient que nous descendons du singe. Il y a-t-il un seul être sur terre présentement qui peut prétendre avoir vu un homme venir d'un singe ? Il y en a un qui a essayé de prouver cette théorie et tout ce qu'il a réussi à faire est d'infester le monde avec le sida. Quelle réussite, quel génie ! Bravo !

Il y a des inspirations qui nous viennent du Créateur et elles sont bonnes pour nous, mais les autres ; celles qui viennent du malin ; elles sont à faire attention, car elles sont dévastatrices. Hitler avaient des pensées qui lui venaient du diable et nous en connaissons le résultat. S'il a fait tant de mal, c'est qu'il écoutait le diable.

Nous en avons les preuves dès le début des Saintes Écritures. Si Adam et Ève avaient écouté et obéi au Créateur au lieu d'écouter le malin ; nous serions tous des plus heureux, sans mal et sans douleur, c'est-à-dire dans le bonheur total. Tout le peuple d'Israël en a payé un cher prix pour leur désobéissance et il paye encore aujourd'hui.

Cela devrait nous servir de leçon. Au lieu de lui lancer la pierre et le méprisé ; tous les peuples de la terre devraient le bénir et le remercier pour nous avoir montrés quoi ne pas faire pour plaire à Dieu et quoi faire pour Lui plaire.

Moi j'ai le pressentirent que tous les Juifs du monde entier sont sur le point d'être rapatriés dans leur pays d'origine ; en Israël et cela sera l'un des ou le plus grand signe que la fin est très proche. La fin du monde ne veut pas dire la fin de tout, bien au contraire. Le monde est le royaume du diable et c'est ce royaume qui prendra fin. Cela marquera le début du royaume de Dieu. Si vous lisez attentivement le message du Messie dans Matthieu 13, 43, vous verrez. 'Alors les justes resplendiront (au future) comme le soleil dans le royaume de leur Père.'

Cela signifie mes chers amis que le monde sera épuré une fois pour toutes et que la misère, la peine, les pleurs et les grincements de dent ne sont pas pour les enfants de Dieu. Il est aussi écrit que les justes ressusciteront pour ce nouveau royaume et que les autres ressusciteront pour grincer des dents, mais c'est à nous de choisir.

Puis Juste est retourné près de Windigo dans le but précis de forcer les deux criminels à se rendre aux autorités.

"Avez-vous réfléchi depuis la dernière fois ? Laissez-moi vous dire qu'il ne vous reste plus beaucoup de temps avant que je ne perde patience. Je vous dirai aussi une autre chose très importante pour vous deux et c'est par pure compassion que je le fais. Vos chances sont cent fois meilleures si vous vous livrez vous-mêmes que si vous y êtes forcés. Laissez-moi vous dire aussi qu'être repentant devant un juge peut sûrement réduire votre peine de moitié et qu'une bonne conduite derrière les barreaux peut la réduire d'avantage. Sachez aussi que tous les gens que vous avez essayé d'éliminer seront beaucoup plus compatissants si vous êtes repentants et ils seront pour la plupart à votre procès. C'est une autre chose que le juge et les jurés tiendront en ligne de compte. Comptez-vous chanceux aussi que votre coup a échoué, car autrement, vous finiriez vos jours en prison. C'est une chose beaucoup plus pénible pour des hommes habitués à toutes les libertés comme vous deux.

Maintenant, je vous le demande pour la dernière fois, allez-vous vous rendre de vous-mêmes ou me forcer à vous forcer de le faire ?" "Je ne sais pas si vous avez vraiment le pouvoir de nous forcer à nous rendre, mais nous pensons que vos conseils sont judicieux."

"Aille toé là, parle pour toé-même. Moé j'va pas m'rendre et ils peuvent essayer de m'prendre si sont capabes. Ils vont voir que j'ché m'cacher." "Tu devrais écouter c'te mesieux fantôme, il sait c'qu'il dit." "Toé, écœure moé pu, moé j'm'en va." "Je te l'aurai dit."

"Surhumain, j'ai une petite cargaison pour toi, peux-tu venir ?" "Je serai là dans quelques minutes Juste, juste le temps de finir un petit travail......

Me voilà, qu'est-ce que je peux faire pour toi cette fois-ci ?" "Il y a un peau rouge dehors qui a attenté à plusieurs vies et qui est très rebelle, refusant de se rendre et celui-ci, qui au contraire désir se rendre pour le même crime. Il vient tout juste de sortir et il ne doit pas être très loin. J'aimerais que tu les emmènes tous les deux au poste de police d'Ottawa et je t'attendrai là-bas." "Ce n'est pas un problème, ils sont très légers." "À tout à l'heure."

"Et bien, nous voilà encore réunis ; ça n'a pas été très long." "Toé mange d'la chnoutte, maudit fantôme." "Merci quand même, mais je n'ai pas faim et tu peux la garder pour toi-même."

"J'ai déjà parlé à l'officier en charge et il est au courant de la situation. Retiens ce bouffon pour encore quelques minutes et je vais introduire celui-ci à l'agent concerné." "Il n'y a pas de problème, même s'il gigote un peu trop. S'il le faut, je vais lui serrer les ouïes encore un peu."

"M, l'agent, voici celui qui regrette son geste. L'autre est dehors sous bonne garde qui attend son tour et il est plutôt récalcitrant. Nous serons heureux de vous le confier avant qu'il n'assassine quelqu'un."

“Le jour où je sortirai, je te trouverai. À ce moment-là je te réglerai ton compte.” “Parce que tu crois vraiment être plus fort à soixante-dix ans que tu l’es à vingt ans ? Je te conseil donc de plaider la folie, parce que tu n’es pas vraiment brillant.” “Qu’est-ce que tu veux qu’on apprenne dans l’bois ?” “Comme tous les autres de ta race, chasser et pêcher. T’aurais mieux fait de t’en tenir à ça, comme tes ancêtres l’ont fait. Je te reverrai sûrement à ton procès, mais en attendant viens, les barreaux t’attendent. Entre temps tu ferais bien de méditer sur ce qu’a dit l’autre monsieur ; il est l’homme le plus sage que je connaisse.”

Surhumain a emmené cette tête dure à l’intérieur du poste bien malgré ce dernier, qui finalement réalisait que sa perte de liberté était déjà commencée.

Le procès était composé de douze membres d’un jury. Le premier a plaidé coupable avec explication et il a fait une confession complète des événements. Il a demandé pardon pour ses actes inadmissibles ; ce qui a sans aucun doute attendri le cœur du juge et des jurés, qui malgré tous les avertissements du juge, se sont laissés attendrir. Ce dernier a été reconnu coupable de complicité involontaire, puisqu’il avait été entraîné bien malgré lui à suivre l’autre sous la menace et il a été condamné à quatorze années de prison.

C’est souvent ce qui arrive lorsqu’une personne a de mauvaises fréquentations. Ma mère m’a toujours dit de bien choisir mes amis et cela a fait une énorme différence dans ma vie. Puis, je peux dire que j'ai eu beaucoup de chance, car je pense avoir un bon ange pour me guider.

L'autre, le cabochon avait aussi du regret, mais il avait le regret d'avoir manqué son coup. Cela a eu l'effet tout à fait contraire sur le moral des jurés. Il a même avoué que s'il en avait la chance, il recommencerait. Il faut dire qu'il avait déjà passé un test d'évaluation de santé mentale avant son procès et déclaré apte à être jugé. Il a même congédié son avocat durant son procès, le qualifiant d'incompétent. Son avocat avait signalé à la cour que son client n'avait qu'une mentalité d'un enfant de six ans. Cela ne lui a pas plu du tout.

Il a été reconnu coupable de tentative de meurtre avec préméditation sur la vie de vingt-et-une personnes et coupable de sabotage contre la voie publique. Il a aussi été reconnu inapte à la réhabilitation, ayant un caractère de chien enragé et dangereux pour toute personne inférieure à ses capacités physiques. Le juge a ordonné qu'il soit placé avec d'autres prisonniers capables de se défendre en tout temps contre un tel individu et aussi sous surveillance vidéo vingt-quatre heures sur vingt-quatre. 'Cet homme ne doit même pas dormir dans la même cellule que le pire des prisonniers.'

Il a reçu deux termes de prison à vie sans aucune chance de libération avant la conclusion de ceux-ci.

Cet individu est un exemple flagrant d'un homme possédé par plusieurs démons. S'il y a quelque chose de positif à l'issue de cette histoire, c'est que là où il va, il y a de fortes chances qu'il se fasse dompter.

C'est quand même très triste de voir une personne si jeune gaspiller sa vie de cette façon. Mais c'est sûrement un mal pour un bien cependant, parce que de la manière qu'il était parti, il allait faire beaucoup de dégâts tout au long de sa vie.

Quelques mois plus tard, son complice disait à d'autres prisonniers, question de libérer sa conscience, que ce gars avait déjà assassiné trois pêcheurs qui étaient au fond du lac avec de lourdes pierres attachées à leurs pieds.

Il va sans dire que cela a déclenché une autre enquête et des recherches dans les profondeurs du lac où Juste et Jeannine ont passé leur lune de miel.

Au terme de cette enquête et d'un autre procès, ce cabochon, pour ne pas le nommer, a reçu un autre terme de prison à vie. S'il en sort un jour, je doute qu'il ait la force de tuer quelqu'un d'autre.

Quand je vois un cas comme celui-là ; je me demande si la peine de mort n'est pas plus appropriée. Il n'est pas facile d'évaluer les pertes totales que cet individu a pu causer, mais une chose est certaine, elles ne sont pas légères et elles ne sont pas que monétaires. Trois hommes morts au fond d'un lac que leurs familles se demandent encore ce qu'ils sont devenus. Trois hommes qui ne gagnent, ne dépensent plus rien et ne payent plus d'impôt. Le coût des procès et le temps d'emprisonnement, ce qui se situe aux alentours de cent mille dollars par année, ce qui coûtera entre sept et dix millions. L'hospitalisation du chauffeur de l'autobus et des passagers encore sous le choc et j'en passe.

Je pense que cette peine devrait être appliquée, lorsqu'il n'y a pas de doute possible et que la preuve ne repose pas seulement que sur la parole d'un seul homme, qu'il soit policier ou pas.

Il est écrit dans Exode 21, 12. 'Celui qui frappera mortellement un homme sera puni de mort.'

Ceci est écrit dans la Bible, le livre sur lequel les magistrats des cours de justice, les gouvernements, les supérieurs de l'armé et de la police et même les dirigeants des villes et villages font jurer et prêter serment. Voir Matthieu 5, 34-37.

À mon avis, ils prennent tous et chacun pour des cruches qu'il faut remplir aussi souvent que possible.

Comment appelle-t-on le processus de remplir les dindes aux temps de Pâque et de Noël ? Cela s'appelle ; farcir et quelle farce que le monde s'est laissé farcir de la sorte par le séducteur, par le diable. On fait bien des farces, mais celle-ci est une farce qui n'est pas drôle du tout.

Il n'y a pas que les églises qui font fausse route, quoique les deux, les églises et les gouvernements aient marché ensemble pendant des siècles.

C'est lors d'un souper chez le ministre que Juste et Jeannine leur ont annoncé leur départ pour aller vivre dans leur propre domaine, tout en les invitant à venir les visiter aussi souvent qu'ils en auront envie.

"Pourquoi si tôt, vous n'êtes pas bien ici ?" "Bien au contraire maman, mais tu as vécu combien de temps chez grand-père après avoir été mariée à papa ?" "Pas un seul jour, mais les circonstances n'étaient pas les mêmes du tout."

"Jeannette, Jeannette, s'il te plaît. Tu dois les laisser organiser leur vie comme ils l'entendent. Ils ont ce même droit, tout comme nous l'avons eu nous-mêmes." "Mais cette maison va me sembler tellement grande." "Tu n'auras qu'à prendre quelques pensionnaires ou encore, d'inviter quelques-unes de tes amies. Pourquoi ne te rendrais-tu pas utile en organisant une fondation quelconque, pour venir en aide aux femmes qui s'ennuient seules à la maison ? J'aurais pour toi une seule restriction." "Et laquelle, je te prie ?" "Que tu sois occupée aux mêmes heures que moi, afin qu'on puisse encore nous rejoindre à tous les soirs."

"Mais ça, c'est une excellente idée maman. Je pourrais même me joindre à toi pour un temps ; du moins jusqu'à ce que j'aie des enfants. De cette façon Juste n'aurait pas le sentiment de devoir veiller sur moi à tout instant du jour et il pourrait faire ce qu'il a à faire avec la tête tranquille. Puis toutes les femmes qui en feront partie n'auront pas le goût de se jeter dans d'autres bras pour se désennuyer. Nous les aiderons sans qu'elles n'en soient trop conscientes à demeurer fidèles. C'est une pierre de plusieurs coups."

"Papa, tu es génial." "Si cela peut vous empêcher d'être infidèles ; alors je veux bien te croire." Rire.....

"Ce ne sont pas toutes des Jeannines et des Jeannettes là dehors papa ; tu devrais savoir ça, toi qui es dans la vie publique depuis toujours. Puis elles n'ont pas toutes la chance d'avoir Dieu dans leur vie."

"Moi je pense qu'elles ne sont pas toutes pareilles. Les unes ont le sang plus chaud que d'autres. Elles ne peuvent pas toutes se contrôler aussi facilement, que se soit avec ou sans Dieu. Mais la femme ou l'homme qui a eu une vie d'aventures sexuelles avec plusieurs partenaires pourra difficilement être fidèle à sa conjointe ou à son conjoint. Il ou elle se sentira prisonnière et prisonnier et il leur est pratiquement impossible de laver leurs mémoires de tout ce qu'ils ont vécu. Il leur manquera toujours quelque chose qui viendra les hanter tôt ou tard. C'est sûrement le châtiment qui est réservé à tous ceux qui ne vivent pas leur vie comme un enfant de Dieu devrait le faire.

Il y a un message qui m'a inspiré beaucoup sur ce sujet et il est dans Ecclésiaste 11, 9. 'Jeune homme, réjouis-toi dans ta jeunesse, livre ton cœur à la joie pendant les jours de ta jeunesse, marche dans les voies de ton cœur et selon les regards de tes yeux ; mais sache que pour tout cela Dieu t'appellera en jugement.'

Cela vaut pour la jeune fille aussi." "Ceci est un bon avertissement pour celui ou celle qui n'ignore pas la volonté du Créateur." "En effet, c'est celui qui l'ignore qui aura la mauvaise surprise."

"Mais comment avez-vous fait pour trouver une propriété à votre goût aussi rapidement ? Si je me souviens bien, cela nous a pris quelques années pour trouver la nôtre." "Juste est une personne qui ne perd pas de temps avec grand chose maman. Il est le plus perspicace de tous les êtres de ce monde, à mon avis du moins." "Il n'y a personne dans ce monde qui le connaît, qui va argumenter une telle chose, c'est sûr. Je ne serais pas surprise si une conversation comme celle-ci l'ennuie à mourir."

"Ne vous en faites pas pour ça, j'y suis habitué et cela ne m'empêche pas de vaguer à mes occupations. En fait, je reviens tout juste de régler un cas de bataille à la prison où est détenu celui qu'ils ont surnommé : 'La bête sauvage.' Je dois avouer qu'il en a d'dans et qu'il n'est pas facile à maîtriser, même s'il est un petit homme. Il m'a fallu l'étourdir assez pour que trois gardes s'emparent de lui et le mettent dans ce qu'ils appellent, la boite noire. Vous avez compris que je parle de celui qui a vandalisé l'autobus dans lequel nous prenions place Jeannine et moi. Je me suis cependant trompé sur son compte, car j'ai dit un jour, que là où il est, ils finiront par le dompter, mais je crois maintenant qu'il est indomptable." "Je m'excuse, mais moi, je ne le crois pas.

L'homme a réussi à dompter pratiquement toutes les bêtes sauvages de la terre, même celui qu'on appelle le roi des animaux." "Je voudrais bien pouvoir chasser les démons hors de cet homme, comme le Messie en était capable." "Ne s'est-il pas servi de quelques mille petits cochons pour le faire ?" "Il y a au moins deux raisons pour lesquelles je ne crois pas tellement cette histoire de cochons." "Vraiment, lesquelles ?" "Premièrement, je ne crois pas que le Messie aurait fait perdre deux mille bêtes à un fermier où se trouvait l'homme possédé. Deuxièmement, l'histoire dit que les cochons sont allés se jeter dans la mer et se sont noyés, après avoir descendu une pente escarpée. Ne savez-vous pas que les cochons sont d'excellents nageurs ? Puis troisièmement, paraît-il que, là où se déroulait cette histoire, il n'y avait pas de pente escarpée." "Je vais dire comme toi, ça devient une histoire, pour le moins, un peu incroyable." "Mais ce n'est pas tout, le Messie aurait aussi montré à ses disciples comment chasser les démons. Voir Marc 9, 29. 'Le Messie leur aurait dit : 'Cette espèce-là ne peut sortir que par la prière.'

Cependant, je vais vous démontrer quelques contradictions venant de cette histoire. Voulez-vous bien lire avec moi à partir de Marc 9, 14 ?

'Lorsqu'ils furent arrivés près des disciples, ils virent autour d'eux une grande foule et des scribes qui discutaient avec eux. (Les disciples) Dès que la foule vit Jésus, elle fut surprise et accourut pour le saluer. Il leur demanda : Sur quoi discutez-vous avec eux ? Et un homme de la foule lui répondit : Maître, j'ai amené auprès de toi mon fils, qui est possédé d'un esprit muet. En quelque lieu qu'il le saisisse, il le jette par terre ; l'enfant écume, grince des dents et devient tout raide. J'ai prié tes disciples de chasser l'esprit et ils n'ont pas pu.'

'Race incrédule, leur dit Jésus, jusqu'à quand serai-je avec vous ? Jusqu'à quand vous supporterais-je ? Amenez-le-moi. On le lui amena. Et aussitôt que l'enfant vit Jésus, l'esprit l'agita avec violence ; il tomba par terre et se roulait en écumant.'

(À mon avis, tout ce que ce garçon avait vraiment besoin est un bon coup de pied au cul. Et puis ce n'était pas le style du Messie du tout de dire : 'Ôtez-vous de là bande d'incrédules ; je vais vous montrer comment on fait ça.'

Puis Jésus, celui qui est doux et humble de cœur, aurait dit ces choses à ses disciples devant toute une foule, lui qui a dit : 'Si ton frère a péché, va et reprends-le, entre toi et lui seul.'

Arrêtez-vous maintenant une seconde pour penser à tout ça et allez lire Matthieu 11, 28-30, là où le vrai Jésus, le vrai Messie parle. 'Venez à moi, vous tous qui êtes fatigués et chargés et je vous donnerai du repos. Prenez mon joug sur vous et recevez mes instructions, car je suis doux et humble de cœur ; et vous trouverez du repos pour vos âmes. Car mon joug est doux et mon fardeau léger.'

Je vais dire comme une annonce que j'ai eu la chance de voir ; 'Avez-vous vu la différence ?' Quand je rends visite à ma mère ; je ne suis pas surpris du tout de la voir ; même si elle est âgée de quatre-vingt-treize ans.

L'auteur raconte que la foule était surprise de voir ce Jésus, mais le père de l'enfant a dit à ce même Jésus : 'Maître, j'ai amené auprès de toi mon fils.'"

"Il y a bien quelque chose qui cloche encore là. Est-ce que cela veut dire que nous devrions bannir la Bible ou du moins le Nouveau Testament ?" "Pas du tout. Cela veut simplement dire qu'il nous faut écouter le Messie qui a dit de faire attention quand nous lisons. Voir une autre fois, pour bien comprendre, Matthieu 24, 15. 'C'est pourquoi lorsque vous verrez l'abomination de la désolation dont a parlé le prophète Daniel, établie en lieu saint—(la Bible) que celui qui lit fasse attention.'

Allons lire si vous le voulez bien maintenant, le reste de cette histoire.)

'Jésus demanda au père : Combien y a-t-il de temps que cela lui arrive ? Depuis son enfance, répondit-il. Et souvent l'esprit l'a jeté dans le <u>feu</u> et dans <u>l'eau</u> pour le faire périr.'

(Moi je dirais que dans l'eau, c'était plutôt pour éteindre le feu. Bon, mais ça, c'est moi.)

'Mais si je peux quelque chose, viens à notre secours, aie compassion de nous. Jésus lui dit : Si tu peux !...<u>Tout est possible à celui qui croit</u>. Aussitôt le père de l'enfant s'écria : Je crois ! Viens au secours de mon incrédulité !'

(Mais pourquoi le Messie viendrait-il au secours de son incrédulité s'il croit ?

Puis Jésus, le vrai prophète, le Messie n'a pas dit que tout est possible à celui qui croit, mais que tout est possible à Dieu. Et je continue.)

'Jésus, voyant accourir la foule, menaça l'esprit impur et lui dit : Esprit muet et sourd, je te l'ordonne, sors de cet enfant et n'y rentre plus.'

(Voir si le vrai Messie aurait fait une telle chose pour être vu de la foule, lui qui a dit ; voir Matthieu 6, 5 : 'Lorsque vous priez, ne soyez pas comme les hypocrites, qui aiment à prier debout dans les synagogues et aux coins des rues, (les Témoins de J…) pour être vus des hommes. Je vous le dis en vérité, ils reçoivent leur récompense.')

'Et il sortit, en poussant des cris et en l'agitant avec une grande violence. L'enfant devint comme mort, de sorte que plusieurs disaient qu'il était mort. Mais Jésus, l'ayant pris par la main, le fit lever. Et il se tint debout.

Quand Jésus fut dans la maison, ses disciples lui demandèrent en particulier : Pourquoi n'avons-nous pu chasser cet esprit ? Il leur dit : 'Cette espèce-là ne peut sortir que par la prière.'

Mais où est la prière dans l'histoire de ce Jésus ? Moi j'ai vu que ce Jésus a menacé et il a ordonné à cet esprit de sortir, mais ce n'est pas ce que j'appellerais une prière, et vous ? Il est vrai cependant, qu'il n'est pas facile pour un faux messie ou pour un démon de prier Dieu.

Il y a une étrange ressemblance aussi entre le semblant de mort de l'enfant de cette histoire et celui qui est tombé du troisième étage de l'histoire de Paul et de son premier jour de la semaine dans Actes 20, 9-10. 'Or, un jeune homme nommé Eutychus, qui était assis sur la fenêtre, s'endormit profondément pendant le long, (longtemps, longtemps) discours de Paul ; entraîné par le sommeil, il tomba du troisième étage en bas, et il fut relevé mort. Mais Paul, étant descendu, se pencha sur lui et le prit dans ses bras, en disant : Ne vous inquiétez pas, car son âme est en lui.'

Et si son âme était en lui, c'est qu'il n'était pas mort.

Dans ma Bible anglaise, New International, Paul ne s'est pas penché sur le jeune homme, mais il s'est jeté sur lui. C'est quand même bien curieux, n'est-ce pas ?

Ici, cette histoire est pour essayer de vous faire accroire que Paul pouvait lui aussi ressusciter les morts ; ce qui est de la foutaise, de la bouillie pour les chats.

Et voilà mes chers parents et amis, ceci est ma leçon biblique pour aujourd'hui et j'espère que vous l'avez apprécié." "Mais Juste, mon cher mari, tu es un vrai prédicateur." "Je ne le pense pas chérie ; c'est juste que j'ai vu des choses qui ne me semblent pas en concordance avec la vérité, c'est tout. Et comme j'aime la justice, je veux rendre justice au Messie, le vrai. C'est pour cette raison que je dénonce les imposteurs, même s'ils sont dans la Sainte Bible et puis ; si je prêche, c'est gratuit pour tous."

"Ma fille chérie, c'est tout un phénomène, celui avec qui tu es mariée. Il n'est pas le Messie, mais laisse-moi te dire qu'il est sûrement l'un de ses plus fidèles disciples. En tous les cas, moi j'aime l'écouter, car avec lui j'apprends beaucoup de choses importantes. Je me souviens avoir lu : 'L'homme ne vit pas de pain seulement, mais que l'homme vit de toute parole qui sort de la bouche de l'Éternel.'

Avec Juste, nous sommes bien nourris." "C'est vrai James, et tu peux le relire dans Deutéronome 8, 3 et dans Matthieu 4, 4. Dans Luc on ne voit qu'une partie de cette vérité, car il semble que cet auteur n'a pas voulu dire d'où venait l'autre nourriture, la nourriture de notre âme, même s'il le savait. Cet auteur non plus n'a jamais parlé du royaume des cieux, du moins dans son évangile." "Alors, tu ne crois pas que Luc et Marc sont des disciples du Messie ?" "Je suis persuadé que Marc, Luc et le Jean de l'évangile de Jean sont des disciples de Paul et ils sont à faire très attention lorsque nous lisons à l'intérieur de leurs écrits. Le meilleur conseil que je puisse vous donner ; c'est d'apprendre à connaître tous les messages de Jésus qui sont dans Matthieu, les messages du Messie et lorsque vous les connaîtrez ;

alors vous pourrez reconnaître ce et ceux qui sont antichrists.

Comme vous pouvez le voir vous aussi, la Sainte Bible est le livre des Saintes Histoires, mains il y d'autres histoires que des histoires saintes à l'intérieur de celui-ci. Où peut-être que certaines de ces histoires n'ont pas été écrites par des saints, mais par des saints qui n'en sont pas. Comme vous le savez aussi, il y a des milliers qui ne le voient pas et surtout qui ne veulent pas le voir. Ce sont des aveugles qui sont à mon avis incurables. Jésus les a déclarés prosélytes qui sont des fils de la géhenne deux fois pires que les autres.

Pour revenir à votre fondation mesdames, le meilleur moyen d'aider les femmes à demeurer fidèles ; c'est de les conduire vers Dieu et Celui-ci leur donnera la force qu'il leur manque pour résister au mal. Souvenez-vous, tout est possible à Dieu. Aimer Dieu de tout son cœur, de toute son âme et de toutes ses pensées, c'est aussi de s'oublier soi-même et pour aimer, il faut connaître. Bonne chance dans votre nouvelle entreprise et si jamais vous avez besoin de moi ; vous n'avez qu'à m'appeler et je serai heureux de me rendre utile."

De ce pas, Juste s'est rendu à la prison de nouveau pour parler au directeur ; afin de lui faire une suggestion qui pourrait bien aider tout le monde à l'intérieur de celle-ci.

"Que diriez-vous si les prisonniers avaient une lecture saine à lire ? Il me semble que cela pourrait les calmer un peu, du moins le temps qu'ils lisent. Et après leur lecture, cela leur donnerait un temps de réflexion." "J'ai peine à croire que cela puisse en intéresser plusieurs." "Mais même si seulement quelques-uns le faisaient, il y aurait peut-être un garde ou deux qui pourraient être un peu moins stressés. Pourquoi ne pas commencer par un ou deux livres ; on verra bien et je doute que cela pourrait empirer les choses ?" "Je suis d'accord pour faire un essai. Vous avez sûrement quelques suggestions de livres à me proposer ?" "Bien sûr, ce sont des livres qui m'ont aidé moi-même à bien m'orienter dans la vie et de comprendre ce qu'il y a de plus important. Je suis certain qu'ils pourraient bien en aider d'autres." "Quel auteur me suggérez-vous ?" "Je vous suggère de leur donner des livres de Jacques Prince. Ils changeront sûrement la vie de quelques-uns de vos pensionnaires et peut-être même de certains de vos gardiens. Il cherche surtout à créer des disciples de toutes les nations avec ses écrits et ça serait formidable s'il pouvait en créer également dans tous les milieux, aussi bien carcéraux et des bas-fonds." "Je vous laisse là-dessus et je reprendrai de vos nouvelles plus tard." "Mais avez-vous quelques titres à me conseiller ?" "Bien sûr, je les commencerais avec : Précieuse Princesse Du Pays Des Rêves, suivi de : Pourquoi Je Dois Mourir

Comme Jésus et Louis Riel ? Continuez avec : Le Chemin D'épines ou La Route Pavée D'or ?

Laissez-moi vous dire qu'il y en a plusieurs parmi vos pensionnaires à l'intérieur de vos murs ici, qui sont sur un chemin d'épines et je suis également sûr que plusieurs voudraient en sortir.

Vous pourriez continuer avec : Amour, Perversion ou Juste Nature ? Moi j'ai bien aimé aussi : À La Vie à La Mort, 1 et 2, mais celui-là est un peu plus corsé, surtout le premier." "Merci beaucoup pour votre aide." "Il n'y a pas de quoi, au revoir." "Merci également pour votre intervention à contrôler la bête sauvage plus tôt aujourd'hui." "Espérons juste qu'il change de surnom prochainement, mais je crois sincèrement que la lecture l'aidera à se calmer." "C'est à souhaiter, car présentement il coûte des milliers à l'état."

Il y a cependant une chose que ces deux-là n'avaient pas encore réalisé ; c'est que la bête sauvage, comme ils l'ont appelé, ne sait pas lire du tout. C'est qu'il n'a jamais mis les pieds dans une école. Tout ce qu'il connaît est la vie sauvage. Il n'a pas son pareil pour chasser et pêcher et se retrouver dans la profondeur des bois, mais pour ce qui est de vivre parmi le monde, il n'a pas son pareil non plus.

Un gardien a quand même pris soin de commencer à lui lire une ou deux pages par jour de l'extérieur de la porte de sa cellule. Il a usé de finesse en le laissant sans lecture pour un jour ou deux, afin de se laisser désirer et cela a très bien fonctionné, puisque pour obtenir plus de lecture, la bête devait user de douceur pour que l'autre s'y plie. Il en est venu à le désirer et à le demander à tous les jours. Non seulement la bête s'adoucissait et insistait pour que l'autre lui lise ces quelques pages, mais le gardien aussi devenait passionné à mesure qu'il lisait.

Il n'y avait pas que la bête qui écoutait ; tous les autres prisonniers qui étaient à proximité et qui pouvaient entendre se sont mis à applaudir chaque fois que la lecture prenait fin.

Ce gardien a donc décidé d'en faire part à son patron, le directeur en ces termes.

"Je ne voudrais pas que vous diminuer mon salaire, mais il est beaucoup plus facile de lire aux prisonniers que de leur crier après et de les matraquer pour les faire taire. Je n'en reviens toujours pas de voir à quel point cela les calme. Même celui qui me donnait le plus de trouble est devenu aussi docile qu'un jeune enfant. Je pense même que nous pourrions sans danger les mettre tous dans la salle communautaire et leur faire la lecture tous les jours. C'est un peu comme si je leur donnais du rêve et ils en demandent de plus en plus tous les jours." "Tu ne penses pas que c'est un peu trop risqué de tous les faire sortir en même temps ?" "Nous pourrions commencer par un petit groupe de cinq ou six ; ce que nous pourrions contrôler aisément." "Je vais en discuter avec mes adjoints et je te rendrai une réponse sous peu. En attendant prends les noms de ceux qui sont intéressés et vois si la demande est assez importante pour qu'on se donne la peine de les déplacer." "D'accord patron, j'y vais de ce pas."

Six sur sept étaient d'accord pour cette nouvelle activité gratuite qui semble les rendre tous un peu plus humains. C'est comme si la lecture ou l'histoire les emmenait dans un autre monde, un peu comme le titre de ce livre fait, les emmener au pays du rêve. On ne peut certainement pas les blâmer pour avoir le goût de sortir de cette prison pour quelques heures, même s'ils ont mérité leur sentence. Ils ne sont pas sans savoir qu'un bon comportement de leur part peut leur mériter un sérieux allègement de leur peine. Même celui qu'ils ont surnommé la bête l'a compris. Puis tous, le gouvernement y compris en bénéficient, ce dernier en économies financières, les gardiens en paix et repos, les prisonniers en réductions de leur peine.

Plus ces derniers écoutaient de cette histoire, plus ils voulaient en entendre et plus leur désir d'apprendre à lire grandissait, principalement la bête. Pouvait-on s'attendre d'une telle chose d'une bête ? La réponse est certainement, non. Plus le récit de cette histoire avançait, plus il devenait docile et plus il devenait humain et même sentimental. Il a même demandé au gardien une fois s'il était possible pour lui d'apprendre à lire un jour.

Le gardien, que je nommerai Gilles pour la cause, lui a répondu que beaucoup de choses étaient possibles aux êtres de bonne volonté.

Puis, celui qu'ils ont surnommé la bête lui a demandé s'il était possible aussi qu'on puisse lui donner un nom décent ; en précisant qu'il n'y avait plus vraiment de raison qu'on l'appelle ainsi.

"Quel non voudrais-tu qu'on te donne ?" "J'aimerais bien qu'on me baptise du même nom que l'auteur de ce livre, car il est un héros pour moi." "Et bien, j'en parlerai à la direction, mais moi, je n'y vois pas d'inconvénient." "Ça veut dire quoi ça ?" "Ça veut dire que je ne m'y oppose pas, que je ne suis pas contre cette idée. J'aurai sûrement une réponse pour toi demain." "Veux-tu m'en lire encore un peu ?" "Il ne me reste que dix minutes, mais je veux bien te les accorder.

'Mon père m'emmenait aux bois déjà depuis que j'étais très jeune. Je n'avais que onze ans et cet été-là, il avait engagé une bonne demi-douzaine de jeunes hommes de quatorze à dix-huit ans pour écorcer des arbres, du tremble. Père faisait tomber les arbres, ma mère et l'oncle de mon père ébranchaient et enlevaient une languette de l'écorce pour nous permettre d'y glisser notre lame à ressort aiguisée qui servait à écorcer.

Le premier qui avait terminé avait le droit de crier pour obtenir le prochain arbre. J'en ai plumé jusqu'à quatre-vingt-dix-huit par jour. Nul autre n'a réussi à m'égaler à cette course et tous savaient qu'ils ont tous essayé avec toute la ferveur du monde. Nous avions cinq sous de l'arbre pour ce travail, c'est-à-dire, tous les autres ont été payés.

Mon père payait tous les autres devant moi le samedi après-midi entre quinze et vingt-cinq dollars chacun et lorsque je lui demandais vingt-cinq sous ; il me disait qu'il n'avait plus de change. Ça, c'étaient plusieurs parties de billard que je m'étais fait dérober.

L'année suivante il a engagé quelques six ou sept équipes de bûcherons professionnels. Parmi ces derniers se trouvaient le frère de mon père et son fils, mon cousin âgé de vingt-et-un ans. De toute façon, ils étaient deux hommes complètement formés. Nous travaillions du lundi matin au samedi midi, l'heure de la paye.

Mon père, étant le patron ne travaillait pas à notre production à partir de vendredi midi au samedi midi, puisqu'il devait mesurer la production de tous les autres. Même à cela, nulle autre équipe n'a réussi à produire autant que nous et tous savaient que mon père n'était pas le meilleur ni le plus travaillant.

Un jour en prenant sa paye, mon oncle me regardant de sa hauteur, car il était assez grand m'a dit ; 'P'tit colisse !' Et comme il parlait en bavant, il en bavait tout un coup. Il n'avait pas aimé se faire dépasser par un jeune de douze ans et il me blâmait pour ce fait, moi qui étais haut comme trois pommes.

Ces hommes gagnaient entre deux et trois cent dollars par semaine chacun, mais moi, je n'ai jamais rien reçu. Cependant, il y a une chose importante dont j'ai appris de cette expérience et qui m'a été bénéfique durant ma carrière de contracteur en construction. C'est que deux hommes qui travaillent ensemble produisent 25 % moins que deux hommes qui travaillent séparément.

C'était ça l'astuce, le truck qui faisait que moi et mon père produisions plus que n'importe laquelle autre équipe ; même s'ils étaient tous des professionnels.

Mon père abattait les arbres sans se soucier de moi qui était quelques fois jusqu'à un demi mille derrière. Pour cette même raison, il n'avait jamais besoin d'attendre que je m'enlève de son chemin non plus, comme j'ai souvent vu mon oncle être au mauvais endroit. Puis mon père était bien trop égoïste pour leur dire.

Je le suivais derrière en ébranchant, en mesurant et en marquant les arbres à tous les quatre pieds et en enlevant les branches de façon à ce qu'il ait le chemin libre lorsqu'il revenait au début du chemin. Lorsqu'il avait terminé d'abattre, il revenait au début et il coupait les bûches à son goût. Lorsqu'à mon tour j'avais terminé aussi, je revenais au début du chemin pour piller les bûches en corde et pour ranger les billots de façon à ce que le cheval ait le chemin libre. Pas une seule fois j'ai attendu après lui pour ranger un billot, peu importe s'il pesait sept ou huit cent livres. Je m'étais fait un levier avec lequel je trouvais le moyen de les déplacer par moi-même.

Il n'y avait qu'un seul danger à première vue pour moi et ça ; c'est que j'aurais pu être attaqué par un ours. La forêt en était infestée et j'ai remarqué à plusieurs reprises les marques de leurs griffes sur les arbres avec lesquels je travaillais. Mais Dieu était avec moi et je pense que si l'une de ces bêtes m'avait attaqué, je lui aurais fait un mauvais parti avec ma hache.'

C'est tout le temps que j'ai à te consacrer pour aujourd'hui, mais il y a toujours un lendemain." "Il n'y a pas que les indiens qui se sont fait rouler." "Non, mais lui a su en tirer profit ; ce qui prouve qu'il y a un bon côté à toutes choses et si tu cherches, tu trouveras toi aussi." "Si je savais écrire, j'aurais beaucoup d'histoires à raconter moi aussi." "Il y a bien quelque chose qui peut être fait à ce sujet." "Comme quoi ?" "Tu pourrais peut-être raconter tes histoires à cet auteur en attendant que tu puisses lire et écrire toi aussi." "Juste pouvoir le rencontrer serait pour moé un grand bonheur." "Une des premières choses pour toi d'apprendre ; c'est qu'on ne dit pas moé ni toé, mais moi et toi, surtout dans les livres. Il est important de bien parler pour pouvoir bien écrire." "Moé, moi, je demande pas mieux que d'apprendre et j'ai beaucoup de temps devant moé, devant moi."

Le lendemain Gilles leur lisait une autre partie de ce livre. C'était la partie la plus sentimentale où Jacques fêtait l'anniversaire de la princesse, celle qu'il aime plus que sa propre vie.

"À son insu et prétendant d'avoir besoin des toilettes, Jacques est sorti par une porte et il est entré par une autre qui donne derrière la scène. Pendant que la princesse le pense toujours aux toilettes, lui il est sur la scène combattant huit individus qui essaient de voler la sacoche d'une dame et je vous lis la suite.

'Elle a commencé à dire quelque chose les larmes aux yeux et je me suis avancé pour la tenir en lui disant : "Ne pleure pas, s'il te plaît, c'est ton anniversaire." "Ça va aller, merci."

À ce moment-là, il y a un jeune couple qui est venu à notre rencontre pour nous escorter à l'intérieur. Comme nous passions le seuil de la porte, la musique commença. Saxophones et trompettes, violons et guitares en harmonie jouaient : Longue Vie Ô Princesse.

J'ai senti Danielle se mettre à trembler et j'ai mis ma main sur son bras pour le stabiliser et immédiatement j'ai senti qu'elle s'en remettait.

N'osant pas la regarder dans les yeux à ce moment-là, car je craignais pour le pire. Ce n'était guère le temps ni l'endroit pour commencer une discussion ou une argumentation de quelque sorte que ce soit. J'ai pensé que si elle n'était pas assez forte pour la situation ; elle pourrait même décider de s'en aller.

Je pense que beaucoup de jeunes femmes l'auraient fait. Étant donné que c'est une femme de circonstances ; elle a découvert qu'elle était plus forte qu'elle ne le croyait.

Quand le plus gros des émotions furent passées ; je lui ai souri et je lui ai dit à l'oreille : 'Tu m'impressionnes.'

Après que la chanson de bienvenue fut terminée ; nous avons été escortés à notre table privée sur un tapis rouge d'une quarantaine de pieds de longueur sur quatre pieds de largeur. Sur la table se trouvait un bouquet mélangé de roses rouges et roses. Elle m'a souri en s'asseyant et je lui ai demandé :

"Est-ce que cela veut dire paix et amour ?" "Je ne sais pas, mais si tu continues ainsi, tu ne connaîtras ni l'un ni l'autre avec moi, ça je te le promets." "Dans ce cas, paix pour ce soir, ok ? Je me sens extrêmement fier d'être assis à la même table que votre majesté, Précieuse Princesse." "Tu me fais trop d'honneur Jacques et tu le sais aussi." "Je veux que cette soirée soit des plus mémorables pour toi comme pour moi." "Hé bien, une personne aurait besoin de perdre la mémoire complètement pour ne pas se rappeler tout ça." "Merci Danielle. Est-ce que cela veut dire que tu es impressionnée ?" "Impressionnée ? Frappée d'étonnement serait une meilleure description. Tu es quelque chose d'autre Jacques et beaucoup trop romantique pour nos jours." "Oh non, pas toi aussi ?" "Quoi ?" "Oh, c'est rien. C'est juste que quelqu'un m'a dit, il y a quelques années, que je devais être le dernier amant romantique. J'ai actuellement écris une chanson sur le sujet." "Oh, j'aimerais bien l'entendre, si cela ne te dérange pas." "Pas du tout, je n'ai rien à te cacher Danielle." "Tu mets beaucoup de confiance en moi, es-tu sûr que tu le devrais ?" "Oui, je dois l'admettre et si j'ai tort ; dis-moi sérieusement que tu n'en es pas digne."

Un jeune homme est venu à notre table pour nous offrir le service.

"Madame, monsieur, êtes-vous prêts à commander ou désirez-vous regarder au menu plus longuement ?"

Danielle lui a dit que nous serons prêts à commander dans cinq minutes et elle lui a demandé s'il voulait bien nous amener une carafe de vin blanc.

Quand il fut de retour en moins d'une minute, j'ai décidé qu'il était temps de les présenter l'un à l'autre.

"Marc, mon invitée s'appelle Danielle, Danielle, voici Marc."

"Tu le connais, tu es venu ici auparavant ?" "Quelques fois seulement." "Seul ?" "Oui, je le suis depuis un bon bout de temps déjà et crois-moi ; j'aime mieux être seul qu'être avec celle qui m'est incompatible." "Je suppose. On t'a déjà fait mal, n'est-ce pas ?" "Cela m'a montré assez pour que ce soir je puisse faire la différence entre elles et toi Précieuse. Ce soir je peux fièrement apprécier cette différence et cette leçon." "Je te fais confiance maintenant Jacques." "Je pense que tu es chanceuse d'avoir appris ça aussi jeune. Ce n'est plus facile de faire confiance à la bonne personne, tu sais ? Il y a beaucoup d'escrocs de nos jours.

Je pense qu'il y a un tout nouveau programme ce soir." "Et puis toi Jacques, je suppose que tu n'es pas concerné ?" "Penses-tu vraiment que je puisse changer quelque chose dans cet établissement-ci, princesse ?"

Sur ces paroles le repas nous fut servi.

"Oui Jacques, je le pense. Le tapis rouge, la limousine et tous ces musiciens, sans compter le concert que tu as amené en ville la semaine dernière, franchement, oui, je le pense."

Les deux filets mignons accompagnés de patates au four et un gros bol de salade furent déposés sur la table devant nous et j'ai demandé à Marc ce qu'il y avait comme programme ce soir.

"En effet, il y a un tout nouveau spectacle qui commence ce soir monsieur et j'ai cru comprendre qu'il était très impressionnant. Ça s'appelle ; Le Défendeur Masqué, je crois. Un expert d'Aïkido, je pense." "Merci Marc." "Il n'y a pas de quoi monsieur et bon appétit, madame, monsieur."

"Je ne pense pas vouloir regarder ce spectacle Jacques, je n'aime pas tellement la violence." "Quelquefois Danielle, ça prend de la violence pour arrêter la violence, mais je ne pense pas qu'il y en a trop dans ce programme. Je ne crois pas qu'elle serait tolérée dans un établissement comme celui-ci." "Je vais me fier à ton jugement, je sais que tu es intelligent." "Serais-tu en train de me flatter, Danielle ?" "Ha, ha, ha, ce n'est pas mon style du tout et si je considère tout ce qui m'est tombé dessus ce soir, pourquoi aurais-je besoin de flatter qui que ce soit ?" "Je suis encore touché, brillante. Toi aussi tu m'impressionnes plus que je ne l'ai jamais été par une femme."

Sur ces mots nous étions prêts pour le dessert.

"Je suis tellement pleine que je ne peux plus avaler une autre bouchée." "Une ou deux livres de plus ne t'endommageraient pas jeune beauté. Ce n'est pas comme moi." "Ta petite bedaine te va bien Jacques, tu n'as pas à en avoir honte du tout." "Peut-être, mais si je devais courir pour sauver ma vie ou celle de quelqu'un, cela ne m'aiderait pas." "Combien de fois as-tu eu besoin de courir dernièrement ?" "Aucune, mais les temps changent, tu sais. Je suis un homme aux éventualités et je veux être prêt en tout temps." "Je suppose que c'est ce qu'on appelle avoir de la sagesse." "Ça fait que pas de dessert. Aimerais-tu avoir d'autre vin ou quelque chose d'autre ?" "Pas pour moi, c'était très bon, merci." "Tu es plus que bienvenue."

L'aide serveur est venu ramasser et nettoyer notre table pour nous et au même moment le maître de cérémonie (M.C.) s'est avancé sur l'estrade. Je me suis excusé de mon brusque départ, car mon estomac me disait qu'il était temps que j'aille à la chambre des hommes.

'Cela doit être l'énervement.' Puis, je suis parti presque précipitamment. J'étais parti presque dix minutes et durant ce temps, Marc est venu parler avec Précieuse.

'La jolie dame est toute seule ?' Marc lui a demandé, mais non pas d'une façon flirteuse.

"Jacques ne devrait pas être bien long. Est-ce que tu le connais depuis longtemps ?" "Pas vraiment non, mais je lui dois mon emploi et je ne connais personne comme lui. Je suis heureux qu'il ait rencontré quelqu'un de bien, une vraie dame quoi." "Oh, nous ne sommes que des amis, n'est-ce pas là ce qu'il t'a dit ?" "Il ne dit pas grand chose de ses affaires personnelles ; il est un homme d'une classe différente et bien à part ce monsieur." "Et dans quelle classe est-il, dis-moi ?" "Eh bien, une fois nous étions très occupés à l'heure du souper et le cuisinier n'a pas pu venir, parce que sa femme a décidé d'accoucher à cette heure-là. Jacques a enlevé son veston, il a roulé ses manches et il a cuisiné jusqu'à ce que le chef entre et ça, c'était deux heures plus tard. Nous avons pensé à annuler toutes les réservations et à fermer le restaurant. Il a sauvé cette place d'un paquet de troubles.

Une autre fois nous étions tellement occupés que nous manquions de vaisselle et de nouveau ; il a roulé ses manches et il nous a aidé avec ça aussi. Connais-tu bien des présidents de compagnie qui feraient une chose semblable, dis-moi ?" "Pas vraiment non, je dois l'admettre."

Sur ça le spectacle a commencé et Danielle s'est sentie mal de voir que j'allais le manquer. Quand je suis revenu à notre table ; je l'ai trouvé anxieuse et je me suis senti inquiet pour quelques secondes.

"Oh Jacques, j'aurais souhaité que tu voies ça." "Quoi, la violence ? Veux-tu dire que c'est déjà terminé ?" "Oui, cela n'a duré que trois ou quatre minutes." "Un spectacle de quatre minutes ; je n'ai sûrement pas pu manquer grand chose." "Comment se fait-il que tu sois parti aussi longtemps ? Tu n'étais pas en train de cuisiner, n'est-ce pas ?" "Non, non, mais tu as dû parler avec Marc ou encore avec le propriétaire ?" "Marc a été très gentil de venir me tenir compagnie pour le temps où tu étais parti ; ce qui m'a semblé une éternité." "Suis-je aussi facile à remplacer ?" "Non, mais si c'est comme il dit ; tu es irremplaçable et tu peux remplacer à peu près n'importe qui. Il a une opinion très élevée de toi, le sais-tu ?" "Et toi Danielle ?" "Elle va en augmentant Jacques." "Ça, c'est bon d'entendre. Qu'est-ce que tu disais à propos du spectacle ?"

Au même moment l'orateur disait que les attaquants étaient inconnus du Défendeur Masqué et vice versa.

'Ils ont été payés $10.00 chacun pour la scène et si l'un ou l'autre avait réussi à arracher la bourse des mains de la dame ; il aurait pu garder le billet de $100.00 qui est à l'intérieur. Comme vous pouvez tous le voir, ce billet est encore à l'intérieur de cette bourse qui m'a été remise par la dame en question. Ce qui fait que nul des huit participants ou attaquants n'ont pu la lui arracher. Pensez-vous que le Défendeur mérite ce $100 ?' Tout le monde s'est levé en applaudissant et en criant. 'Oui, oui, oui.'

"T'aurais dû voir ce gars-là Jacques. Je pense qu'il est plus petit que toi. Je suis sûr qu'il l'est et il porte un costume à la Zorro ; si tu vois ce que je veux dire." "Je vois et puis ?" "Il y a cette dame et ses deux filles qui marchaient dans la rue et soudainement il y avait ce gang de sept ou huit voleurs qui les attaquent. Cela se passe tellement vite que j'ai eu de la peine à les compter tous. Les trucs que le Défendeur emploie ; c'est quelque chose que je n'ai jamais vu. Au travail j'ai vu nos gars sortir les indésirables, comme on les appelle et il y a aussi beaucoup de batailles, mais je te le dis, je pense que le Défendeur peut mettre tous nos gars à terre, lui seul contre tous." "Prends-le temps de respirer Danielle ; il n'y a rien qui presse et il est tellement bon d'être ici avec toi que je ne suis aucunement pressé de quitter la place. J'aimerais bien te croire Danielle. Ne sois pas offensée, mais je pense que tu exagères un peu." "Eh bien Jacques, il va falloir que tu reviennes et que tu te rendes compte par toi-même." "Oh, je te crois, mais je t'avoue que ça me semble être un peu trop. J'ai vu les gars où tu travailles ; ils ne sont pas des manchots et je doute qu'un seul homme puisse les mettre tous hors de combat en même temps." "Après avoir vu ce gars-là ici ce soir, je te gage qu'il le peut. Une femme doit se sentir en sécurité avec un homme comme ça."

Se disant j'ai baissé la tête en regardant pensif sur la table. Danielle m'a regardé les yeux tout tristes et elle m'a dit : "Pardonne-moi Jacques, je n'ai pas voulu te blesser et je suis sûr que toi aussi tu peux protéger une femme à ta façon." "Oh, je ne suis pas blessé ; je pensais seulement combien je souhaitais que tu puisses trouver ton protecteur toi aussi. Je souhaite que tu puisses trouver quelqu'un qui n'hésiterait pas à donner sa vie pour sauver la tienne. Ça, je pense que tu le mérites." "Merci Jacques, tu es trop gentil." "Personne ne peut être trop gentil pour toi Danielle, personne, crois-moi, je le sais.""

Chapitre 8

“Et vous messieurs, pensez-vous qu’il est trop gentil pour elle ?”

Les uns disaient que ça n’existait pas un gars comme ça. Les autres disaient qu’il fallait être riche pour lui payer un tel festin. Un autre a demandé si un tel amour existait vraiment. Puis celui qu’ils ont surnommé la bête a pris la parole en disant : ‘Je peux vous garantir que celui qui est venu me chercher dans mon bois, celui qui m’a serré les ouïes ne ferait qu’une bouchée de ce Défendeur Masqué.’

Comme de raison tous les autres se sont mis à rire aux éclats et c’était bien compréhensible aussi ; ce qui a mis ce dernier en furie, mais Gilles est intervenu rapidement pour ne pas que la situation dégénère d’avantage.

“Je peux vous assurer que ce n’est pas parce qu’on a jamais vu une chose qu’elle n’existe pas et lorsque quelqu’un nous dit quelque chose avec sincérité ; on ferait bien mieux de l’écouter au lieu de se moquer de lui. Il sera dorénavant défendu d’appeler cet homme :

'La bête,' puisqu'il a désormais un nom comme tout le monde et ce nom est Jacques, tout comme le nom de l'auteur du livre que je vous lis. Si jamais l'un de vous ose l'interpeller encore de cette façon ; c'est lui qui héritera de ce nom, alors ajustez-vous tous. Maintenant, si vous êtes encore incrédules en ce qui concerne le Défendeur Masqué, nous l'inviterons pour venir vous donner une démonstration de son savoir faire et huit de ceux dont vous considérez être les meilleurs d'entre vous joueront le rôle des huit brigands. Qu'en dites-vous ?"

"Oui !"

"Oui !"

"Oui !"

Presque tous se sont mis à crier en même temps.

"Nous allons installer des matelas dans le gymnase et vous pourrez commencer à vous entraîner, mais seulement deux ou trois à la fois. Vous comprendrez que nous ne voulons pas d'émeute dans la place.

Vous savez tous aussi que nous avons des cameras de surveillance en tout temps braquées sur vous. Celui qui se fera prendre en défaut sera banni en plus d'être confiné à la chambre noire. Il sera donc privé de toutes les bonnes choses que nous venons de vous offrir.

L'exercice consiste à faire tomber l'adversaire sans le blesser et celui qui est tombé est automatiquement éliminé et il doit se retirer de la scène. Ça, c'est la règle principale. Il y aura donc huit participants qui essayeront de faire tomber le Défendeur Masqué et lui, il essayera de faire tomber les huit participants. Si l'un des huit réussi à le faire tomber, ce que je doute grandement, il recevra cent dollars de récompense et cet argent est offert par le Défendeur lui-même. Cela démontre bien la confiance que cet homme a en ses moyens.

Vous avez donc un mois pour vous entraîner à faire tomber vos adversaires et rappelez-vous, cela doit être fait sans le blesser. On m'a bien averti, un blessé et le programme sera aboli. Les hôpitaux et les médecins coûtent très cher à l'état. Le but de cet exercice est de s'amuser, pas de s'estropier. Je dois vous informer également que nous aurons une audience le jour de cette performance et notre directeur a promis d'y assister et d'inviter la direction d'autres institutions comme la nôtre ; afin qu'ils puisque constater par eux-mêmes qu'un tel programme peut fonctionner sans mal. Je serais très déçu si cela échouait et j'invite chacun de vous à m'informer s'il entend qui que ce soit dire qu'il aimerait saboter un tel projet et cela même si je n'aime pas les mouchards. Moucharder pour nuire est mal, moucharder pour aider est bien et j'assurerai moi-même la protection de celui qui m'aidera à protéger ce programme. Qu'est-ce que vous en dites ?"

Un seul a eu le courage de lui répondre et c'est Jacques, celui qui venait de recevoir ce nouveau nom, qui voulait seulement s'en montrer digne en disant : 'Nous sommes tous d'accord.'

Un mois plus tard c'était le grand jour pour plusieurs de ces prisonniers, qui pour la plupart appréciaient tout ce qui pouvait les désennuyer de cette vie de solitude qui souvent leur semble infinie.

La salle communautaire semblait bien trop petite pour tous ceux qui voulaient assister à un tel spectacle. Je pense même qu'il aurait été préférable de prévoir plusieurs représentations. En plus de plusieurs représentants des autres institutions, il y avait là un agent du gouvernement venant du bureau du PM., un autre de la police, le sous-ministre des affaires carcérales et principalement Juste et Surhumain, qui étaient des plus intéressés. Puis Gilles, qui venait de réalisé l'ampleur, l'importance de ce projet et l'assistance qui apparaissait devant lui a suggéré de transférer toutes les chaises dans le gymnase, qui est substantiellement plus grand que la salle communautaire. Il y a là plusieurs bancs aussi où il pouvait asseoir beaucoup plus de personnes. Mais il était quand même un peu hanté par le fait que tout ce beau projet reposait sur le comportement de plusieurs criminels. Allaient-ils le trahir, lui faire honte ou l'assister dans cette nouvelle entreprise ? C'est ce que nous saurons dans,,,,,, un instant.

Après que toutes les présentations d'usages furent faites, Gilles a commencé à introduire tous les participants.

Tous les matelas étaient déjà en place et l'on fit venir trois des prisonniers déguisés en femmes, représentant une mère et ses deux filles, qui marchaient bras dessus, bras dessous de gauche à droite du gymnase. Puis venaient à pleine course huit hommes décidés comme jamais à arracher cette bourse des mains de celui qui représentait la mère de ces deux filles. Mais celui qui était masqué était assis sur la première rangée de chaises, juste devant la scène. Il s'est levé à la vitesse de l'éclaire et il n'a fait qu'un jeu de domino avec les quatre premiers qui se suivaient en file indienne. Les quatre autres ont réalisé en temps ce qui se passait et ils ont compris qu'il y en avait déjà quatre d'éliminés.

L'un des quatre qui restaient a dit au Défendeur Masqué qu'il voulait cette bourse et l'argent qu'elle contenait et que l'homme qui l'en empêcherait n'était pas encore né. Le Défendeur a riposté en disant qu'il leur faudrait d'abord lui passer sur le corps. Les trois dames se tenaient derrière le Défendeur lorsque ce dernier s'est lancé sur l'homme masqué, mais avant de se faire, l'homme masqué, au lieu de reculer s'est avancé sur ce dernier et juste avant d'entrer l'un sur l'autre, le Défendeur s'est baissé dans les jambes de l'autre de façon à ce que ce dernier prenne l'une de ces plonges, qui l'a immédiatement rendu furieux. Au lieu de sortir de la scène comme il en était convenu, cet homme en colère a voulu revenir à l'attaque, mais les trois autres l'ont restreint et lui ont fait comprendre qu'ils ne le laisseraient pas bousiller cette chance et qu'il fallait qu'il se retire sur-le-champ.

Puis ces trois derniers se sont retournés vers le Défendeur et ils l'ont cerné en formant une sorte de triangle autour de lui. Tout ce que le Défendeur a eu à faire est d'attendre que l'un d'eux fasse le premier geste. Aussitôt que le premier s'est avancé sur lui, il s'est ramassé dans les bras d'un autre. Une petite poussée suivie d'une petite jambette et les deux étaient par terre avant qu'ils puissent se séparer l'un de l'autre. Il n'en restait qu'un seul, qui a préféré mettre un genou à terre, mais cela ne voulait pas dire qu'il était tombé.

C'est qu'il a préféré utiliser la ruse à la force et à la vitesse. Il a voulu prendre le Défendeur par derrière lorsque celui-ci s'avançait vers les trois dames, mais l'homme masqué a semblé avoir un sixième sens ou des yeux derrière la tête et lorsque l'autre était assez près, le Défendeur s'est retourné rapidement, il a agrippé ce dernier combattant par les épaules, il s'est laissé descendre par en arrière, entraînant son adversaire avec lui et lui mettant les deux pieds dans l'abdomen, il l'a fait culbuter par-dessus les trois femmes et l'autre s'est ramassé sur le cul derrière elles.

'Maintenant tu es vraiment tombé.' Lui a dit le Défendeur Masqué.

Pensant que tout était terminé, l'homme masqué s'est avancé vers les trois dames, lorsque l'autre qui était encore enragé est venu en courant se jeter sur lui. Le voyant venir à temps, ce maître le soulevait d'un seul bras au-dessus de sa tête, lui, un homme de deux cent vingt-cinq livres et il l'a promené ainsi devant toute l'assistance tout en faisant à quelques reprises un tour sur lui-même. Un peu comme les mannequins font lors d'une parade de mode. Puis, cet enragé, qui avait finalement compris combien il avait été ridicule d'agir de la sorte devant toute une assemblée a demandé de le mettre à terre. L'homme masqué l'a lancé quelques dix pieds plus loin et il est atterri sur le ventre, face première aux rire de tous.

Tous, excepté quelques-uns ont pensé que cette dernière scène faisait partie du spectacle. Les applaudissements n'en finissaient plus quand Gilles s'est avancé pour remercier tout le monde de leur assistance. Il ne savait plus trop à quoi s'en tenir quant à son patron, même si les applaudissements avaient été très généreux.

Mais il ne le saura pas avant lundi matin, lorsque les activités normales reprendront. Devait-il parler de la dernière scène, en prétendant qu'elle était une partie intégrale du spectacle ou déclarer la vérité ? S'il dit la vérité, il devra admettre qu'il a perdu contrôle de la situation et s'il la cache, il sera réprimandé pour avoir autorisé trop de violence. En plus, il devra laisser le réfractaire impuni, du moins officiellement.

Juste et Surhumain ont apprécié le spectacle et tous les deux étaient prêts à intervenir en tout temps. Mais ils ont aussi pensé que le Défendeur pourrait bien être pour eux un allier intéressant pour les causes moins sérieuses que les leurs.

"Mon ami Surhumain, je crois que cela sera une tâche raffinée pour toi. Pour pouvoir l'obtenir sur notre côté, il te faudra le défier dans un combat et voir s'il est un ami de Dieu ou pas." "Il faudra d'abord savoir qui il est et comment on peut le contacter. Est-ce que tu peux m'aider avec ça ?" "Je vais le trouver pour toi et en savoir un peu plus et je te dirai ce que j'ai trouvé." "Très bien, il faut que j'y aille maintenant, mais souviens-toi que j'ai hâte de le confronter." "Je ne l'oublierai pas, à bientôt."

Ça n'a pas été très long, Juste a simplement suivi ce Défendeur jusqu'à chez lui sans être vu de celui-ci. Son chez-lui est actuellement un dojo, mais Juste sait déjà que dans les dojos, les étudiants et les professeurs s'inclinent devant une photo de ce qu'ils appellent leur maître et que leur maître n'est pas Dieu ni Jésus.

"Bonjour, je voudrais prendre des leçons de votre art, est-ce que vous prenez des inscriptions ?" "Qui vous a référé ?" "Personne, je vous ai vu à l'œuvre au pénitencier." "On m'avait pourtant promis que mon identité ne serait pas divulguée." "Personne ne vous a trahi ; je vous ai suivi jusqu'ici." "J'ai pourtant fait très attention et je suis spécialisé depuis plus de dix ans et jamais personne n'a réussi à me surprendre de la sorte. Je dois commencer à me faire vieux." "Ne vous blâmez pas, car j'ai reçu un don venant de Dieu qui me permet de me déplacer sans être vu." "Qui est Dieu pour vous ?" "Mais Dieu est le Créateur de toutes choses." "Que pensez-vous des religions ?" "Elles sont ce que j'oserais appeler la plus grande forme d'esclavage au monde. Heureux celui et celle qui en est libéré. Je vous ai répondu franchement, mais que sont-elles pour vous ?" "Je vous dirai que mes pensées sont semblables aux vôtres sur ce sujet. Vous m'excuserez, mais je me méfie toujours des nouveaux venus et encore plus s'ils peuvent me suivre sans que je m'en rende compte et je ne fais confiance qu'à ceux dont je connais très bien et il n'y en a pas beaucoup." "Je vous comprends, mais avec un tel talent, comme celui que vous possédez ; vous ne devriez pas craindre autant. Quoique,,,, je connais une personne qui peut vous vaincre." "Je parierais gros que cette personne faisait aussi partie de l'assistance plus tôt aujourd'hui." "Comment le savez-vous ?" "Moi aussi je connais le Créateur et Il me parle souvent. Sa voix me disait qu'il y avait dans l'assistance deux personnes dont je ne pourrais pas vaincre et je parierais que vous êtes l'une d'elles. J'ai même craint pour un peu que ces personnes fassent partie du groupe que je devais faire trébucher dans le spectacle. Dites-moi, êtes-vous un ange ?" "Je bouge un peu de la même manière, mais non, je n'en suis pas un. En faites-vous souvent de ces spectacles, qui sont, je dois dire, très impressionnants ?" "Il m'arrive de faire des démonstrations semblables pour mes élèves, mais je forme surtout des Défendeurs, qui comme moi sacrifieront leur vie pour défendre les plus démunis et c'est pourquoi ils sont appelés Défendeurs et parce qu'ils travaillent toujours dans l'anonymat, ils sont donc appelés Défendeurs Masqués." "Mon compagnon et moi pensons que vous pourriez vous joindre à nous pour venir à la défense des justes et par le fait même combattre les injustices. Nous pourrions du même coup vous offrir notre protection, si jamais vous en aviez besoin. L'idée est principalement de vous offrir des batailles qui seraient de votre ressort ; ce qui nous permettrait de mieux nous concentrer sur des cas plus graves ; des cas qui demandent des pouvoirs vraiment exceptionnels dont vous ne pouvez même pas vous imaginer." "Pouvez-vous me citer un cas pour que je puisse mieux me faire une idée ?" "Mon ami peut soutenir un avion pour l'aider à atterrir lorsqu'il a perdu son train d'atterrissage. Il peut aussi porter un bateau qui coule avec des centaines de naufragés à son bord et l'emmener à bon port sur une distance de centaines de milles." "C'est sûr que c'est plus que je ne puisse accomplir moi-même, mais c'est aussi quelque chose dont je n'ai jamais entendu parler." "Nous aussi nous travaillons dans l'anonymat autant que possible. Ce que vous faites est beaucoup plus crédible, c'est certain, même si c'est vraiment exceptionnel. Mais qu'en dites-vous ? Est-ce que cela vous intéresse ?" "J'aimerais premièrement rencontrer votre compagnon pour pouvoir mieux me faire à l'idée. Quel est son nom ?" "Son nom est Surhumain et il est un peu comme le Surhomme, dont vous avez sûrement entendu parler." "Je croyais cependant qu'il n'était qu'une légende, un personnage inventé." "Pour plusieurs personnes il est difficile de croire sans voir. Vous avez sûrement entendu ces paroles : 'Je le croirai quand je le verrai.' " "Ho oui et plus d'une fois." "Et bien, je lui en parlerai quand je le verrai, mais je sais déjà qu'il veut vous rencontrer." "Surhumain a la force et la vitesse du Surhomme, mais il n'est pas fait de métal, il est un humain comme vous et moi."

Cependant au pénitencier, il y avait de fortes discussions à propos du spectacle qui a eu lieu un peu plus tôt. Quelques gardiens craignent une émeute qui serait pratiquement incontrôlable et d'autres argumentent que si les plus raisonnables prisonniers connaissaient ces techniques, ils pourraient même leur aider à contrôler cette émeute si jamais elle avait lieu.

"Pensez-y bien monsieur le directeur, avoir un seul de ces experts de notre côté qui pourrait contrôler sept ou huit autres à mains nues serait encore plus efficace que n'importe lequel de nous avec nos matraques. En plus, il ne coûterait presque rien, je dirais même des miettes en comparaison de nos salaires. Imaginez seulement une moitié des prisonniers qui garderait l'autre moitié sans peine ni misère, puisqu'ils obtiendraient très rapidement le respect de tous. Imaginez-vous seulement toute l'économie que cela pourrait apporter au pays.

Cela se chiffrerait à plusieurs millions, sans compter que les prisons se videraient beaucoup plus vite, puisque l'ordre y régnerait en permanence. Les plus récalcitrants s'apercevraient vite qu'il n'y a rien à gagner à se battre pour une cause perdue d'avance."

"Moi je pense qu'ils pourraient organiser la plus grande évasion de tous les temps. Il ne faut pas oublier que ce sont tous des criminels eux aussi, même s'ils ne sont pas aussi méchants que d'autres. Ils pourraient très facilement être corrompus." "Et moi je pense qu'ils ne seraient pas plus corruptibles que nos gardiens actuels. Comme nous le savons déjà, il y a plusieurs corrompus dans notre société et ils ne sont pas tous en prison."

"C'est bien beau tout ça Gilles, mais as-tu pensé à tous les gardiens de prison qui perdraient leur job ; si jamais nous allions de l'avant avec ton idée ?" "Juste avec toute l'économie que le gouvernement réaliserait avec cette idée ; il pourrait créer de l'emploi plus utile pour des milliers d'autres." "Et bien, j'ai entendu vos arguments, les pour et les contre de chacun. Alors laissez-moi ça entre les mains et je vais m'en occuper."

Ce n'est certainement pas une décision que le directeur peut prendre seul. Il a donc transféré toute l'affaire au ministre concerné. Puis du bureau du ministre de la justice aux échos des coulisses du pouvoir, le problème a fait surface sur le bureau de James, qui lui a fait immédiatement appel à Juste pour obtenir le meilleur conseil possible.

“Je pense que l’idée mérite d’être développée prudemment, car elle a un potentiel énorme et je pense aussi connaître la façon de procéder.” “On a demandé mon assistance, alors si tu peux m’aider à établir un bon plan ; cela serait très apprécié, non seulement par moi, mais par tout le gouvernement.” “Je veux bien t’amener mon aide, mais je veux que mon nom demeure en dehors de tout ça et en tout temps. En aucun cas je ne veux être mentionné.” “Tu as ma parole, même si je me demande bien pourquoi.” “Ta parole me suffit et la raison est toute simple ; c’est que je veux pouvoir continuer à remplir ma mission sans problème. Pour revenir à ce que pourquoi tu m’as fait venir ; j’ai une suggestion à te faire. Pourquoi ne feraient-ils pas l’expérience premièrement avec des Défendeurs déjà entraînés ? Ils pourraient même se faire passer pour des détenus au début, afin d’être mieux acceptés par les autres prisonniers. Par la suite, ils pourraient même entraîner des détenus de leur choix, puisqu’ils ont le don de bien choisir leurs candidats. Je sais par exemple qu’ils ne prennent pas quelqu’un qui ne croit pas en Dieu ou qui n’aime pas Dieu.” “Je pense que c’est là une excellente idée Juste. Peux-tu t’informer auprès des Défendeurs pour voir s’ils acceptent l’idée ou pas ?” “Il n’y a pas de problème ; je connais déjà le maître du dojo et pour l’avoir vu à l’œuvre, je sais qu’il est compétent. Il a terrassé huit adversaires devant nous tous et il a soulevé l’un d’eux, qui pèse dans le moins deux cent livres au bout d’un seul bras et il l'a tenue là pendant plusieurs minutes. Je peux t'assurer aussi qu'aucun homme ne veut se retrouver dans une telle situation, qu'il soit prisonnier ou pas." "Aussitôt que je saurai ce que le Défendeur a décidé de faire et s'il accepte ; j'écrirai ce plan et je le proposerai au ministre de la justice. Je te remercie Juste ; tu es d'une aide très appréciable, mais je déteste recevoir tout le crédit qui te revient." "Il n'y a pas de quoi en faire tout un château, puisque j'ai ta fille qui fait mon plus grand bonheur. N'hésite surtout pas et en tout temps. À Bientôt !"

Le plan fut rapidement établi et remis au ministre de la justice et de là sur le bureau du directeur du pénitencier. Une rencontre entre le maître Défendeur, Juste et Surhumain a aussi rapidement pris place. Une courte séance entre le Défendeur et Surhumain a vite convaincu le maître qui était maître après tout. Ce dernier a vite compris qu'il valait beaucoup mieux avoir Surhumain sur son bord. Il n'a pas eu de difficulté du tout non plus, à comprendre que s'il pouvait compter sur Surhumain et sur Juste en tout temps, sa nouvelle fonction ne serait qu'une partie de plaisir. Il a pour but premier dans la vie de créer autant de Défendeurs que possible. Il voyait donc là une unique opportunité, comme il l'avait toujours rêvé.

L'un après l'autre les Défendeurs faisaient leur entrée au pénitencier et contrairement à l'aumônier ; ces derniers n'étaient pas tenus aux secrets confessionnels. Ils allaient d'une cellule à l'autre dans l'idée de bien choisir les candidats avec lesquels ils allaient travailler.

Ce qui a causé la perte de plusieurs détenus dans le passé est le fait qu'ils se confient à d'autres et c'est sûrement dans le but d'alléger leur conscience quelque peu. Mais par contre, pour les Défendeurs, cela était incontournable, puisqu'il s'agissait de leur sécurité premièrement et celle de tous les autres dans cet établissement. Ce n'est pas rare qu'un détenu a de la rancune contre un gardien et même contre le directeur.

Mais comme un psychologue, ces Défendeurs sont un peu comme des détecteurs de mensonges, comme ceux qui décident si un accusé est apte à subir son procès ou pas.

Quelques semaines plus tard, ces Défendeurs avaient réuni assez de candidats pour commencer leur entraînement. Au rythme de trois heures chacun par jour, les détenus choisis étaient ; laissez-moi choisir une expression bien québécoise ; 'fous comme d'la marde.'

L'entraînement physique et mental leur procurait une satisfaction jamais égalée. Plusieurs ont même confié à leur entraîneur, que s'ils avaient connu ça avant ; ils ne se seraient jamais retrouvés derrière les barreaux. Le maître leur a répondu que s'ils n'étaient pas derrière les barreaux ; ils n'auraient peut-être jamais connu ça. Qui donc est Maître de notre destinée ?

Puis Jacques, celui qui se prénommait la bête auparavant, en plus de suivre cet entraînement intensif a obtenu ce qu'il désirait le plus au monde et ça grâce à son bon comportement et à l'aide de son gardien, Gilles, c'est-à-dire des cours pour apprendre à lire et à écrire. Il avait une envie folle de pouvoir écrire comme son idole ; l'auteur du livre dont il dévorait chaque ligne. Aussitôt qu'il en a su assez pour écrire un peu ; il demandait la permission d'aller de cellule en cellule, afin de proposer à ses comparses d'écrire leur histoire. C'était pour lui une façon de se pratiquer pour le jour où il aurait une histoire à raconter. Mais lui non plus n'était pas tenu aux secrets confessionnels et cela a conduit à innocenter plusieurs détenus non coupables et à faire condamner ceux qui l'étaient.

Ceux qui deviennent sûrs à cent pour cent, donc ceux sur qui aucun doute possible ne plane sont promus au titre de gardien auxiliaire et obtiennent un salaire équivalent à cinq pour cent du salaire d'un gardien établi. Lorsqu'ils ont passé tous les testes possibles ; ils sont alors attitrés comme gardien de première classe et ils obtiennent un salaire équivalent à dix pour cent d'un salaire normal d'un gardien de prison.

La paix règne et tout le monde est heureux, à part un seul selon mes renseignements. L'aumônier est allé se plaindre au directeur que très peu de détenus désormais demandaient à être confessés. Le directeur lui a demandé où allait son salaire. L'autre un peu gêné lui a répondu que son salaire allait à Rome, au Vatican.

"Tout l'or qui a été volé du temple en Israël aussi est allé à Rome et à ce que je sache, il n'a jamais été retourné."

Le directeur lui a fait part à ce moment-là que le Gouvernement Canadien préfère que l'argent du gouvernement demeure au pays. Cela a en quelque sorte mis fin rapidement à la discussion.

Lorsque le maître Défendeurs a demandé à ses sujets de faire la promesse solennelle pour adhérer à cette pratique ; il s'est fait demander : 'Pourquoi pas un serment d'allégeance, comme à peu près toutes les autres institutions gouvernementales du pays ?' Il leur a répondu : 'Parce que le grand Maître, Celui qui est au-dessus de nous, nous l'a défendu.'

Sachant que le maître Défendeur savait de quoi il parlait, personne n'a argumenté d'avantage.

Puis Gilles a continué sa lecture habituelle et lorsqu'il lisait le passage où le Défendeur Masqué s'est fait surprendre par un policier tenant un pistolet derrière sa tête ; ses auditeurs lui ont coupé la parole en disant qu'ils voulaient pratiquer cette scène-là.

"Vous le demanderez à votre instructeur, mais ne vous attendez pas à ce qu'il vous l'enseigne avant que vous soyez prêts. Il sait ce qu'il fait et faites-lui confiance. Maintenant laissez-moi continuer s.v.p. et essayez de ne plus m'interrompre, ce n'est pas plaisant et vous êtes tous capables d'attendre à la fin du récit."

Suite de la lecture dans Précieuse Princesse.

"'Pour une longue durée de temps maintenant, tout était paisible au camp. Jusqu'au jour où un homme très habile, je dois l'admettre, est venu braquer un pistolet derrière ma tête. Je ne crois pas que c'était pour lui la chose la plus intelligente à faire, mais que veux-tu ? Il y en a qui sont durs de comprenure.

'Lève-toi très lentement. Rien qu'un faux mouvement de ta part et tu es un homme mort.'

Les choses tournaient très rapidement dans ma tête. Comment se fait-il que mes chiens, mes mutesheps n'ont pas aboyé ou hurlé ? Cela est quelque chose qu'ils font normalement lorsqu'il y a danger. Si cet homme avait voulu me tirer ; il avait eu amplement le temps de le faire. Je n'avais cependant pas de temps pour une réponse à toutes mes questions. Dans un de mes mouvements les plus rapides, j'ai tournoyé sur moi-même en rabattant mon poing sur son poignet ; brisant son bras du même coup et faisant tournoyer son arme qui a atterri à une dizaine de pieds de nous et tout ça avant qu'il n'ait eu le temps de dire un autre mot. Il est un homme assez corpulent et je savais que je ne pouvais prendre aucun risque. Après un second regard, je lui ai dit.

"Nous nous sommes déjà rencontrés ?" "C'est la deuxième fois que tu me casses un bras." "Une seule fois ne t'a pas suffi ? Comment va la mâchoire ?" "Aussi bien que possible, je suppose." "Pourquoi ne m'as-tu pas tiré ?" "Je voulais juste m'acquitter de ma dette envers toi." "Que veux-tu dire ?" "J'ai figuré que tu m'avais laissé vivre ce soir-là et que tu aurais pu aisément me tuer." "Je ne tue pas les gens." "C'est parce que tu es chrétien ?" "Je ne le suis plus. J'ai déjà été aveugle, mais je ne le suis plus. C'est surtout parce que je crois en Dieu et que je connais sa loi et ses commandements. Je n'ai jamais cessé de penser à ce soir-là. Tu aurais pu me donner et tu ne l'as pas fait. Le fait est que tu es le seul qui sait qui je suis et pour cette raison je savais que nous nous reverrions de nouveau, mais je n'ai jamais pensé que ce serait de cette façon. Ce que tu me dis ; c'est que tu ne veux plus tuer personne ?" "Mon plan ce soir-là était de t'emmener loin de cette scène pour te protéger." "Pourquoi n'as-tu rien fait pour cet homme mourant sur le pavé ?" "Il était trop tard pour lui et si j'avais voulu l'aider, on m'aurait abattu comme une bête moi aussi. Tu as laissé mon auto dans un piètre état et il s'est passé trois heures avant qu'un passant ne me ramasse et m'emmène dans une clinique. Tu as fait tout un gâchis ce soir-là." "Si cela ne te dérange pas de l'entendre ; je te dirais que j'ai plutôt empêché un gros gâchis ce soir-là." "Tu as bien raison. Où as-tu appris à te battre comme tu le fais ?" "J'ai visionné beaucoup de films et je pratique sur des gars comme toi." "J'ai pu voir et sentir ça." "Ça fait mal ?" "Moins que la dernière fois !" "Comment es-tu venu jusqu'ici ?" "À cheval." "Où est-il maintenant ?” “À un mille d’ici environ.” “Qu’est-ce que tu veux faire maintenant ? Tu devrais penser à te rendre à l’hôpital.” “Ils tuent plus de gens qu’ils n’en sauvent de nos jours.” “Viens chez moi, il nous faut réparer cette cassure. Je vais te donner un lit et dans quelques jours, si tu ne vas pas mieux ; il te faudra trouver un docteur. Peux-tu serrer de la main gauche ?” “Est-ce que cela veut dire que tu me fais confiance ?” “Si je ne l’avais pas fait, je t’aurais déjà cassé celui-là aussi. Quel âge as-tu ?” “Trente-sept ! Pourquoi ?” “J’ai une femme et des enfants à la maison. Il y a aussi la meilleure amie de ma femme et elle est de ton âge. Ils s’appellent tous, ‘touche pas.’” “Elles sont toutes les deux tes femmes ?” “Aucune fornication n’est tolérée sur ma propriété, compris ?” “C’est très clair oui.” “Ta santé en dépend. Laisse-moi voir ce poignet. Il est bien cassé. Tu vas éprouver de la douleur quand tu le remettras en place.” “Je le remettrai en place ?” “Tu ne t’attends toujours pas à ce que je répare tout ce que je casse, n’est-ce pas ?” “Non, mais moi je ne sais pas comment réparer une chose semblable.” “Je te montrerai comment faire, allons-y.

Une autre chose avant de partir ; nul ne sait que je suis le Défendeur Masqué ou comment je t’ai rencontré la première fois et je tiens à ce que cela reste ainsi.” “J’ai pigé.” “Va chercher ton cheval maintenant et ne l’amène surtout pas entre la baraque et le lac ; sinon il se fera casser les jambes lui aussi.” “Non, ne me dis pas que tu casses les jambes des chevaux aussi ?" "Et ne t'attends pas à ce que je te fasse confiance à cent pour cent non plus, du moins pas pour un temps.'

Gilles s'est bien aperçu que ses auditeurs dévoraient chacune de ses paroles, mais pour lui son heure de départ était arrivée et il n'a pas que ses nouveaux amis à penser, mais il a aussi une femme et des enfants qui l'attendent à la maison.

"Retenez vos questions jusqu'à demain et il me fera plaisir alors de vous répondre." "Mais ! " "Il n'y a pas de mais ; je dois partir maintenant et le seul mais qu'il y a est que je serai ici encore demain."

Dès l'ouverture des cellules le lendemain matin, Jacques et plusieurs autres étaient à l'affût dans le but justement de recevoir des réponses à leurs questions.

"Je veux apprendre comment faire pour désarmer quelqu'un comme le Défendeur l'a fait." "Moi aussi !"

"Moi aussi ! " "C'est bon, c'est bon, je demanderai à votre instructeur de vous montrer comment vous prendre et je peux déjà vous dire que cela prendra des semaines, sinon des mois de pratiques. Alors il vous faudra vous armer de patience pour désarmer un homme avant qu'il n'ait le temps de tirer et souvenez-vous que cela ne sera jamais sans risque. C'est peut-être même l'exercice le plus difficile à réussir et je ne serais pas surpris si l'instructeur refuse de vous l'enseigner, du moins pour un temps. Il lui faudra sûrement obtenir la permission de la direction et peut-être même des autorités gouvernementales. N'oubliez pas qu'il y va aussi de la sécurité de toutes nos forces policières. Je suis certain que nos policiers n'aimeraient pas se faire désarmer de la sorte." "Ou bien on nous fait confiance ou bien on ne nous fait pas confiance." "Il ne vous faudra pas oublier qui vous êtes et ça malgré tous les privilèges qui vous sont accordés. Il ne faut jamais ambitionner sur le pain béni. Alors soyez patients et lorsqu'on vous en croira dignes ; vous obtiendrez ce que vous voulez, mais ce n'est pas vous qui déciderez de l'heure ni du jour."

Plusieurs murmures ont suivi et plusieurs marmottaient, mais tous savaient que Gilles avait raison. Le fait d'être prisonniers les restreint de plusieurs privilèges, mais ne les rend pas plus idiots.

Cependant les plus grandes discussions étaient réservées pour le maître Défendeur, qui devait leur enseigner son art. Il n'était aucunement question pour lui de commencer par la fin. Les mêmes règles qui existent dans son dojo devaient être appliquées, peu importe où il opère et ça qu'on aime ses règles ou pas. En plus d'être un ami de Dieu, ce maître a quelque chose en commun avec Juste ; c'est que lui aussi aime la justice et : Fair is fair ; donc, il n'y a pas de passe-droit pour personne.

"Je vais vous donner un exercice que vous pourrez pratiquer dans vos temps libres et lorsque vous l'aurez maîtrisé, alors je vous en dirai plus. Allez tous vous chercher un verre d'eau et emmenez-le ici."

Les six participants sont donc allés chercher ce qu'il leur était demandé sauf un, qui est revenu les mains vides.

"Maintenant buvez-le."

"Comment se fait-il que vous n'avez pas de verre ?" "Je n'ai pas soif." "Est-ce que je vous ai demandé si vous aviez soif ?"

"Garde, voulez-vous escorter cet homme jusque dans sa cellule, s.v.p. ?" "Quelque chose ne va pas ici ?" "Exacte, je n'enseigne qu'à ceux qui savent écouter et ce monsieur ne l'a pas encore compris, alors emmenez-le hors de ma vue."

"Viens Normand, j'espère que cela te servira de leçon. Ceci est un exercice très sérieux et si tu ne peux pas écouter à la moindre petite chose, comment feras-tu pour écouter à un ordre important ?"

"C'est juste un ost-y d'fou." "Non, tu fais erreur ; c'est toi qui a manqué le bateau et tu n'as que toi-même à blâmer. Il l'avait bien dit à tous, qu'il fallait qu'il soit obéi en toutes choses ; ce que tu n'as pas fait. Tu aurais dû t'excuser sur-le-champ ; de cette façon tu aurais peut-être eu une chance de continuer avec les autres, mais là, il te faut retourner à ta cellule. Viens, demain sera un autre jour."

Les cinq autres ont bu leur verre d'eau et ils ont tous vite compris l'importance de ceux-ci. C'est le verre de papier qui leur était nécessaire pour le prochain exercice qui consistait en fait à leur faire pratiquer ce qu'ils demandaient tous depuis plusieurs jours ; c'est-à-dire tournoyer sur eux-mêmes pour désarmer l'autre, comme la scène du livre.

"Maintenant, vous allez vous servir de votre verre en papier en guise de pistolet. Est-ce que vous vous rappelez la phrase exacte du policier dans la scène du livre ?" "Moi je m'en rappelle." S'exprimait Jacques immédiatement. "Alors répétez-la-moi, s.v.p." "Bien sûr, voilà. 'Lève-toi très lentement. Rien qu'un faux mouvement de ta part et tu es un homme mort.'"

"C'est exact, bravo ! Maintenant je vais mettre un genou par terre et toi tu viendras mettre ce verre derrière ma tête, comme si c'était un pistolet et me répéter cette phrase comme dans l'histoire du livre. Est-ce que ça te va ?" "Vous n'allez pas me casser le bras ?" "Ne craignez rien, mais il faut vous rappeler, qu'il ne voulait pas vraiment le tirer, mais de s'acquitter de sa dette."

Jacques s'avança du maître qui était sur un genou, comme seul un indien comme lui sait le faire et il colla son verre de papier sur la tête de celui-ci, qui se leva lentement, comme il lui avait été ordonné, mais avant que Jacques ait eu terminé cette phrase, il avait déjà perdu son verre et ça sans jamais voir comment cela s'est fait. Les quatre autres qui avaient les yeux fixés sur

Jacques non rien vu non plus avant que tout soit fait. C'était à vrai dire un peu comme un tour de magie ; une action exécutée plus vite que l'œil.

"Quelqu'un d'autre veut essayer ? N'ayez pas peur, vous n'avez rien à perdre."

Les quatre autres ont perdu leur verre de la même façon, mais ils ont eu une réaction un peu négative.

"Nous ne pourrons jamais réussir un tel truc." "Je ne dirais pas ça, mais je vous dirai que si cela peut contribuer à vous sauver la vie ; cela vaut la peine de vous pratiquer pendant six mois, s'il le faut. Il y a en effet des trucs de magie qui prennent aussi longtemps à réussir, mais moi je ne l'ai pas appris pour épater les gens et il devra en être de même pour vous tous." "Pouvons-nous connaître votre nom ?" "Je me nomme Jonathan." "Pas le fils du célèbre Jacques Prince, l'écrivain, mon héros, Jonathan, le Chat Noire ?" "Je vois que vous avez lu le premier livre de mon père." "J'ai dévoré de la première ligne à la dernière." "Comment vous nommez-vous ?" "Moi c'est Jacques, comme lui et à cause de lui." "Et bien, j'en suis heureux et j'espère que vous deviendrez comme lui." "Je ferai tout ce qui est en mon pouvoir pour le devenir, mais je doute pouvoir y réussir." "Mettez-y du cœur et je vous aiderai." "Il m'inspire beaucoup et j'ai déjà trouvé le titre de mon premier livre." "Pouvez-vous me dire ce que c'est ?" "Je ne voudrais pas le perdre." "On a tous fait la promesse solennelle d'être juste et honnête." "Alors venez un peu à l'écart des autres..... Ça sera : 'Plus Traître Que Judas.' " "Vous ne pensez quand même pas que mon père était un traître ?" "Bien au contraire ; je vous ai dit qu'il est mon héros. Mais il en a assez dit dans ce livre pour m'indiquer qui est le plus grand traître parmi les apôtres et ce n'est pas Judas. Judas a mal fait, c'est vrai, mais un autre a fait pire encore." "Il est donc vrai que vous êtes inspiré et je vous souhaite la meilleure chance du monde et si je peux vous être utile, laissez-le-moi savoir, voulez-vous ?" "Bien sûr !"

Le lendemain Jonathan, le maître Défendeur Masqué est venu un peu plus tôt et c'était dans un but très précis. Il voulait rencontrer seul à seul celui qui n'avait pas obéi la veille et qui a dû retourner dans sa cellule. Il se devait d'en parler à Gilles en premier et ce dernier a obtenu la permission du directeur, mais ce détenu ne voulait plus rien savoir. Jonathan a quand même insisté pour le rencontrer. Gilles lui a ouvert la lourde porte de la cellule de ce détenu et l'autre lui a crié de s'en aller et qu'il ne voulait plus le voir.

"Je me fous totalement si tu veux me voir ou pas ; c'est moi qui veux te voir et te parler et tu vas m'écouter bien malgré toi s'il le faut." "Qu'est-ce que tu me veux ?" "Te parler." "Moi je ne veux rien savoir." "Je te l'ai dit, je m'en fous." "Tu ne me fais pas peur, tu sais ?" "Et toi encore moins. Tu avais passé tous les tests possibles jusqu'à ce point-là, qu'est-ce qui s'est passé avec toi ? Moi je détecte un peu trop d'orgueil, tout comme présentement. Laisse-moi de dire ; très prochainement tout le personnel de ce pénitencier sera divisé en deux clans distincts. Il y aura les bons et les moins bons. Les moins bons auront à faire face à des gars comme moi et tu auras à leur faire face tous les jours. Maintenant il n'en tient qu'à toi de choisir ton clan et il vaudra mieux pour toi de faire ton choix maintenant. Pour t'aider à décider, je te suggère un petit exercice. La porte de cette cellule n'est pas verrouillée et je voudrais que tu essayes de passer par-dessus moi pour la franchir et je te promets de ne pas user de force excessive. Qu'est-ce que tu en dis ?" "Je veux bien l'essayer, mais moi au contraire, je te promets d'utiliser tous mes moyens, y compris la force si nécessaire pour y arriver." "Je suis d'accord à deux cent pour cent."

Puis Jonathan s'est retourné faisant dos au détenu et face à la porte.

"Quand tu seras prêt, vas-y, je t'attends." "Tu ne veux pas me faire face." "Je te l'ai dit, quand tu seras prêt."

Pendant que le détenu a fait trois pas rapides vers Jonathan ; Jonathan a fait un pas devant lui, un autre pas dans la porte, un autre au plafond et voilà qu'il était derrière le détenu et l'agrippait par ses vêtements pour le retenir. Puis le tirant vers lui avec un pied derrière les deux jambes de l'autre, qui s'est lentement retrouvé sur le cul par terre sur le plancher avec une prise de soumission pour l'immobiliser complètement.

"Je peux t'assurer que cela fait beaucoup moins mal au derrière sur les matelas du gymnase." "Ça va, j'ai compris." "Penses-tu encore que je suis un ost-y d'fou ?" "Pas vraiment non, mais tu peux me lâcher maintenant ; en effet ce n'est pas une position très confortable." "Imagine-toi maintenant si j'utilisais la force en plus de mon habileté. Je pourrais facilement de casser et le dos et le cou, mais il n'y a pas que toi qui en paierait le prix ; les hôpitaux et leurs soins sont très dispendieux. Souviens-toi-s'en avant de blesser quelqu'un, surtout si cela n'est pas nécessaire. Veux-tu te réessayer ?" "Non merci, ce n'est pas la peine et je sais reconnaître meilleur que moi quand je le vois." "Maintenant, si tu t'excuses, je pourrai te reprendre pour la suite des cours, mais il te faudra refaire ta promesse solennelle et il faut que je te dise ; tous les traîtres à notre cause feront face au traitement que tu viens de subir, mais eux ; ils auront le dos et le cou cassés et c'est sans pardon une fois que leur entraînement est complété. Pour revenir à hier après-midi maintenant ; penses-y pour une seconde, si ce que je vous ai demandé était une question de vie ou de mort ; tu serais mort et tous les autres seraient vivants.

Que décides-tu ?" "Et bien, si c'est possible et si vous voulez bien m'excuser, je voudrais suivre vos cours sans plus tarder." "Alors descendons et je m'expliquerai avec Gilles."

Jonathan est descendu au gymnase heureux d'avoir gagner un ami au lieu d'en avoir perdu un et soudainement il se rappela un message du Messie qui est écrit dans Matthieu 18, 15-17. 'Si ton frère a péché, va et <u>reprends-le entre toi et lui seul</u>. S'il t'écoute, tu as gagné ton frère. Mais, s'il ne t'écoute pas, prends avec toi une ou deux personnes, afin que toute l'affaire se règle sur la déclaration de deux ou trois témoins. S'il refuse de les écouter, dis-le à l'église ; et s'il refuse aussi d'écouter l'église, qu'il soit pour toi comme un païen et un publicain.'

Maintenant, qu'est-ce qu'est l'église pour le Messie et l'église du Messie ? L'ensemble de ses disciples, c'est-à-dire ceux qui enseignent ce qu'Il a prescrit. Voir Matthieu 28, 20.

Qu'est-ce que les disciples devaient faire avec les païens et les publicains ? Voir Matthieu 9, 11-12. 'Les pharisiens virent cela et ils dirent aux disciples du Messie : Pourquoi votre maître mange-t-il avec les publicains et les gens de mauvaise vie ? Ce que Jésus ayant entendu, il dit : Ce ne sont pas ceux qui se portent bien qui ont besoin de médecin, mais les malades.'

Ce ne sont pas ceux qui sont sans péché qui ont le plus besoin des disciples du Messie et de la parole de Dieu, mais les pécheurs, ceux qui font le mal.

Alors, les disciples du Messie doivent apporter la parole de Dieu, c'est-à-dire les messages du Messie aux pécheurs, qu'ils soient païens, publicains ou autres et c'est ça son église qui n'a pas de toit ni de personnes en autorité, comme les papes, les archevêques, les cardinaux, les évêques, les prêtres, les pasteurs (même chose) et les diacres.

C'est ce que le Messie faisait ; emmener la parole de Dieu aux pécheurs. Voir et ceci est très important, le message du Messie dans Matthieu 9, 13. 'Je ne suis pas venu appeler les justes, mais les pécheurs.'

Cela veut bien dire que les justes sont déjà avec Dieu. Ce n'est donc pas la peine de les appeler pour qu'ils viennent à Dieu. Ce message du Messie dans Matthieu 9, 13 contredit donc tous les conducteurs des églises chrétiennes qui disent que personnes ne pouvaient être sauvé ou avec Dieu avant la venue et la mort du Messie.

Cela veut aussi dire que je me dois d'emmener tous les messages du Messie à tous les chrétiens du monde entier, puisqu'ils disent tous qu'ils ont tous péché.

C'est sûr aussi que le père du mensonge et de tous les pécheurs pouvait dire qu'ils ont tous péché et c'est peut-être même la seule vérité qu'il n'ait jamais dit.

Les disciples du Messie n'accumulent pas de trésors dans leur grenier ni dans leur coffre, puisqu'ils écoutent leur Maître et ils accumulent plutôt des trésors au ciel. Il y a quelques versets à voir à ce propos.

Voir premièrement Matthieu 23, 8-10. 'Mais vous, (mes disciples) ne vous faites pas appeler Rabbi ; car un seul est votre Maître, et vous êtes tous frères. (Donc tous égales)

Et n'appelez personne sur la terre votre père ; car un seul est votre Père, Celui qui est dans les cieux. (C'est-à-dire, le seul Dieu) Ne vous faites pas appeler directeurs ; car un seul est votre directeur, le Christ.' C'est-à-dire, le Messie.

Les enfants de Dieu, les frères de Jésus n'ont pas de père nommé saint Paul, de saint père à Rome ni de père ou pasteur à l'église. Les enfants de Dieu n'ont qu'un seul Père, qui est au ciel et un seul Maître, qui est Jésus et son enseignement.

Maintenant mes amis, je viens de vous écrire et de vous décrire la vraie église de Jésus et toutes les autres ne sont pas seulement fausses, mais elles sont aussi antichrists, car elles enseignent le contraire de la volonté et de l'enseignement du Christ, donc contre la volonté de Dieu.

Il vous faut voir également Matthieu 6, 19-21. 'Ne vous amassez pas des trésors sur la terre, où la teigne et la rouille détruisent, et où les voleurs percent et dérobent ; mais amassez-vous des trésors dans le ciel, où la teigne et la rouille ne détruisent point, et où les voleurs ne percent ni ne dérobent. Car là où est ton trésor, là aussi sera ton cœur.'

Je suis au moins sûr d'une autre chose ; c'est que plusieurs églises et plusieurs personnes n'aiment pas ce dernier message du Messie.

La seule église qui fait ce que ce message enseigne est l'église du Messie, donc ses disciples. C'est l'église qui n'a aucun autre père que le Père du ciel et aucun autre directeur que le Christ. C'est l'église qui n'a qu'un seul Maître, nul autre que le Messie et ses messages.

Pourquoi donc que la plupart des églises ont des portes épaisses et barrées ? C'est qu'elles ont amassé des trésors sur la terre que les voleurs veulent dérober. Elles n'ont donc pas de trésor au ciel.

Puis les six détenus se sont retrouvés sur les matelas de nouveau dans le gymnase avec Jonathan, là où il leur fallait apprendre à tomber, à rouler et à culbuter de toutes les façons possibles. Les plus lourds trouvaient ça plus difficile que les autres, mais néanmoins, ils ont tous trouvé ça amusant et très diffèrent de leur routine habituelle.

Le lendemain c'était au tour de la jambette d'être à l'ordre du jour, mais cet exercice avait un autre but que l'acquisition de la connaissance de l'art ; elle avait aussi pour but d'aiguiser et d'analyser le caractère de chacun. Le plus agile à ce jeu était celui dont Jonathan avait rencontré dans sa cellule, Normand, car il mettait en pratique ce qu'il avait appris dans cette altercation.

À moins que vous sachiez faire le saut périlleux arrière ; avoir les deux pieds barrés derrière les talons ne vous donne aucune chance de garder votre équilibre. D'un autre côté, en faisant ce saut périlleux arrière ; ce qu'ils apprendront à faire un peu plus tard, cela vous donne l'opportunité de mettre votre adversaire dans l'embarras.

En moins de deux ans ce programme tant apprécié des détenus était terminé et très réussi, de façon à ce que, comme anticipé, les plus méchants des prisonniers étaient gardés par les détenus qui ont suivi l'entraînement. L'épargne fut-elle qu'elle a permis au gouvernement en place d'équilibrer son budget et ainsi lui permettre de gagner une autre élection. Il n'y a rien de tel qu'un bon gouvernement pour gouverner un peuple.

Il va sans dire que Jonathan s'est gardé quelques trucs du métier, qu'il n'a révélé à personne, car il tient quand même à demeurer le maître de son art. Celui qui voudra le supplanter, dans son art, ceci dit, a encore des croûtes à manger. Le seul et unique qui aurait pu le faire est son père, qui lui a tout appris, mais Jonathan croit que son père s'est gardé lui aussi un truc ou deux qu'il n'a révélé à personne.

Puis James, le beau-père de Juste, qui a lui aussi le sens de la justice n'a pas voulu recevoir tout le crédit de cette réussite et il a admis que le promoteur de cette idée a demandé l'anonymat et demande plutôt qu'un quart des économies réalisées soient utilisées pour aider à établir les détenus qui ont terminé leur peine. Qu'ils veulent continuer à entraîner d'autres détenus ou qu'ils veulent s'établir dans le domaine de leur choix.

Mais cette demande lui a été refusée. Alors James s'est mis en colère comme jamais et a rappelé au PM., que ce qui l'a aidé à remporter ses élections cette fois-ci, l'aidera à perdre les prochaines. Et c'est en claquant la porte qu'il est sorti du bureau de ce dernier. Comme de raison le PM., qui connaît très bien James, un membre très influant de son gouvernement et qui n'aime pas perdre d'élections s'est immédiatement mis à se gratter la tête. Il a donc vite rassemblé une assemblée ministérielle pour en débattre. Tous à l'unanimité ont déclaré que sans cette énorme réussite, qui a permis l'équilibre budgétaire et financier ; ils seraient tous dans l'opposition ou à la retraite.

Le Premier Ministre qui aime à la fois les bonnes finances et la sécurité sociale n'a pas eu d'autre choix que de revenir sur sa décision et de se plier aux exigences du promoteur de l'idée qui l'a tenu au pouvoir. Sans compter que si tous ces détenus qui travaillent à bon marché se retournaient contre lui ; ça serait la déchéance partout au pays.

Donnant-donnant ; il valait mieux pour lui après tout de garder la paix dans le pays et de se concentrer sur des affaires plus importantes, comme le pipeline qui doit traverser le pays et permettre également que cette industrie contribue à garder le pétrole abordable pour tous les Canadiens ; ce qui contribuerait également à la bonne économie du pays.

Il n'était pas non plus sans savoir que de perdre un appui comme celui de James équivalait à perdre l'appui de la population et plus que probable aussi, de perdre la confiance de la chambre ; ce qui sans aucun doute possible lui ferait perdre le pouvoir également et ça longtemps avant son terme.

Mais comme il est un homme intelligent et sensé ; il a su prendre la bonne décision, comme il l'a fait à ses débuts pour régler la crise du bois, que l'ancien gouvernement traînait en longueur et a fait perdre au pays plusieurs milliards de dollars. Je me demande cependant s'il y en a qui s'en rappelle encore, puisque je n'entends plus parler. La sagesse est rarement perdante, mais souvent gagnante.

Puis un autre livre du même auteur et titré : À La Vie À La Mort, a fait surface, mais il y avait pour celui-là une petite restriction. Il y a presque au début ce que je décrirais comme une scène osée, sensuelle et sexuelle dont les autorités ont jugé un peu trop juteuse pour qu'elle soit lue par les détenus ou aux détenus. Maintenant que tout roule à merveille derrière ces murs carcéraux ; il vaut mieux éviter qu'une orgie parmi les prisonniers soit déclenchée et en plus qu'elles en soient responsables. Ils ont hésité longtemps avant de l'autoriser, mais vu le reste du contenu qui est substantiellement intéressant et important ; ils ont consenti à ce qu'il soit lu quand même.

Cependant, Jacques qui a des inspirations d'écrivain s'est très vite rendu compte qu'il manquait quelque chose et il ne s'est pas gêné pour le faire savoir à haute voix. Alors Gilles a dû l'emmener à l'écart des autres pour lui expliquer la situation et il lui a dit qu'il pourra toujours le lire une fois qu'il sera sorti de prison. Mais ce dernier lui a rappelé qu'il en avait pour soixante-quinze ans sans aucune chance de libération conditionnelle et qu'il ne dormirait plus sans savoir ce qu'il manque. Gilles a donc pris sur lui, ce qui est un énorme risque, de laisser Jacques lire la partie manquante, mais non pas avant d'avoir obtenu de lui la promesse solennelle pour lui de garder le secret. Jacques donc, satisfait de ce qu'il a lu en plus d'être impressionné et surexcité s'est rendu aux toilettes pour y exécuter ses besoins.

À sa sortie il a suggéré à Gilles de réécrire cette scène de façon à ce qu'elle soit acceptable et raisonnable pour les autres prisonniers et à la satisfaction des autorités.

"Écris-la toujours et je vais la soumettre au directeur, on verra bien ce qu'il en dit." "D'accord, je l'aurai sûrement terminé demain. Cela m'excite. Je veux dire ; réécrire la scène." "J'avais compris, ne t'en fais pas."

Le lendemain après-midi, Gilles présentait la nouvelle formule au directeur, qui lui ne voyait plus d'inconvénient à ce que le nouveau contenu soit lu aux détenus. Et c'est ainsi que Gilles a repris la lecture de nouveau et il terminait aux applaudissements de tous, qui aimaient aussi la nouvelle version écrite par Jacques.

Suite de la lecture.

'Finalement nous arrivions à la fin de cette superbe soirée de danse qui demeure pour moi la plus mémorable de toute ma vie. Cependant, ce n'était pas encore pour moi la fin de mes sueurs. Je ne craignais pas tellement pour ma santé, sachant très bien que j'étais entre bonnes mains. Je suis un homme assez robuste et dans une excellente forme physique, néanmoins je me posais toujours un tas de questions.

Que cherchaient vraiment ces deux jolies demoiselles ? Pour commencer, sont-elles célibataires ou sont-elles mariées ? La réalité n'est pas toujours ce que les gens disent. Qu'elles soient infirmières, ça je n'ai eu aucun problème à le croire. C'était très évident aussi qu'elles étaient deux très grandes amies, mais sont-elles plus que des amies ? Deux personnes du même sexe qui vont ensemble, ce n'est plus tellement rare de nos jours et la même chose va pour les personnes bisexuelles. De mon expérience les jeunes femmes regardent surtout pour des hommes plus grands ; ce qui n'est pas mon cas. Je n'ai jamais eu de complexes à ce sujet, puisqu'il n'y a pas grand chose que les grands font que je ne puisse pas faire. En fait, j'ai connu des centaines de femmes qui ont épousé des grands hommes parce qu'ils étaient beaux et grands et qui ont pleuré amèrement. La beauté ou la grandeur d'un homme ou d'une femme n'est pas garant du bonheur. Les femmes surtout devraient se souvenir de ça.

Il faut que je cesse de me questionner, je me suis dit soudainement. Il me faut vivre ce bonheur si court ou si long soit-il. Je ne savais toujours pas ce qu'elles avaient en tête pour le reste de la nuit. Je savais cependant que je vivais un rêve et que cela serait le rêve de milliers d'hommes.

"Que faisons-nous à partir d'ici Danielle ?" "Toi, as-tu une idée ?" "Tout ce que je sais, c'est que je ne suis pas prêt à te dire bonne nuit." "Moi non plus Jacques !"

"'Moi non plus !'" S'exclama Jeannine.

"Qu'est-ce qu'on fait alors ?" "Jeannine et moi nous avons un grand appartement, de quoi boire et de quoi manger ; si tu veux nous t'invitons." "Moi j'ai une maison avec trois chambres à coucher, un sauna et un bain tourbillon. Alors que faisons-nous ?" "Nous t'avons invité en premier, est-ce que tu viens ?" "Pas juste là, mais je suis sûr que je viendrai. Comment pourrais-je refuser une aussi belle invitation ? Bien sûr que je viens, je vous suis. Ne conduisez pas trop vite ; je ne veux pas vous perdre de vue.

Danielle, tu devrais me donner ton adresse et ton numéro de téléphone, juste au cas qu'il arrive quelque chose. On ne sait jamais, tu sais ?" "C'est vrai, mais je pense que jusqu'à présent le hasard a bien fait les choses ce soir." "C'est vrai, je te l'accorde." "Tiens voilà. À tantôt !"

Les deux m'ont donné un câlin inoubliable suivi d'un baiser et je me suis dirigé vers mon véhicule sans perdre de temps. Elles se sont rendues à leur auto elles aussi et elles m'ont semblé être en discussion profonde dès leur départ. Sans hésiter j'ai démarré et j'ai conduit ma voiture derrière la leur. Elles ont pris la route et je les ai suivies. Elles semblaient toujours en grande discussion et je me demandais si elles n'allaient pas se disputer à mon sujet. Ho comme j'aurais voulu pouvoir entendre ce qu'elles se disaient. La pire chose qui pouvait arriver en ce qui me concerne ; c'est que l'une d'elle fasse une crise de jalousie. C'est très possible, je me suis dit, mais encore là, je me pose trop de questions. Advienne que pourra, j'irai jusqu'au bout de cette aventure.

Entre temps dans l'autre voiture il se passait quelque chose.

"Jeannine, tu n'as jamais aimé les garçons qui m'intéressaient ou qui s'intéressaient à moi." "C'est vrai, mais tu n'as jamais connu quelqu'un comme celui-là. Il est très gentil et poli, il s'habille bien, il danse superbement bien, il a une voiture neuve ; ce qui veut dire aussi qu'il a sûrement un bon travail." "Tu oublies qu'il a aussi une maison." "Il m'a semblé être un homme avec une force plus grande que l'ordinaire. As-tu remarqué ça toi aussi ?" "C'est sûr que lorsqu'on danse dans ses bras on a l'impression d'être bien tenu et sans avoir peur de tomber. C'est vrai ce que tu dis ; il est spécial celui-là. Tu sembles l'aimer beaucoup, mais je sais que je pourrai l'aimer moi aussi." "Une chose est certaine, c'est que je ne veux pas de compétition entre nous ni de jalousie. Il n'y en a jamais eu et il ne faut pas que ça commence ce soir." "Danielle, quoi qu'il arrive, tu seras toujours ma meilleure amie." "Toi aussi Jeannine." "Qu'allons-nous faire alors ?" "Qu'avons-nous fait ce soir ?" "Nous nous le sommes partagés." "Ce n'était pas si mal, qu'en penses-tu ?" "C'était superbe." "Cela n'a pas eu l'air de lui déplaire non plus." "Il était plutôt réticent à demeurer avec moi sur la piste de danse, surtout au début." "Qu'est-il arrivé par la suite ?" "Je l'ai retenu, comme tu me l'avais demandé." "Coquine ! Cela ne t'a pas été trop difficile." "Cela a probablement été la plus agréable mission que tu ne m'aies jamais confiée. Il se faisait du souci à ton sujet. Je crois même qu'il est très épris de toi. J'ai eu du mal à le retenir, tu sais ? Je crois même qu'il a dansé avec moi que pour te faire une faveur et il avait peur que ça te déplaise. Est-ce qu'on continue à se le partager ?" "Oui ! Je ferais tout pour toi et tu ferais tout pour moi, pourquoi pas ? On verra ce qu'il en dira, d'accord ?"

Les deux se sont donné la main haute d'un commun accord. Je les ai suivies dans un stationnement souterrain d'un immeuble à condos et j'ai stationné ma voiture tout près de leur auto où c'était indiqué, 'Invités seulement.' Elles m'ont donné un autre câlin chaleureux, joyeuses je le sentais de ma présence.

'Viens Jacques.'

M'a dit Danielle. L'une de chaque côté de moi en prenant, Danielle le bras droit et Jeannine le bras gauche.

"Nous allons prendre l'ascenseur qui mène au sixième étage."

C'était évident qu'elles n'étaient pas des filles qui vivaient dans la misère. Tout en montant dans l'ascenseur, l'une et l'autre me cajolaient à tour de rôle. Nous étions tous fin seuls étant à une heure tardive au milieu de la nuit. C'était évident aussi qu'elles ne m'avaient pas invité seulement que pour une tasse de thé. Mais quoi qu'il arrive, je me sentais en forme pour toutes éventualités. L'une comme l'autre me démontrait une énorme quantité d'affection et moi j'appréciais cela autant de l'une comme de l'autre, même si j'avais un plus grand penchant pour Danielle. J'étais comme la chanson que Dalida chantait et qui dit : 'Heureux comme un Italien quand il sait qu'il aura de l'amour et du vin.'

Je n'étais peut-être pas au septième ciel, mais sûrement au sixième. Nous sommes sortis de l'ascenseur et elles m'ont fait entrer dans leur superbe condo de luxe.

Il y a une télévision de 48 pouces dans un très grand salon richement meublé. Elles m'ont guidé sur un confortable sofa et Danielle m'a demandé :

"Est-ce que tu veux quelque chose à boire Jacques ?" "Seulement si vous aussi prenez quelque chose. Je prendrais bien un long baiser de toi Danielle." "Han ! Han ! Si tu m'embrasses, il te faut embrasser Jeannine aussi et ça de la même façon." "Quoi ? Qu'est-ce que c'est que cette manigance ?" "C'est tout simple Jacques, c'est ça ou ce n'est rien, mais c'est ton choix." "Est-ce un concours d'embrassade ou quelque chose du genre ?" "Non, c'est juste que nous t'avons partagé toute la soirée et l'une comme l'autre avons trouvé cela très agréable. C'est aussi que l'une comme l'autre, nous voudrions que cela continue, parce que toutes les deux nous t'aimons beaucoup." "Et bien, je m'attendais à presque tout, mais certainement pas à ça." "A quoi t'attendais-tu au juste Jacques ?" "Je, je....., je m'attendais peut-être à finir ce que j'ai commencé avec toi Danielle." "Et quand avais-tu planifié terminer ce que tu as commencé avec Jeannine ?" "Là, je m'excuse, mais je n'avais rien planifié du tout.

Et si ça va plus loin que le baiser ?" "Nous sommes d'accord pour tout partager, si ça te va bien sûr." "Qu'arrivera-t-il si j'en ai juste assez pour une ?" "'Quand il y en a pour une, il y en a pour deux.' Tu connais ce dicton, n'est-ce pas ? Si tu ne peux nous donner qu'une seule portion, je suis sûre que nous pourrons nous en contenter." "Vous êtes sérieuses ?" "Oui ! Si c'est tout ce que tu peux nous donner, ça sera une demi-portion pour moi et une demi-portion pour elle ou encore mieux que ça, ça sera Jeannine aujourd'hui et moi demain." "Et vous avez l'air tout à fait sérieuses ?" "Tu as tout à fait raison, nous sommes très sérieuses." "Étant des infirmières, pouvez-vous vous procurer les petites pilules bleues à meilleur prix ?" "Si cela devenait nécessaire, on s'en occupera, mais ne crains rien, nous ne sommes pas des nymphomanes. Nous ne voulons pas te faire mourir ou te faire du mal, bien au contraire, nous prendrons soin de toi comme d'un bébé, notre bébé." "Wow ! Je suis tout simplement dépassé. Pardonnez-moi, mai j'ai encore de la peine à assimiler tout ça. Par quoi commence-t-on ?" "Nous t'avons fait suer ce soir ; nous allons commencer par te donner un bon bain chaud." "Tiens, tiens, me voilà déjà dans l'eau chaude. Ça commence bien."

Je les ai fait bien rire toutes les deux.

"Pouvez-vous me promettre qu'il n'y aura jamais de jalousie entre vous deux ?" "Oui, nous le pouvons."

M'ont elles affirmé toutes les deux avec un grand sourire. Je me suis mis à chanter, ce qui les a bien fait rire d'avantage.

'Allons au bain mes mignonnettes, allons au bain drès-là. Et ce n'est pas pour des becs à pincette, allons au bain mes mignonnettes, allons au bain drès-là.'"

Comme de raison, ils étaient tous les trois mal à l'aise dans leurs vêtements ; après avoir sué toute une soirée à la danse. C'est sûr aussi que la tentation était très grande pour les trois, mais comme ils sont des gens raisonnables et connaissant les bonnes mœurs, ils sont tous gentiment allés se coucher après s'être embrassés chaleureusement et souhaité une bonne nuit.'

"C'est tout pour aujourd'hui." "Ah, ah, ah, ce n'est pas moi qui me serais couché sans leur avoir fait l'amour." "Une histoire, qu'elle soit dans un livre, dans un film ou encore venant de la bouche d'un raconteur, l'interprétation appartient toujours à celui ou celle qui la reçoit. Dans votre tête vous faites ce que vous voulez et personne d'autre n'y peut rien. Bonjour à tous, je m'en vais et à demain."

Le lendemain après-midi une réunion générale a eu lieu, où Juste, Surhumain, Jonathan, Gilles et Jacques ont été invités à y participer devant le directeur. Quelques annonces inattendues allaient être faites qui allaient en surprendre quelques-uns.

La première fut que Jacques, oui, celui qui un jour était surnommé la bête était promue au poste de Gilles, chef en tête du personnel de tout le pénitencier. Gilles qui a commencé à se demander ce qui adviendrait de son sort, à sa grande surprise s'est fait dire qu'il était promu au titre de directeur. Le directeur lui-même leur a annoncé qu'il devait prendre le poste de directeur du plus grand et tout neuf pénitencier du pays avec une hausse de salaire de quarante pour cent. Cela a vite fait de lui faire oublier son attachement au poste qu'il détenait depuis dix ans.

Gilles n'était pas sans savoir qu'il pouvait toujours compter sur son ex-patron pour des conseils d'usages et une collaboration étroite entre directeurs.

Il va sans dire qu'une nouvelle ère commençait durant laquelle Juste et Surhumain anticipent un certain relâchement de la criminalité.

Jacques, qui faisait déjà le même travail depuis un certain temps, n'était pas du tout inquiet de chausser les souliers de Gilles, son mentor et ami, dont il savait pouvoir compter sur lui en tout temps. Il a aussi collaboré étroitement avec les autorités policières, afin de retrouver les corps des braconniers noyés au lac Windigo et il a aidé à mettre à jour le plus grand réseau de braconnage du pays.

Cela n'a pas été facile du tout, puisqu'il était opéré par le chef de l'opposition, qui lui essayait toujours de faire passer le blâme sur les ministres du gouvernement et il travaillait conjointement avec des membres du crime organisé. Ce fut une très longue enquête, principalement parce que quelques policiers faisaient partie du complot. Sans l'aide de Juste et de Surhumain, cette corruption n'aurait plus que probable jamais cessée.

Jacques est très chanceux d'être vivant, puisqu'ils avaient à quelques reprises essayé de l'éliminer. L'ironie du sort fait qu'aujourd'hui c'est lui qui est leur gardien. Il y a vraiment de drôles de hasards dans la vie.

En fait, moi aussi je suis très chanceux d'être vivant. J'étais allé à la pêche avec mon ami Marcel et du même coup ramasser des bleuets quelque part au Nord de La

Tuque. Je fumais à cette époque et dès notre arrivée ; alors que nous étions à peine stationnés pour préparer notre campement ; deux jeunes demoiselles autochtones sont venues me dépouiller de quelques cigarettes. Moi qui n'ai jamais trop regardé à la dépense ; je leur ai donné deux cigarettes chacune et elles m'ont demandé pour du feu et ça aussi je leur en ai donné et je l'ai fait sans rien attendre en retour. Nous avons réussi à monter notre tente avant la noirceur et nous nous sommes mis au lit sans tarder.

Vers les six heures le matin venu, Marcel s'est levé pour aller voir s'il pouvait trouver des bleuets pas trop loin, mais lorsqu'il est revenu quelques heures plus tard ; il m'a réveillé en me blâment d'avoir fumé dans la tente. Laissez-moi vous dire que ça réveille plutôt mal.

Le plancher de sa tente synthétique était brûlé à plusieurs endroits. Lorsque j'ai eu en quelque sorte repris tous mes sens ; j'ai regardé par terre et je lui ai dit : 'Ce ne sont pas des brûlures de cigarette, mais des tissons et ils sont encore là.' 'Des indiens.' Qu'il m'a dit. "Tu n'aurais pas dû leur donner des cigarettes." "Tu veux rire, elles auraient pu me poignarder pour en avoir. Mais leur père ou leurs chums n'ont pas aimé ça et ils ont fait ça peut-être par jalousie ; pensant qu'elles ont donné de leurs faveurs pour les obtenir. Ils n'aiment pas que nous disions qu'ils son des sauvages, mais ceux qui ont fait ça le sont quand même un peu.

Il y avait trois contenants de cinq gallons de gazoline derrière la tente et c'est bien par miracle que je n'ai pas sauté avec eux, mais le crime avait quand même été commis et c'est moi qui en étais la cible.

Cependant ce n'était pas la première fois que j'avais la vie sauf par miracle. Si ce n'est pas Dieu Lui-même qui veille sur moi ; Il m'a sûrement attitré un bon ange qui fait très bien son travail et je vous en souhaite tout autant.

Chapitre Final

Le très grand pouvoir de la parole de Dieu

Si on se souvient bien du début des Écritures, tout au début de la Bible, nous pouvons lire que tout a été créé par le souffle de la bouche de Dieu, donc par sa parole. Tout a été crée par sa parole et tout peut aussi être détruit par sa parole. Voir Jean 1, 1-13.

Par sa parole le déluge fut orchestré et la terre fut lavée de tous ses déchets. Il en a été de même ou semblable pour Sodome et Gomorrhe. De toute façon, elles ont été épurées complètement par la parole de Dieu. Mais, à ne pas oublier que dans les deux cas, Dieu a fait en sorte que ses enfants fidèles furent épargnés.

La parole de Dieu est selon moi la plus puissante des forces dans ce monde et elle sort de la bouche du Créateur, puis Il m'a donné le pouvoir de la partager avec le reste du monde. C'est quelque chose, n'est-ce pas ? C'est toute une bénédiction et une énorme marque de confiance et de considération.

Si Dieu peut tenir en place tous les éléments de la nature, comme le soleil, la lune, la terre, les astres, les étoiles et toutes les autres planètes dans l'univers, Il peut aussi, s'Il le veut, ensevelir la terre sous de vingt à trente pieds de neige et aussi la tenir à du moins 70 ou 80 degrés sous zéro pendant des mois. Regardons seulement aux glaciers. Il y a plusieurs humains et plusieurs animaux qui sont encore prisonniers des glaces.

Le Messie a dit que d'autres viendront et feront de plus grandes choses qu'Il a fait Lui-même. Voir Jean 14, 12-13 et Matthieu 21, 21. 'Jésus leur répondit : Je vous le dit en vérité, si vous aviez de la foi et que vous ne doutiez point, non seulement vous feriez ce qui a été fait à ce figuier, mais quand vous diriez à cette montagne : Ôte-toi de là et jette-toi dans la mer, cela se ferait.'

Il y en a des montagnes dans les océans et aussi des volcans et ce sont eux qui causent les tsunamis, comme on a vu à et aux alentours d'Haïti ; là où plus de 310,000 personnes ont été rayées du globe et un autre au Japon plus récemment. Plusieurs savent qu'il y a beaucoup de fornication et d'adultère qui sont commis sur les plages de monde entier.

Penser seulement à ce qu'une douzaine ou plus de grosses tornades ou d'ouragans pourraient faire en un seul jour. Je peux déjà prédire qu'un jour viendra où l'entraide ne suffira plus et que parce que l'amour du plus grand nombre est déjà refroidi ; cela sera pire que ça n'a jamais été. Voir encore Matthieu 24, 10-14.

La parole de Dieu sert à faire connaître le Père.

La parole de Dieu sert à nous rapprocher de Lui.

La parole de Dieu sert à sauver le monde qu'Il a créé.

La parole de Dieu sert à décerner le bien du mal.

La parole de Dieu juge le monde.

Elle a servi et elle servira encore à ressusciter les morts.

En fin de compte, la parole de Dieu est le plus puissant de tous les héros sur terre et d'ailleurs dans tout l'univers et elle fait que mes deux héros sont devenus très puissants à cause d'elle. Ils pourraient bien être les deux prophètes qui font se tourmenter les habitants de la terre au temps de la fin. Voir Apocalypse 11, 10. 'Et à cause d'eux les habitants de la terre se réjouiront et seront dans l'allégresse, et ils s'enverront des présents les uns aux autres, parce que ces deux prophètes ont tourmenté les habitants de la terre.'

Attention ici, les habitants de la terre sont dans l'allégresse, parce qu'ils pensent que le mal a vaincu mes deux héros, mais leur joie sera de courte durée. Mes deux héros vivront éternellement et moi aussi. C'est une promesse qui nous vient du Messie, donc du Créateur.

Jacques Prince

Printed in the United States
By Bookmasters